蕉鹿

《深圳文典》

倾心辑录大浪淘沙始见金的珠贝美文

展示彰显深圳城市精神和品格的大我之作

筹谋时代精神和明日华章的深圳表达

深圳文典

丛书主编 — 陈寅

蕉鹿

武捷宇 — 著

深圳报业集团出版社

总　序

历史是最好的教科书，也是最佳的营养剂。

1979年7月8日，蛇口半岛开山炮响。一时间，深圳上空电闪雷鸣，密集地从天边杂沓而至。南海潮急，伶仃洋惊涛拍岸……仿佛它们要为这片沧桑且沉默的土地，强注生命活力和奔腾乐章。

"时间就是金钱，效率就是生命。"一种前所未有的标语，在数千年板结的土地炸响。观念革新不约而同成为此间人们最重要的精神呼唤与灵魂内核。

"二千里往回似梦，四十年今昔如浮。"[1]为了探索和开辟前无古人的经济特区，丰富自己的物质和精神生活，各个时期的深圳人都作过许多贡献，留下了不可磨灭的印记。多年以后，当我们目睹以万亿为计量单位的经济生成，一个边陲小镇嬗变为对标纽约、东京、巴黎、伦敦

---

1. "二千里往回似梦，四十年今昔如浮"出自宋代诗人范成大《送举老归庐山》，感慨时光流逝。

的中国一线都市，我们，究竟能感悟到怎样的城市能量与文化实践？

荡漾于南中国海的深圳湾，恣肆汪洋接纳了东西南北风，因为它们，最有欢欣雀跃的心灵。从特区建立伊始，四面八方的移民为这座年轻的城市带来了丰富的、充满活力的文化因子，各种文化观念在这里交互激荡。深圳经济特区所沉淀的物质和精神财富，正是每一程歇息中、每一眼回眸里、每一步征途上的巨量矿藏。

2021年，时逢中国共产党百年华诞，深圳报业集团出版社秉承主流出版机构的担当，呼应新时代的要求，踵事增华、盛意拳拳，推出"深圳文典"丛书。一曰顾盼历史，倾心辑录大浪淘沙始见金的珠贝美文；再曰铺叙当下，展示彰显深圳城市精神和品格的大我之作；三曰式瞻未来，筹谋时代精神和明日华章的深圳表达。

顾盼历史，初心如磐。深圳本土文化人和第一代移民是深圳精神的拓荒者。穷心南方以南，倾力扎根深圳，他们用精彩文字记录了经济特区艰难而雄放的创业初程。打工体验、移民历程、青春奋斗、城市生活、网络联结……凡此种种，无不缘起于比虚构更精彩的城市故事，并于多样中存在，在流动中发展，从融合中前进。蓦然回首，这片深情的土地仍然激荡着后辈心扉的筚路蓝缕之跫音。

铺叙当下，弹指芳华。编撰"深圳文典"的我们认为，人的认知是一个互相联系又互相影响的总体。知识的掌握与认知的扩充、深化，会带来社会与文明的进步。"深圳文典"将是文艺的、人文的、社科的典籍荟萃。藉此大数据时代，这套文典也将提供值得借鉴的宏观叙事方式，避免信息碎片化，重视思想与实践的关系，构建有关深圳叙事的发现和创新话语。在新世纪里，精神求索者都有一个梦想，让思想本身充满创造力、创新力。

式瞻未来,文脉不绝。根本在于一代代深圳人以典籍为媒,薪火相传;以迭代赓续的波澜壮阔的大特区为坐标,纲举目张,分则独树一帜,集则琳琅满目。与中国改革开放同频共振的深圳写作者致力于弘扬"敢为天下先"的社会与文学观念,张扬"该做就去做"的新的人文精神。

"蓬莱文章建安骨,中间小谢又清发。"[1] "深圳文典",萌之于特区热土,立之于湾区潮头,为深圳这座年轻城市打上了无限文化魅力和巨大文化能量的烙印。深圳的文化担当意识与文化创新实践,不啻是一城一地的文化探索,更是文化强省、文化强国的深圳实践。

总有一些文字记录并抒写着时代奋进的人们,以及每个个体的理智与情感温度。深邃、灵动、悲欣、凉热……藉此打开的不仅是我们的触

---

[1] "蓬莱文章建安骨,中间小谢又清发"出自唐代诗人李白《宣州谢朓楼饯别校书叔云》,表达了豪放与自然和谐统一的境界。

感,还有我们的灵魂之窗。优秀的典籍,既是文明时代的共享记忆,也是我们与历史的精神烛照。

我们对以"深圳文典"为名记录这个既拥抱当下,又承载希望的时代怀着深深的敬意与礼赞。不管多少年以后,当我们安居此城一隅,每当我们翻阅"深圳文典",谈论或者温习一代又一代深圳人闯与创的心路旅程,这些被时光镌刻的篇章,或许能脉动着超越城市天际线的眼界,并引人回味。

陈寅

2021年8月26日

自　序

《蕉鹿》这个题目，出自《列子·周穆王篇》："郑人有薪于野者，遇骇鹿，御而击之，毙之。恐人见之也，遽而藏诸隍中，覆之以蕉。不胜其喜。俄而遗其所藏之处，遂以为梦焉。"故事里的樵夫得到了一头鹿，覆叶盖之，回头再寻时却糊涂了，以为只是自己的梦境。《红楼梦》第一回中，太虚幻境有对联云："假作真时真亦假，无为有处有还无。"说的正是同一个意思。在我看来，人的一生也像是一场舞台上下的蕉鹿之梦，真真假假，镜花水月。所以不必太执着于蕉叶底下到底有没有那头鹿，即使毛玻璃一直擦不干净，看不清楚，又有什么关系呢？

我的母亲是客家人，广东汉剧恰好是客家人的大戏，因为对中国传统戏曲的喜爱，我无意间接触到了这一剧种。广东汉剧为广东省三大剧种（粤剧、潮剧、汉剧）之一，保留了中州古语为道白，以"西皮"和"二黄"为主要声腔，唱腔厚朴，唱词典雅，令人耳目生新，是非常宝贵的国家级非物质文化遗产。清朝平定三藩之乱后，实行了开垦荒地、整治水利、减租减税等一系列休养生息的政策，人民安居乐业，经济得到了恢复和繁荣，加之开放海禁后，对外贸易日益发达，皆为广东汉剧的崛起提供了文化消费与传播的必要条件。清康乾年间，"外江戏"流入粤东，后有以汉调为声腔的分支于二十世纪三十年代方形成广东汉剧。

周恩来总理曾将其誉为"南国牡丹"，若追溯至"外江戏"时期，这样一朵奇艳的鲜花已经绽放了数百年，我无比希望它能以更美的姿态继续延长花期。

最开始，我只是凭着兴趣，随意看了一些经典影视录像，如《齐王求将》《蝴蝶梦》《百里奚认妻》等；后来，我开始翻阅资料，把市面上能找到的专著、传记、剧作选都找来细读；最后，我有幸得到拜访广东汉剧传承研究院的机会，从案头山水走向舞台江河。

赴梅期间，大雨倾盆数日，但剧院的热情不减。在工作人员的指引和协助下，我了解到了剧院和剧团的发展历史，就一些演员代表进行了采访和拍摄，借阅了市面上已经亡佚的剧目光盘和参考书籍，谢谢他们的专业、热情、细心，为我的写作提供了丰富的一二手资料，更要谢谢他们始终如一对汉剧抱持的虔诚和尊重，令我分外动容。正是在观察和对话中，我对于广东汉剧的价值和地位有了更深刻的体会和认识，也更真切地把握了个中不为人知的细节——比如演员们化妆时，有的会边化边做表情调整，又比如全妆化好后，有的演员会严格遵照戏俗，缄口不言，因为扮相后已经是戏中人了。我印象最深的是舞台两侧的两块高悬的字布，一块写着"出将"，一块写着"入相"。"出将""入相"这两个词，最早其实来自一个成语，意思是出征可为将帅，入朝可为宰相。唐朝诗人崔颢有诗《江畔老人愁》曾云："两朝出将复入相，五世迭鼓乘朱轮。"后衍化为戏台概念：演员登了台，就好像是上了战场，表演完毕下场，就是打仗归来的功臣。在舞台上，都希望演员演得精彩，就好像期盼将士们在战场上打胜仗一样。因此，借"出将入相"来讨个好彩头。我热切地盼望将这份虔诚和尊重以文字的形式继续传递和延伸，于是萌生了"制造"一个故事的想法。但因为那时还在读研，时间紧，任务重，想法始终空悬，一直没有落地生根。

直到二〇二一年冬天，我因为偏头痛再一次入院了，生活被迫按下了暂停键。偏头痛是我从九岁开始就有的老毛病，遍访名医，却一直没办法根治。尴尬的是，它只是一种慢性疼痛，发作时如钝器在擂打半个脑袋，还能觉察出疼痛的苦涩气味，然而一旦急性发作期过去，人便又面色红润，甚至能吃下两大碗大米饭，于是别说家人，即使是医生都难以理解我的疼痛。因为和它缠斗了十数年，我早早意识到，人与人的痛苦是难以实打实共情的，人在痛苦面前也是缺乏想象力的。当然，未必是不愿意，也可能是做不到。也许正是因为我过早地体察到"痛"与"苦"是表里关系，难以分割，我的笔从少年时期就开始关注这个略显沉重的命题，和命题里的人与事。我一直认为人的痛苦和人的幸福一样，都值得被写作者施加凝视。这是写作的公平，也是写作的真诚。

入院之前，我带了两本书，一本是中国当代作家路遥的《人生》，一本是日本舞台设计师妹尾河童的《窥视舞台》。那段时间，偏头痛像高高的围墙，阻隔了我和外面的世界，自然，也将很多机会阻挡在外。我不得不在病房的绿帘后独面自己的失语和内心的隐泣。幸而有这两本书支撑着我度过了漫漫长夜，也因为在病床上躺着的日子，我得以无心插柳地拥有了"一间自己的房间[1]"，静下来构思新长篇。

深圳是我的家乡，我生于斯，成长于斯，看着它如何从一个边陲小镇，一步步跃迁成粤港澳大湾区的中心城市，一座现代化大都市，一座具有划时代意义的"东方纽约"。最初，它的审美也原始，盖满了粉色、金色、绿色玻璃幕墙的大楼，后来，它填海造陆，城市地平线蜿蜒得越来越远，中巴和摩托消失在记忆尽头，但深南大道上的路灯依然一次次照亮我回家吃饭的路。我格外想写一写我的父辈如何一步步从他们自己的家乡走到了深圳，而我和我的同辈又如何从我们的成长地深圳一步步走到了其他地方。就这样，

---

1. 化用英国女作家、女性主义先锋弗吉尼亚·伍尔夫的《一间自己的房间》。这本书本是基于两篇她的讲稿。1928年10月20日和26日，伍尔夫自伦敦两次到访剑桥大学，分别在纽纳姆女子学院和戈廷女子学院，就"女性与小说"一题发表演讲。1929年3月，她将两次演讲合为一文，冠以《女性与小说》的标题，发表在美国杂志《论坛》上。恰逢小说《奥兰多》出版，她便为自己建造了一座小楼，并在这里将《女性与小说》大加修改和扩充，写出了《一间自己的房间》一书。这是一部探讨女性意识和女权思想的作品，在书中，她提出了极具代表性的个人看法："一个女人要想写小说，必须有钱，还要有一间自己的房间。"

"深圳"与"广东汉剧"在时间推移中，先后找到了一个平衡的支点，形成了故事的基本框架：一九八九年，一群青年紧追下海潮，积极响应"时间就是金钱，效率就是生命"的口号，叩响了特区的窗扇。三十多年来，他们摸着石头过河，用自己的脚丈量出了各自的人生。

当钟声敲响，林中伸出了两条"寻找"之路：一为舞剧系教授保健兰的寻找真相之路。姐姐保健青离奇自杀，保健兰苦苦寻找姐姐死亡的真相；汉剧《金莲》幕后，檀香盒里的金莲鞋迷失在欲望之中，于是，棋路在不知不觉间错误地狂飙，最终流于倾覆。二为青年舞蹈家阮行的寻找自我之路。阮行曾因一出舞剧《洛神赋》年少成名，雅号"小洛神"。因故从巅峰陨落之后，她自此沉寂数年，与记忆和现实痛苦缠斗，深陷混沌。当她终于在恩师保健兰的指点下，再次站上舞台，她才真正理解了舞蹈和人生。

两条林中路时而并行，时而交错，徐敬祯是保健青、保健兰姐妹的启蒙师父，但旁逸斜出的枝叶，于不动声色中开放出了谎言的恶之花。吴心、吴为、吴祎三兄弟在冥冥中映证了舞剧《洛神赋》，上演了现实版本的曹植、曹丕和甄宓。罗宇和保健兰因汉剧《蝴蝶梦》结缘，但罗宇没有通过人性的实验，成了开棺木取脑髓的田氏。阮行在"李桃杯"赛后因缘际会认识了罗宇，命运轨迹在悄然中发生了扭转。阮行在与父亲、林琛、刘一朗、吴祎的相处中捕捉亲情、爱情、友情的秘谛，冰层与冰层之下，是谁对女色展开无餍的追求？是谁的权力斗争衍生了他者的牺牲品，降格为纯粹的财富？是谁的世纪，谁的时代，谁的记忆和谁的爱？两代人的艺术渴念和理想热望渐渐逾越林立的高墙，在暗处相握。喉间的夜莺陷入沉睡，徒留一地梅花，灰色身影肩负着既定的宿命，第三次推开顶层办公室的门。当一切看上去即将恢复平静之时，情状却急转直下，愈加扑朔迷离。只有阮行在聚光灯下茕然起舞，她是永远的洛神。

这是一个关于特区的故事，也是两代人对艺术渴念和理想追寻的血泪史，还是国家级非物质文化遗产广东汉剧的当代发展史。

这是一场蕉鹿之梦。

广东汉剧《蝴蝶梦》里，庄周曾唱道："昨与真，虚与假，虚虚幻幻。"每条河流自有流向，从它该来的地方来，去它该去的地方去。如果放达一些看待人生的困局，便会发现，你也是"第四堵墙"后的戏中人罢了。我相信也希望每个人都能在《蕉鹿》里窥看到一块属于自己的舞台，上或者下，内或者外，"出将"或者"入相"，都写意，都恣肆，都浪漫，都精彩。

是为序。

武捷宇
2023年9月19日于深圳

目 录
CONTENTS

上　部

002　第一章　七寸

022　第二章　鹿眼

034　第三章　脏物

052　第四章　壶嘴

中　部

070　第五章　狂响

092　第六章　封锁

118　第七章　纽带

142　第八章　洛神

下　部

162　第九章　金表

180　第十章　玫瑰

196　第十一章　蜂鸟

214　第十二章　枝叶

234　尾　声

240　附　录

上　部

第一章 七寸
第二章 麂眼
第三章 脏物
第四章 壶嘴

第一章　七寸

郑人有薪于野者，遇骇鹿，御而击之，毙之。恐人见之也，遽而藏诸隍中，覆之以蕉。不胜其喜。俄而遗其所藏之处，遂以为梦焉。顺涂而咏其事。傍人有闻者，用其言而取之。既归，告其室人曰："向薪者梦得鹿而不知其处，吾今得之，彼直真梦矣。"室人曰："若将是梦见薪者之得鹿邪？讵有薪者邪？今真得鹿，是若之梦真邪？"夫曰："吾据得鹿，何用知彼梦我梦邪？"薪者之归，不厌失鹿。其夜真梦藏之之处，又梦得之之主。爽旦，案所梦而寻得之。遂讼而争之，归之士师。士师曰："若初真得鹿，妄谓之梦；真梦得鹿，妄谓之实。彼真取若鹿，而与若争鹿。室人又谓梦仞人鹿，无人得鹿。今据有此鹿，请二分之。"以闻郑君，郑君曰："嘻！士师将复梦分人鹿乎？"

——《列子·周穆王》

二十世纪七十年代初，保健兰和双胞胎姐姐保健青出生在安义市的一个小镇上，两人前后脚只相隔了几分钟。十五岁的时候，安义市文化局办起了京剧班，招收当地有天赋的苗子习练京剧。保健兰的父母都是工人，没有家学渊源，但幸在老天赐了姐妹俩一副端正的皮囊和嗓子，于是她们还是顺利进入了京剧班。

师父是安义市响当当的前梅派名角儿徐敬祯，据说，徐敬祯师父的师父就是赫赫有名的梅兰芳，"四大名旦"之首。二十世纪的第一个五十年，"四大名旦"的出现昭示了京剧发展的鼎盛时期到来，一九二一年，梅兰芳与杨小楼合作组织了"崇林社"剧团，其中的嫡传弟子之一就是徐敬祯的师父。也许是师父够硬，年轻时，一上台，徐敬祯的腰板子往往挺得笔直，想必如果把那板子打横，翻扑武生在上面做几个跟斗不成问题。他个子矮小，或者说娇小，够得着旦的门槛，开口时，念白绮丽饱满，好似打开了金丝雀的笼，做功更是流畅得体，水袖翻飞之间，尽写肢体的锦绣文章。不过，戏也是徐敬祯的"七寸"，如今他已许久不唱戏了，抽去那条筋脉，走下戏台子，便颓唐如一个空瘪的易拉罐，两只布着荫翳的昏黄色眼球毫无光彩，有人经过时，才簌簌地抖动几下。

保健青说，师父可怜，一辈子溺进了戏塘，娶不到老婆。徐敬祯是安义市的红人不假，但也只限于唱戏的时候。脱去戏装的徐敬祯背地里被人戳着背说"不是男人"，毕竟，台上的他实在过于美艳动人，细嫩的手指齐乳而动，做出云手的动作，亦不像是能拎得动粪桶和锄头的样子。人性的恶可见一斑，他们享受你唱戏时带给他们的审美体验，却也因为你的劳动是戏票等额换来的，所以无形之中施以俯视，还未等戏中人先将艺术和现实分开，戏外人已经完成了这样粗暴的划分。徐敬祯因而一直孤苦伶仃，唯一的精神支柱就是戏。后来有一天，他突然就不唱戏了，谁也不知道原因。直到京剧班开办后，他的地位有了复归的起色，得到了现实层面的提升，腰板子才终于直起来了一些，但显然已经不能回到过去的辉煌样子。他的后颈窝早已鼓起个大包，那个突兀的包打乱了他企图昂扬的节奏，嗤笑着看他一天天持续地挣扎在尴尬的中年危机之中。

他的注意力都在学戏的小孩身上，一句唱得不好，一个手势做得不对，就作势要打。但他从来不真打，只是把竹棍甩在地上，发出巨大的震慑响声。他的杀手锏是让学生顶着水盆，反复背诵戏词，水不可洒出一滴，否则就延长惩罚的时间。保健兰瞧不上他，觉得他滑稽，自尊是纸糊的窗户，蘸点唾沫一戳就会破。保健青却不吭声，偶尔瞥一眼他倒竖起来的眉毛上沾着的馒头末儿，继续扎扎实实练着四功五法。姐姐说，她还是相信师父的底子一直在的，只是人飘渺了一些。保健兰后来回味起姐姐说的这个形容词"飘渺"，依然觉得贴切得紧。保健兰聪明，爱戏，愿意在上面下苦功，但打心眼儿里不愿和这糊涂师父一起蹉跎了时间。她想，失败者总不会白白成为失败者，徐敬祯结下了"泯然众人矣"的果，一定有他愚蠢的因。

中秋前夕，安义市文化局提出市里要办汇演，点名京剧班也要出几个节目。保健兰、保健青姐妹被徐敬祯选中，分饰《游园惊梦》中的杜丽娘和春香。保健青一开始不肯，认为自己比妹妹更适合杜丽娘的角色。保健兰倒是无所谓，她本来就不喜欢杜丽娘，认为她一直活在梦里，太荒谬。人就好像茫茫宇宙中的一粒芥子，潇洒地活，干脆地活，甩开膀子地活最重要，被梦中爱情的幻光所蒙蔽，实在不值得。带着这样老大不情愿的心思，她还是硬着头皮，穿戴起厚重的戏装，喃喃记诵着杜丽娘的词，谁知天旋地转之间，竟掉进了一重梦里。

白茫茫的云雾像流动的河，在她的眼前透迤。她反应过来时，才惊觉自己已经站在云端之上，脚下是群青色的云海，甚而还有一线橘光拼了命地挣扎出来，舔舐着她绣花鞋上的珍珠和绸缎。她先是大呼"救命！"，生怕自己会坠落下去，摔个粉身碎骨，但叫唤了半天，始终没有人来应答，脚下也稳稳当当的，没有出现丝毫危险的讯号。她犹豫了片刻，决定向前走一走，看看到底发生了什么。移步换景，云雾流散，眼前渐渐出现了一个衰败的花园，画廊里浮雕的金粉剥落成碎屑，通往花园的小径上裹了一层厚厚的苍苔，踩上去滑腻腻的，有酸涩的汁水掐出来，歪斜的石头柱子挂了蛛网，连蛛网的缝隙间都绞进了碎叶。奇怪的是，各色菊花却灿烂地盛开其中，大丽菊、万寿菊、白晶菊、黑垂头菊、重瓣金鸡菊，一片姹紫嫣红的艳象，好似灰的背景中突兀地跳动起活泼的色彩。

她愣怔之中，见一花郎低头扫着花径，将凋零的花朵简单筛选后，取了完整的、不皱边儿的，用细软的布包起来，便忙走上前问："这是在做什么？"花郎没有抬头，木木地说："小姐吩咐的，把这些落花收集起来，挂在帐中，可作熏香之用。小姐不忍它们化作春泥，觉得糟蹋了。"真是怪事，菊花确实有香气，只是味道极淡，很少有人用菊花作香吧？然而她竟也入了此景，木木地追问："落花总有彻底枯萎的一天，那时又怎么办呢？"

"抛入流水。"

"'落花有意，流水无情'的道理，你家小姐不明白吗？"

花郎不再答话。

保健兰摇摇头，木木地向花园更深处走去，却突然看见杜丽娘的丫鬟春香取了镜台，匆促地奔向杜丽娘的闺楼。绣窗半开着，云髻罢梳，罗衣欲换，俏丽的女子正对镜贴着花钿。过了一会儿，杜丽娘和春香走了出来，口里念唱道："原来姹紫嫣红开遍，似这般都付与断井颓垣。良辰美景奈何天，赏心乐事谁家院？朝飞暮卷，云霞翠轩。雨丝风片，烟波画船。锦屏人忒看得这韶光贱!"咦,这不是《皂罗袍》吗?眼前的杜丽娘,到底是戏里的杜丽娘,还是戏外的杜丽娘?我是梦里的我,还是梦外的我?保健兰一时困惑了,明明知道自己就在梦中,却看不真切眼前的虚实。

杜丽娘已经走到了自己跟前,却好像没有看到自己一般,抬眼看向晴空,眼神哀伤,腰肢纤细,盈盈在握,两只脚在裙下若隐若现,像刚开苞的两朵红莲。都不用看向她的五官,仅看脖颈以下的身体,已经可以判断,她果然是美人,即使哀伤,也是哀伤的美人。又是一眨眼的工夫,却见杜丽娘在湖山石上睡下了,面色潮红,呼吸匀实。突然,斜刺里冒出了柳梦梅,一身书生打扮,脸色白如生宣,仿佛随时就要消失在空气中。他手拿半枝垂柳,唤醒了她:"丽娘?"

杜丽娘羞急了,忙起身,用衣袖挡住脸:"柳哥儿,你怎么来了?"双颊越发红起来,比潮红还要红三分,和柳梦梅煞白的脸色形成了鲜明对比。他们仿佛是早就认识的熟人,从这里开始,二人便渐渐脱离了汤显祖的笔,竟走出了自己的一条幽微的道路。

"我来……我来……我来是想听你唱戏呀。"

柳梦梅大手一揽,环抱住了杜丽娘的腰,就要解她的衣带。

杜丽娘忙拦住他,回转身,绕开了几步:"想听我唱什么戏?"

柳梦梅说:"当然是《游园惊梦》。"

"对不起,我是粗人,我不懂戏。"

"哪里的话,你可是杜丽娘,你是最懂戏的人。"

"此话怎讲?"

"因为你本来就是戏中人呀。"

杜丽娘不再言语,任由柳梦梅开始松她的领口,露出锁骨,小舟游弋其上,钓鱼翁啃咬着她的肩膀,发出神秘的诘问:"上钩的鱼儿在哪儿?"她用唇齿的摆荡回应,她不知道。她的贴身内衣内裤掉在地上,像掉落了大大的弧形问号,燕语如剪,莺啼脆甜,绿了芭蕉,红了杜鹃。钓鱼翁还不肯放过她,即使她的躯壳醉软如泥,需要双手一起用力,才能捡拾起来。直到她低声求饶,说自己悟出了戏的背面,触摸到了墙后的真实,钓鱼翁方才放过她,收起满网的鱼,斜觑着她脸上、手上、腿上难遣的春情,笑眯眯道:"很好。"

保健兰恼恨极了,他分明利用了她,用一根破鱼竿、一张破渔网,收束住了深秋中的杜丽娘满庭的春光。不,她必须戳破谎言!她伸手想拉住这女子,却发现自己脚下一虚,掉了下去,又一蹬,猛地睁开眼,才发现自己躺在家里的床上,满头大汗,身上捂着一床厚棉被,被面上绣着"龙凤呈祥"的图案。龙与凤并非独立分踞两侧,而是身与足暧昧地互相攀援,龙泛光的鳞片倒映出天上银砌的宫殿,凤彩虹状的翅羽根根分明,烟波渺渺中,它们似乎即将腾空而去。

母亲见她醒了,快步走到床前,一脸的担忧:"兰兰,你可醒了。你发了几天的高烧,一直昏睡,可把我和你爸担心坏了!"

保健兰摸了摸额头上的毛巾,一时有些反应不过来:"妈,事情有些突然,让我捋一捋。我明明记得我刚才一直在化妆间准备呀?"

"傻孩子,可能是练功太辛苦,你几天前在京剧班昏倒了。你们徐老师把你送回来的时候,你浑身烫得能捂熟番薯。叫了咱们镇上的郎中给你开了药,你爸又天天拿白酒给你擦手心脚心,今天我摸到你发汗了,才放下心,知道你好转了。"

"原来如此,让您和爸担心了。我姐呢?"

"一家人莫说两家话,你好了就好。你姐去看戏了,晚饭回来。"

保健兰总觉得哪里蹊跷,但又说不上来。迟疑之间,保健青已经推门进来,看到妹妹醒了,扑上来轻轻环住她,忙不迭地说了和母亲一样的话:"兰兰,你真让我担心坏了。"保健青声音哑哑的,身上带回来一丝外边的寒气,衣服裤子冰凉。灯光下,她的脸瘦削出光明和黑暗的分区,像现实和梦的分界。保健兰恍惚间想起了小时候听过的"蕉鹿之梦"的故事。传说郑国人一次在野外砍柴,看到一只受伤的鹿跑过,便把它打死,找了个无水的沟壑,将鹿藏在里面,上面盖了蕉叶作为掩饰。过了不久,他忘记了藏鹿的地方,以为自己不过做了一场蕉鹿之梦。长大一些了,保健兰才知道,这个故事其实还不完整,就像小学时背白居易的诗《草》,只需要背到"野火烧不尽,春风吹又生",后来才知道,这首诗的原诗题是《赋得古原草送别》,其实后面还有两句:"远芳侵古道,晴翠接荒城。又送王孙去,萋萋满别情。"

砍柴人在路上走着,见到人便分享这个离奇的"梦",被一个有心人听去,循线索找到了那个沟壑,偷去了里面的鹿。回家以后,偷鹿人对自己的妻子说:"砍柴人梦见自己打死一只鹿并藏了起来,结果这鹿被我找到了,看来,他真的做了一场梦。"妻子却说:"恐怕是你在做梦,梦见了那个砍柴人吧?现在你真的得到了鹿,只能说明你的梦成真了吧?"没想到,砍柴人又做了一个梦,梦见偷鹿人是如何找到了那个沟壑偷走了自己的鹿,于是找到了他,二人闹得不可开交,一直闹到了法官那里。法官听了他们的陈述,对砍柴人说:"砍柴人真的得到了鹿,却认为自己做了梦;后来梦见别人偷了自己的鹿,却认为那才是事实。偷鹿人真的拿了你的鹿,又和你争夺鹿,他的妻子却认为他只是做了梦,并没有人得到过鹿。既然如此,干脆你们一人一半分了这只鹿吧。"郑国国君听说了此事,评价道:"唉,法官也是在梦中给人分鹿吧。"

大病初愈,保健兰只喝了点儿母亲煮的小米稀饭,待她吃过晚饭,保健青走到她身边,给她细细讲了今天的戏,原来是南方的梅江汉剧院来镇上做汉剧《梁祝》演出。梅江地处闽、粤、赣三省交界地带,是客家先民向南迁徙的最后一站落脚点,也是中原文化和南方土著文化的重叠之处。梅江汉剧最早滥觞于此,旧时被称为"外江戏",使用中州官话演唱,以"西皮""二黄"为主要声腔。后来,外江戏班子进入梅江一带,融合了独具地方特色的粤东民间音乐,逐渐演化为现今的梅江汉剧。二十世纪五十年代前,汉剧本已走上危崖,靠着遍地开花的民间剧团又逐步恢复了生气。一九五九年,梅江成立了梅江汉剧院,吸纳了一批当年的汉剧戏骨作为储备师资,同时创意地融合电影里的幻灯字幕手法为表演程式,大大丰富了演出的趣味性和生动性。

姐姐说,《梁祝》的故事还是那个故事,只是舞台效果很不一般。背景是很漂亮的纸皮画儿,草桥结拜,书馆托媒,十八相送,英台抗婚,都固定在可移动的木头框架上,演出时只需要移动那些布景,演员们就仿佛身处不同的场景之中了。保健兰越听越兴奋,咳嗽着央求姐姐:"那我们明天再去一趟好不好?"保健青笑笑,摸摸她的头:"你放心,《梁祝》是连台戏,明天还有的。你好些了,我们就去。"

第二天一早,保健兰喝过药,已而便觉得身子爽快了许多,除了脑袋还有些重。母亲见她脸色确实好转,又考虑到她在家里憋了太久,出去透透气可能会好得更快,于是同意让两人结伴前去看戏。姐姐挽着她,站在戏台下面,抬头看向台上的演员。秋风瑟瑟,吹动了台上两侧的帘幔,"出将"和

"入相"四字在风中蠕动着,字体的结构破碎了。

这一幕正好演到了"山伯临终"。舞台角落里布置了书房的景,梁山伯靠在软榻上,捧着玉扇坠和青丝发,昏昏沉沉,口中一叠声地叫着"英台"。梁母走上台,一直用袖子擦泪,不忍看到儿子这么痛苦。梁山伯忽然坐起,大呼:"母亲,快扶我起来,英台来了!"母亲坐到他身边,啼泣不止:"儿,这都是梦,英台已被她父亲禁锢,不能前来了。你且好好休养。"梁山伯拿起英台的信物,在音乐中唱念道:"手捧英台亲笔信,她说道此身无来心许郎。英台呀,可怜我刻骨相思染重病,可怜你要想聚首愿难偿。"

台下开始有不少擤鼻涕的声音传出,保健兰暗暗咀嚼着戏词,将戏词在口中反复翻滚,一面看向台上的梁山伯。戏妆背后,依稀能辨认出他清俊的五官,两道浓眉作刀插入云鬓,鼻梁是峰,眉骨是岭,峰岭连绵。他的做功十分扎实,嗓音淳厚如一把兜铃根。保健兰还不及柜台高时,喜欢去镇上的中药铺玩儿,最喜欢兜铃根,又叫青檀香,她甚至能背得下来药书上的文字:"兜铃根,蔓生,叶似萝,草质藤本。根圆柱形,外皮黄褐色,花青白色,茎柔弱,无毛,暗紫色或绿色,有腐肉味。其子大如桃李而长,十月以后枯,则头开四系若囊,其中实薄扁似榆荚。其根扁而长尺许,作葛根气。行气止痛,解毒消肿。治胸腹胀痛、肠下痢、蛇咬毒、痧症、疝气、痈肿、疔疮。"姐姐在她耳边说,他就是梅江汉剧院颇有名气的罗宇。保健兰看向罗宇,一时觉得脚下土地晃动,根基不稳,飞沙走石,金鼓喧天,药书上的字迹在下沉,上浮,下沉,上浮。黑字刻着"梁山伯",红字刻着"祝英台",灰色爆裂,中央飞出了两只蝴蝶,生生世世,不会分离了。梦境与现实的浮厝是何时出现的?不得而知了。

第一章 七寸

　　头弦像云雀，声音高亢，明亮，薄而清透，一个小节一个小节，似乎指关节弹一弹就要碎掉；大苏锣像黄脚三趾鹑，声音铿锵，有力，抬起脚爪还能看到上面的草屑和土粒。乐声的悲鸣中，姐姐保健青闷闷地叹了一口气："我们什么时候能熬成角儿呢？"

　　入夜，保健青被光亮刺醒了，忍不住用手挡了挡，似乎并不奏效，好不容易睁开眼，发现姐姐点了一盏小小的油灯，背对着自己，在镜子前梳妆。她的头发被高高束起，于是眼角也被扯得吊起。她正往脸上涂抹嫩肉色的油彩，涂得很仔细，眼眶、鼻洼、后耳窝、下巴颏，所有边边角角的位置，都要照顾到。打好底，她又用小号刷子蘸取红色油彩，勾画出鼻影、眼影和腮红的轮廓，再用食指和中指轻轻揉开，过渡均匀。腮红颜色厚重如桃花，开在两颊，衬托得姐姐越发明艳，眼睛却在黑色眼线的包围中大得诡异，现出几分凄惨和惶惑。

　　旁边的小水盆里装了一小盆"刨花水"，其实就是用开水冲泡榆木刨花，产生黏稠的液体，当发胶用，贴片子用的假发也散在水里，乌泱泱像一盆黑色的火焰。假发泡好后，保健青用手将它们捞出，梳通打结和纠缠的地方，折出七个小弯和两个大柳，放在一边，依次摆好。姐姐边贴边用气声唱着，羌管呜呜咽咽，有一声儿没一声儿的。

没乱里春情难遣
蓦地里怀人幽怨
则为俺生小婵娟
拣名门一例一例里神仙眷
甚良缘，把青春抛得远

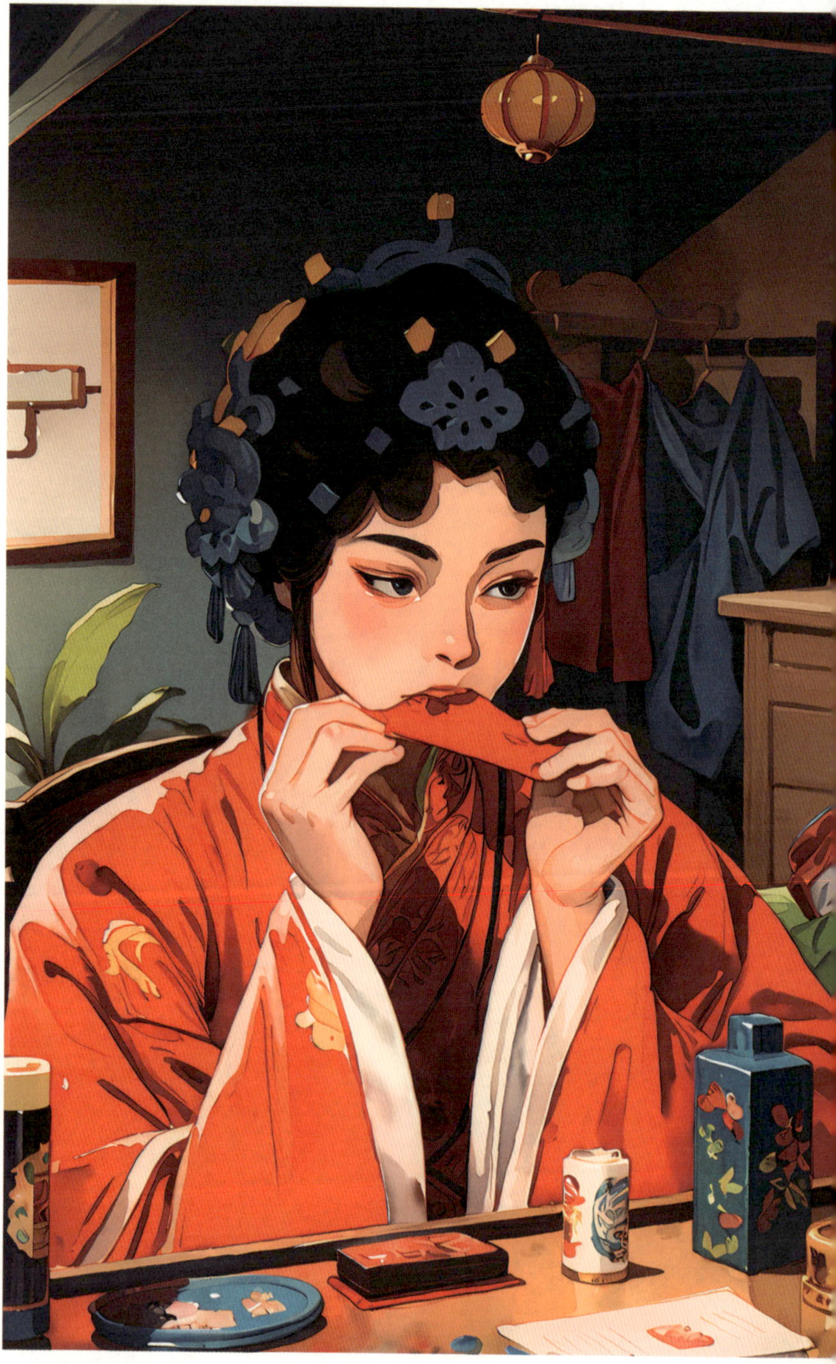

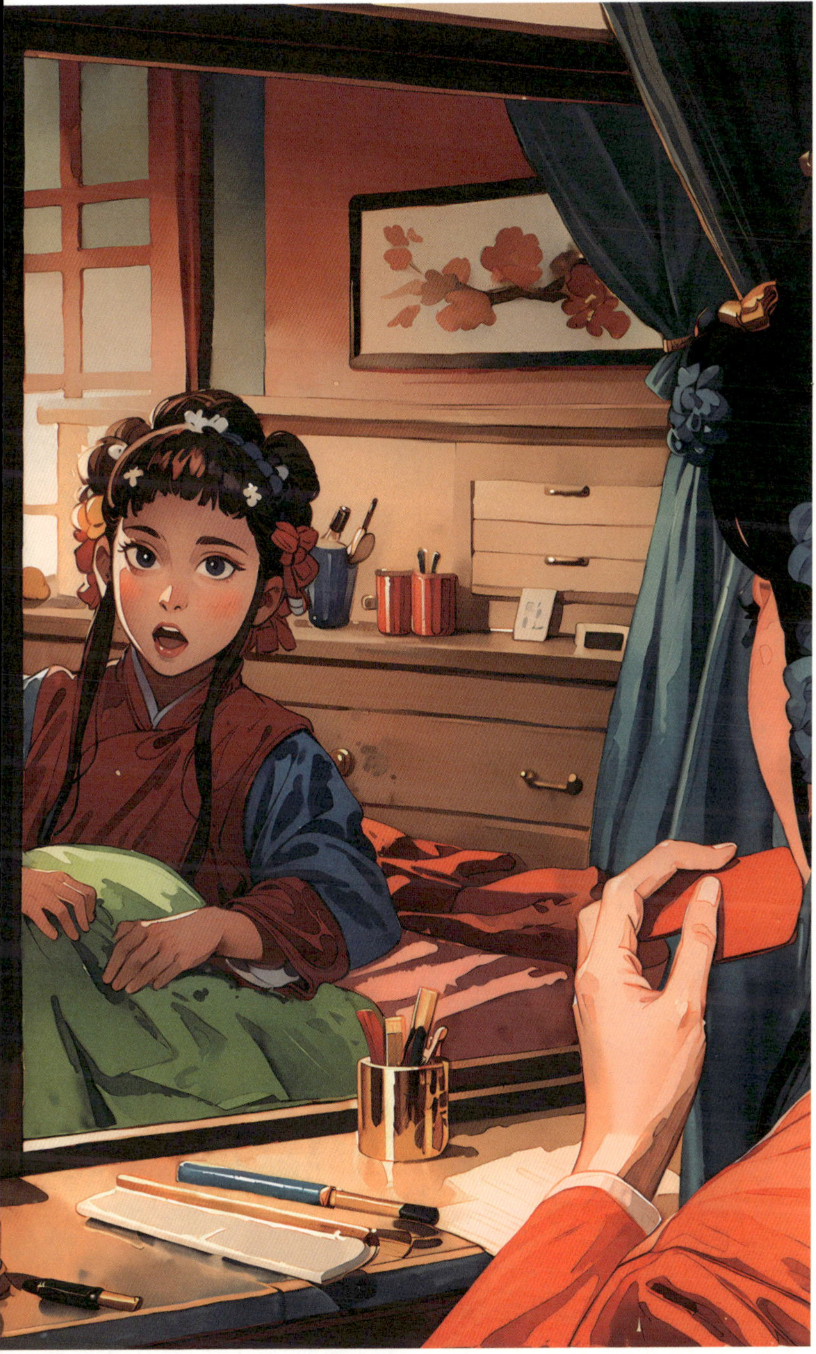

俺的睡情谁见?
则索要因循腼腆
想幽梦谁边
和春光暗流转
迁延,这衷怀哪处言?
淹煎,泼残生除问天

勒好了头,姐姐开始贴片子。先贴七个小弯。在眉心正上方平贴好小弯中最大的那片,然后按照一左一右的顺序,先后对称着贴好剩下六个小弯。姐姐贴得很仔细,她谨记了徐敬祯的话,不可一口气贴左边,或者一口气贴右边,会歪斜,难掌握平衡。贴好了六个小弯,用吊眉带在头上绕一圈勒紧,固定住七个片子。姐姐接下来要贴大柳了,保健兰却忍不住叫了一声:"姐,这么晚了,你怎么还在贴片子?"

姐姐扭过头来,神情隐在暗处,灯光摇曳,看不清楚。姐姐就这样在暗处看了保健兰半晌,方说:"哪里的傻话?你是不是午觉睡糊涂了?"片子显然没贴好,上面的刨花水顺着姐姐的额角往下流,流过眼皮,流过眼尾,混着眼影和眼线继续往下流,红的,黑的,白的,打翻了世界,那尊人物竟不像是姐姐了。

保健兰心底翻涌起一阵惧怖和恶心,猛地翻身坐起,却发现自己一身杜丽娘的戏装,偎依在垫子上,姐姐还在那里慢慢地梳妆,穿戴着的却是春香的行头。哪里有什么灯光,明明是窗外漏进来的日光正盛。姐姐的身体被五角枫的光影切割成了两半,姐姐也变成了树。

保健青的大柳已经贴好了,再次缠上一圈吊眉带,又戴上线帘子,扣上假发壳子,将水纱缠在头上,压住上耳廓,压平,抚展,戴好发网,将假发壳子系在簪上。头面也不能忘记,添装饰品,戴压鬓花、大顶花、耳挖子,什么热闹添什么,最后,换上彩裤,系上裳,套上鞋袜,梳妆就完成了。

保健青转过头,看向妹妹:"怎么还不起身准备?等会儿彩排就开始了。"保健兰愣住了。刚才的一切都是梦吗?还是眼前的才是梦?连环梦?梦中梦?梦的结构?梦的解构?

保健兰走进了林中,一棵棵树高耸入云。林中伸出了一条又一条的路。她一时之间竟分不清自己是人是鬼,是杜丽娘还是保健兰。牡丹亭,芍药栏,都付与断壁残垣,荒废了个干净。荧荧一片夜色之中,门庭寂寥,只剩梨花春影绰绰,没有人声,爹娘早已不见踪影。

"昔日千金小姐,今日水流花谢。这淹淹惜惜杜陵花,太亏他。生性独行无那,此夜星前一个。生生死死为情多。奈情何!"

她的眼前一片昏黑。阎王老爷大手一挥,将她放归书斋后园。谁能想到,这里已经变成了梅花庵观。

命运的车轮在滚滚向前,柳梦梅脚下的辙痕正不动声色地和她的游移在一起。他进京赶考,染上了风寒,巧的是,为了养病,住进了这里。他掘了她的墓,她悠悠醒转了过来。

她曾不小心看到了徐敬祯的脚。她那天本来是要去找姐姐,给她送练戏用的手帕,却撞见了房间隔帘后徐敬祯的脚。他大约是在给自己脚上的伤口上药。修长的手捏着棉签,蘸着褐色的药水往脚上的水泡和裂痕上涂擦。踩跷功是男旦必会的一种功夫,为掩盖自己罗裙衣衫下的那双男人的大脚,避免折损观众的观感,男旦需要在自己的脚底板下绑缚一双木制的"小脚",

再套上跷鞋，以扮演女子的三寸金莲。想必很痛苦，但美也是真的美。她无数次看过师父的那双"小脚"如何在舞台上翩翩若飞，如林中鸠雀，灵敏，轻捷；如何在板凳上翻腾，挪转，如涧中清泉，流淌自如，叮咚作响。如果不是那双脚，他绝无可能演活少女和少妇们的娇俏、喜悦、苦楚、羞涩，也绝无可能敲响沉重的，本已一泻千里的命运的门扉。

今天她第一次看到了师父的脚，不免生出好奇，驻足于此，忍不住多看了几眼。一开始就看着和正常男人的脚很不一样，至少和父亲那双走惯了泥水道路的大脚相比，奇怪极了。脚板很窄，脚背雪白，青筋微微裸露，看着格外秀美，但一想到它从一个男人的裤脚下伸出，就觉得奇怪。脚趾小而圆，局促地拥挤着，一枚，两枚，三枚，四枚，五枚……六枚？师父竟然有六枚脚趾？她顿时大惊，一抬头，却与徐敬祯面面相觑。徐敬祯淡淡地看着她，昏黄的眼珠定定的，动也不动："你在干什么？"

保健兰睁开了双眼。不对，怎么眼前饰演柳梦梅的演员，变成了师父徐敬祯？他伸出双手，向墓里的她伸出宽大的双手，想要把她拉出深渊。她迟疑了。她知道，离开这方矮矮的坟墓，她的车轮便将彻底地、永远地驶离，转到新的路向上去。一切都将像这眼前的昏黑一般，难以捉摸。可是，她还分不清她到底是杜丽娘，还是保健兰。她应该就此离开吗？

柳梦梅，或者徐敬祯唱道："画阑风摆竹横斜。惊鸦闪落在残红榭。呀，门儿开也。玉天仙光降了紫云车。"

保健兰低眉："柳郎来也。"

柳梦梅作揖道："姐姐来也。"

保健兰只望着他，半晌不语。台下已经有了轻微的骚动，都以为保健兰忘了词，暗暗替她着急。她却幽幽叹道："秀才，等你不来，俺集下了唐诗一首。'拟托良媒亦自伤秦韬玉,月寒山色两苍苍薛涛。不知谁唱春归曲曹唐?又向人间魅阮郎刘言史。'"这里的停顿妙极,显出保健兰情意难收,笑眼生花。她的才与嗔柔软如水烟罗,却因为踌躇和收敛而倍加亲切可爱。

柳梦梅不是蠢人。云端幻影,摇月遮人,他清楚她的心。

"姐姐敢定了人家?"

"并不曾受人家红定回鸾帖。"

"喜个甚样人家?"

"但得个秀才郎情倾意惬。"

"小生倒是个有情的。"

"是看上你年少多情,迤逗俺睡魂难贴。"

"姐姐,嫁了小生罢。"

"怕你岭南归客路途赊,是做小伏低难说。"

"小生未曾有妻。"

杜丽娘,或者保健兰笑了:"道奴家天上神仙列,前生寿折。"

"不是天上,难道人间?"

"便作是私奔,悄悄何妨说。"

"不是人间,则是花月之妖。"

"正要你掘草寻根,怕不待勾辰就月。"

柳梦梅越发疑惑了:"是怎么说?"

"不明白辜负了幽期,话到尖头又咽。"

"姐姐,你千不说,万不说。直恁的书生不酬决,更向谁边说?"

"待要说,如何说?秀才,俺则怕聘则为妻奔则妾,受了盟香说。"

"你要小生发愿,定为正妻,便与姐姐拈香去。"

保健兰与柳梦梅跪下同拜。柳梦梅朗朗唱道:"神天的,神天的,盟香满爇。柳梦梅,柳梦梅,南安郡舍,遇了这佳人提挈,作夫妻。生同室,死同穴。口不心齐,寿随香灭!"

"口不心齐,寿随香灭"像脖颈上的佩,牢牢拴住了杜丽娘。她知道自己从墓中爬了出来,走上了林中路,不禁落泪。

柳梦梅慌乱道:"怎生掉下泪来?"

保健兰噙着泪,泪水涟涟,笑道:"感君情重,不觉泪垂。"

掌声雷动之中,她完成了演出,同时意外地得到了一个机缘——梅江汉剧院看中了她。一切发生得太突然,像一连串的鸡蛋黄和鸡蛋白从喉管艰难地滑下来,要噎住保健兰。梅江汉剧院只给保健兰一天的考虑时间。保健兰细细想来,安义京剧既没有独特的地理资源提供支持,也没有深厚的文化底蕴作为依托,对比起梅江汉剧炙手可热的前景,安义京剧的发展态势几乎已经江河日下,一眼望去,如果在这里一直待下去,似乎很难再有什么上升空间,她思考良久,终于决定离开,姐姐保健青则继续留在京剧班里,师从徐敬祯。十八岁生日那天,母亲给她煮了一碗面条,卧了两个荷包蛋,又往她的背包里塞了一大瓶自己做的剁椒。她把头发全部向后梳,露出光洁的额头,朝气十足地踏上了南下的绿皮火车。

第一章 七寸
第二章 鹿眼
第三章 脏物
第四章 壶嘴

第二章　鹿眼

　　二十世纪五十年代以前，为了挽救濒危的梅江汉剧，梅江市政府召开了一次筹建梅江汉剧团的会议，将新中国成立前的汉剧演员们召集在了一起。彼时，广东汉剧的艺术教育发展还不成熟，剧种的艺术生命延续还停留在原始的"三重三轻"和"两多两少"之上。"三重三轻"，说的是重视基本功的训练，重视定型剧目的传承，重视口传心授式的经验体悟；轻视对广东汉剧表演理论的传授，轻视采用启发式教学，轻视培养艺人的艺术创造力；"两多两少"，说的是学戏和演出多，学习文化和横向借鉴少。[1]

　　会后几年，又快马加鞭，成立了梅江汉剧院。一切都是新生气象，学习、排练、演出和财政制度慢慢成形。剧院之下，又设立了剧团和一些剧社作为地方力量。梅江汉剧院以文戏闻名遐迩，主要演出剧目有《梁祝》《五台山》《秦香莲》《百里奚认妻》等。

---

1. 李荀华. 广东汉剧发展史[M]. 北京：中国戏剧出版社，2005：184.

第二章 鹿眼

正是在剧院赴安义演出《梁祝》那一次，保健兰第一次见到了罗宇。

凭借着出色的戏曲天赋和扎实的京剧基础，保健兰很快得以接触到"京汉两下锅"版本的汉剧《蝴蝶梦》。所谓"京汉两下锅"，说的是京剧与汉剧唱腔同台汇合。因二者同属于"皮黄腔"派系，倒也相得益彰。排演过程中，保健兰真正认识了罗宇。那时，她需要分饰两角，一个是春情荡漾、娇俏可人的扇坟少妇，另一个便是端庄谨肃、温柔贤淑的田氏。田氏属于花旦唱腔，部分唱段是西皮慢板，音乐唱腔设计师在此基础之上，创造性地融入了汉乐《蕉窗夜雨》，于是她的唱犹如得到了蒸鱼出锅前淋的一勺滚沸的油，入口爽利，吞吐之间口舌生香，余味悠长。

她着迷于这种演绎的熨帖，继而将这种着迷蔓延至对罗宇的凝望。她爱看他在休息期间，穿着一身灰色棉质衬衫，抱胸站在舞台一侧，眉宇间拧着数量不一的线条：一根线条是一眼板，原板，二六，马龙头；三根线条是三眼板，慢板，快三眼，花二六。他用线条配合她的唱。她在他的眉宇间盛放成南国的牡丹，娇艳欲滴。花丝和花药指向天，她的高音响遏行云；花瓣和花萼向四面舒展，她的低音流水潺潺。主奏乐器头弦，筒小，仅能容下食指与中指二指，发音时高亢尖利如裂帛，撕碎她，重组她。大苏锣音色柔和绵软，像不起皱的布，包缠着她的身体。唱念做打是纸张，在笔墨的飞白中，构成形与意、显与隐的关系。当舞台搬到床上，床的底色是白色，他与她的身形翻转腾挪，书画出动态的痕迹，于是也构成形与意、显与隐的关系，写意非凡。她唱旦腔，须为子喉声，他教她探寻音色的秀丽，行腔的婉转，她近乎完美地完成作业，甚而举一反三，在床笫的高潮中把捉住了艺术的秘谛，使其愈加圆润，愈加柔美。

罗宇和保健兰同为安义老乡，不过不同的是，保健兰是乡镇姑娘，吃着拨烂子[1]和菜疙瘩[2]长大,罗宇却从小生长在城区,父亲是省公安厅的干部,母亲是本地的中学老师,也是小有名气的油画家,留过洋,见过世面。他上面有三个姐姐,分别叫"招娣""盼娣""换娣",他是最小的弟弟。三姊出生时,罗宇的祖母一听大夫说"恭喜恭喜!是个闺女!",就忙不迭地翘起那婴孩的屁股,一看,真的没有把儿,顿时泄气,拍着大腿说:"完喽,完喽!老罗家真的完喽!"为了给老罗家改运,她去找了庙里的算命先生,人家说,往庙里捐个门槛,再给三姊起名为"换娣",可以"换"来儿子。祖母照做了,结果这一等,就是十三年。罗宇的母亲肚子果然大了,且还有点儿尖尖的模样。家里人都喜出望外,纷纷说这回肯定是个儿子。与此同时,换娣的肚子却也古怪地大了,像一面乖戾的鼓。她的脸开始变得蜡黄,迅速地消瘦下去,仿佛被吸净了精气,唯独肚子一天天肉眼可见地膨胀起来,肚皮上布满了紫色和蓝色的花纹,走路的时候,肚子里便"哗啦哗啦"地响,似乎装了很多液体。

　　罗宇的母亲自幼习画,后又留洋日本,专攻油画。回国后,投身文教,辗转在安义的几所中学,教授美术、地理、历史。小时候,最喜欢看母亲作画的孩子就是三姊换娣。二伯父开茶庄,时不时往家里送一些好茶叶。熏香和茶气像蛋清状的绸,悠悠然飘在空中,母亲在绸的后面作画,换娣就在绸的前面看画。山川湖海,花鸟虫鱼,奇珍异兽,母亲一概不画。母亲只画鹿,画各种形态的鹿,或站或卧,鹿角粗硬,鹿腿上的血管富有弹性,皮毛如根根分明的松针,厚,软,泛着神秘的光泽。南北朝时期,画家张僧繇曾

---

[1] 拨烂子:山西面食,将土豆丝与面粉搅拌均匀,上锅蒸熟,热油放葱蒜翻炒,调入料汁,即可食用。
[2] 菜疙瘩:陕西关中一带的面食,将野菜混在杂粮面里,蒸熟后调味,即可食用。

第二章 鹿眼

奉梁武帝之命，于金陵安乐寺的壁上画了四条金龙，后来给其中两条金龙点上眼睛，霎时电闪雷鸣，狂风大作，两条龙凌空飞起，消失在云间。母亲最拿手的也是画鹿眼。上下两笔，勾勒出鹿的眼睑，中心两笔，勾勒出鹿的瞳孔，最后一笔笔画出睫毛，鹿就在山野间跑动起来了。

换娣走到绸的后面，问母亲："妈，我可以试试吗？"母亲点点头，示意她过来。换娣的脸在绸与绸之间晦暗不明，开始起笔。她先画鹿身的参考线，在此基础上，画鹿腿和鹿身的大致轮廓，接着，擦除参考线，开始添加面部细节和毛发细节。她的呼吸变得粗重，鹿的呼吸也变得粗重，一只杏黄的幼鹿已经跃然纸上，眼神清亮，唯独没有嘴。母亲最后画的是眼睛，换娣最后画的是嘴。母亲问换娣："什么时候画鹿嘴呢？"换娣没有说话，继续渲染幼鹿身处的背景。她的画笔饱蘸了树绿、群青和玫瑰茜红，在画布上大开大合，显出一种悲烈的秾艳。

窗外，雷电交加，风起云涌，天象异动。屋内，蛋清状的绸也变了色，变成灰雁的羽尖，紧张而敏感地竖立。桌上的书卷和纸张被吹得乱翻，有的被刮到了地面上，母亲忙费力地猫腰捡拾，又蹒跚着去关窗，昏浊的房间里，母亲的肚子高得像一座危塔。

外面开始下雨了，雨声呜咽，幼鹿也开始含混不清地呜咽，它在焦急地期待最后一笔，期待它的两瓣嘴唇，期待属于它的开口的机会。换娣还在一笔一笔地画着，豆大的汗珠开始不断淌下，打在紧绷的画布上，发出微弱的闷响。于是画中也开始下起大雨，树绿、群青和玫瑰茜红的画布飘满鬼怪的影，它们无不张着血盆大口，红色幕布下的口腔舞台炫耀地撕裂，长出细密的倒刺和狰狞的暗齿。虽然没有嘴唇的依托，但依然可以看明白，幼鹿的眼睛里倒映着惊恐和绝望。它究竟看到了什么？

母亲突然抓住了换娣的左手,颤着声音问:"这是什么时候出现的?"换娣漠然地抬起眼睛,看了一眼母亲,又低头看了一眼自己的手,上面爬了几只红色的蜘蛛痣,在画里画外的雨幕中,贪婪地伸开伪足。换娣没有挣脱左手,用右手迅速补上了幼鹿的嘴唇,然后开始脱衣服、脱裤子。母亲情不自禁地松开手,在奇诡的迷雾中感到一阵眩晕,流下了眼泪。所有的衣裤,已经尽数崩摧在换娣脚下,换娣赤条条站立在其中。她十三岁,模样和身材介乎于女孩和女人之间,此刻傲然地挺起微小的乳,胸前像烫了两枚油亮的勋章,锁骨架起两座桥梁,使春峦与鹅胰连贯了起来。春峦一路流畅地逶迤,最后断裂在下面丑陋、圆润的肚子前。这时母亲终于看清了,换娣的脖子、胸口、大腿、手,到处都爬满了血红的蜘蛛痣。其中最大的一只,忠诚地趴在她的肩胛上,像西格弗里特肩胛上的菩提。幼鹿在雨柱和雨箭里奔逐,此刻它有了嘴唇,得以清晰地发出呦呦的鹿鸣。母亲跪倒在地,痛苦不堪:"糟了,我的肚子,我的孩子!"她的两腿不听使唤地颤抖,水一样的液体从裤子里汩汩涌出,几乎涌到了换娣的脚下。换娣回以疯狂的呕吐,吐出大量黄色的黏液,身体因剧烈的反射动作而反张成弓。她的舌头抻长了,腿脚弯折,脚趾间长出了蹼,眼球暴突,脊背蹙缩,她变成一只阿瓦隆之岛上的巨蛙了。

不知什么时候,群魔与群鬼都隐匿在了丛林深处,画面上一片浓郁的腥臊,黑色的小船停在湖泊之上,尼伯龙根的钟声向幼鹿发出召唤。幼鹿转头,看向换娣,它的惊恐和绝望已经消退,只有从容的等待。换娣巨蛙淡淡地抬起双腿走,不,是敏捷地跳进了画里,和幼鹿一起消失在树绿、群青和玫瑰茜红中。

经历数个小时的阵痛后,母亲终于生下了罗宇。当罗宇的祖母看到浑身

第二章 鹿眼

湿黏的紫色婴孩下体射出了一道有力的弧线,顿时老泪纵横,双手合十,疾步走到天空之下,猛力摇晃着高举的手掌:"谢谢老天保佑!阿弥陀佛!谢谢佛祖!谢谢菩萨!我老罗家有后了!我可以和列祖列宗交代了!"这个年轻时叱咤风云的妇女主席,连戴了一辈子的红袖章什么时候从胳膊上掉落在地也不知道。

换娣真的"换"来了儿子,但从那以后,母亲再也不画画了。出月子后,她留下了满墙大大小小的鹿,慧黠的鹿,稚拙的鹿,迟缓的鹿,欢快的鹿,然后毫无预兆地离开了。于是,罗宇从记事开始,再也没有见过母亲。有人说,母亲北上去了京平,去唱京剧了;有人说,母亲南下去了梅江,去唱汉剧了,但无论哪种去向,母亲都不是体面的画家了。母亲变成了戏子,这是父亲的原话。母亲离开后的头几年,父亲也借着自己的身份带来的便利,派人寻找过,但一直无果,直到罗宇穿起了开裆裤,索性放弃了。只有罗宇把人们的议论听进去了,他记住了"京剧"和"汉剧"。

汉剧最早发源于"外江戏"。咸丰、同治年间,海禁大开,外江戏开始空前繁荣。到了同治末年,科班收徒,班社云涌的现象陡生,无形之中加快了汉剧在粤东渗透的速度。汉剧在二十世纪三十年代末本已濒危,转折点出现在新中国成立之初。在"百花齐放,推陈出新"的党的艺术方针指引下,戏曲界执行"改人、改制、改戏"的政策指示。一九五九年,梅江建起了梅江汉剧院,竟成了汉剧复苏的中流砥柱。梅江汉剧院的领导跑遍了中国,到处挖人才,为的就是挽救汉剧这颗戏剧中的遗珠,使它重新焕彩。然而好景不长,一九六六年,浩劫开始了,文艺工作者因"文艺黑线专政"论而备受打击,一些地方汉剧团纷纷解散或者撤销,只有梅江汉剧院像风浪中的一叶小小孤舟,坚忍地屹立。很快,汉剧的艺术舞台就被"革命样板戏"占据,失去了自由开放花朵的土壤，关于汉剧的艺术教育、人才选拔也就此紧急告停，时代的齿轮陷入了静滞。

一九七〇年，保健兰出生，彼时的她并不知道，日后的自己将会和一千多公里外的梅江汉剧院产生命运的纠葛。六年后，十年浩劫结束；八年后，梅江汉剧院恢复了建制，头戴"艺术为四个现代化服务"的帽子，渐渐复苏了元气。又过了数年，保健兰乘着改革开放的东风，被选拔进入梅江汉剧院，与罗宇相识相爱。二人恋爱期间，保健兰曾提过小时候和姐姐一起去邻居家看电视的记忆，一屋子蹲满了小孩，守在黑色的方盒子前面，邻居是他们那一片唯一有电视的人家。罗宇听了，一时不知道接什么话。他家几乎是最早一批购买电视的家庭。罗宇的父亲原本是希望儿子读警校，做警察的。没曾想，儿子却"厮混在了脂粉堆里"，和他母亲走到了一条道上。父亲接受不了母亲的离开，当然也接受不了儿子成了戏子，然而因为罗宇是他的孩子中唯一"带把儿"的，所以也只能任由他去。

一九九四年，他们双双考入了京平戏曲学院导演系，接受系统的戏曲舞台理论学习。本科毕业之际，适逢中共中央宣传部提议让这批戏曲栋梁继续攻读研究生，二人选择继续进修。保健兰担忧生育会缩短自己的艺术生命，罗宇则喜欢自由，反感被婚姻和婴孩约束甚至捆绑，于是两个人洒脱地过了数年，一直不婚。他们笃信真正的爱情不需要有形的枷锁。

后来，罗宇继续读完了博士，又抓住机会，作为高层次人才被引进安义市文化局，保健兰则回到了彼时初具规模的安义市歌剧舞剧院。四十岁那年，她荣膺中国戏剧表演艺术最高奖"梅花奖"，也拿到了安义大学的一纸聘书。事业攀至峰巅之时，也是她和罗宇的感情结束之日。安义是用乳、血和土生她养她的家乡，她无法割裂，出走学习的最终目的也是归来，而罗宇不同。罗宇也是安义人，但他厌倦了安义的卷饼、炒鸡、穿城而过的黄河，想要去更高更远的地方看看。二人平静分手，罗宇拿着飞往京平大学的机票，头也不回地离开了安义。数年间，他们几乎断了所有联系，保健兰从朋友那里辗转得知，罗宇慢慢爬到了教授的高位上，之后又慢慢增添了"博士生导师"的名号。每年，慕名而来的学生越来越密，他邮箱里的邮件也越来越多，但他在保健兰这边的讯息和动向却渐渐被风吹得越来越稀，像星星小火，直到再也看不见了。

她和罗宇曾为彼此的才德和学养惺惺相惜，也曾在彼此追逐梦想的虹膜里看见自己的身形。保健兰是肯吃苦的性子，白天骑着单车去补习文化课，晚上回来便抓紧时间学戏练功。她曾为了掌握扁担功，硬是将每一种不同的扁担动作技巧都重复练习了数百遍，磨断了几十根扁担上的绳子，也曾在一米多高的扶手椅子上翻转腾挪上千次，直到自己的身躯灵活如蛟龙探海，能够持续做出种种高难度动作。罗宇欣赏她的勤勉和用心，就像她一直爱慕他的专业和聪敏一般。那时，他的头发和鬓角黑如松烟墨，目光炯炯似灯豆，永不妥协和熄灭。那时，她深爱戏曲，更深爱他。在理想和现实的冲突面前，罗宇最终走了前者的道路。也许在常人眼中，是自我利益的基因使然，但在保健兰眼中，也许更应该看作是趋利避害的天性驱使。

罗宇把自己的青春献给了梅江汉剧院。进入安义市文化局后，他再一次重整了安义戏剧的旗鼓，在任期间，做了许多建设性的工作，比如帮助安义大学筹建舞剧系，拉资源，扩影响，当然，他的私心也是为了保健兰。所以，他一直认为自己最后的离开是时缘的推动，没有对不起谁。他唯一不知道的是，保健兰和他分开以后，一直没有结婚。

在收获京平大学的平台之前，罗宇本已打算和她在安义平平静静了此一生。窗外雨水滂沱,正是倒春寒的时节,他们喘着气,一起翻滚在床上,把玩着对方的尺寸和方圆,聊起了定情之作《蝴蝶梦》。

庄周为试妻,佯装死去,葬礼上恰好有一对纸扎的童男童女陪葬,他一口气吹活了那童男。因为用钱二百五买来了它,所以给它起了个诨名叫"二百五"。之后,他化作玉树临风的贵族楚王孙,前去撩拨田氏的心。

保健兰唱道:"公子汲水汗淋淋,羞煞田氏女钗裙。想公子平日深宫内,钟鸣鼎食享尊荣。今日汲水不得已,粗贱的活儿辱王孙。"

罗宇唱道:"说什么钟鸣鼎食享尊荣,说什么粗贱的活儿辱王孙。君子之泽五世斩,王孙明日是庶民。我也曾市井练百艺,我也曾访农家、学稼穑、渔猎在洞庭。苦心志,劳筋骨。哪来的粗雅贵贱分?"

保健兰腹诽道:"他那里慷慨发议论,不由我田氏百感生。王孙贵族阅多矣,哪比得眼前这个人。清逸一扫纨绔气,举止不骄亦不矜。言语有度多谦逊,眉宇间却有那么一股子英气逼人。忽觉夜风带暖意……"

戏台上,她是田氏,他是庄周,是楚王孙;戏台下,她却变成了庄周,变成了楚王孙,变成了纸扎的童男二百五。

田氏还在犹豫,到底要不要手起刀落时,二百五已快人快语地抢白:"往日在楚国京城,公子病发,楚王便命人从牢中取出待决死囚,砍头取脑,热酒冲服,公子立见痊愈。"

田氏大惊:"活人脑髓去哪里找?"

一旁的姜婆婆追问:"活人脑髓太难搞到了,死人脑髓可不可以?"

二百五平静地回答:"只要没过七七四十九天,就还算合格。"

田氏还在犹豫,二百五的语速越来越快,厚厚的嘴唇上下翻飞,唾沫横飞:"求求你了,快想想办法!想想我家公子之前是怎么待你的!再晚一点,就来不及了!"再晚一点确实来不及了,罗宇将和进入京平大学的机遇失之交臂。他决不允许这样的事情发生。说话间,保健兰示意他低头看他的手:"你快看!你手上拿的是什么?"

罗宇呆呆地重复:"我手上拿的是什么?"

"一把斧子!"

"什么时候拿的斧子?"

"你动心起念的时候,斧子就已经握在你的手中了。"

"这把斧子要用来做什么?"

"劈庄周的棺,挖庄周还未来得及冷却的脑髓,救楚王孙的命!"

"不可以!"

"可以!"

庄周逃不过这一斧子,保健兰也逃不过这一斧子。

保健兰缩在他滚烫的身体里呢喃,人性真是难以估量。罗宇低下头,把她抱得更紧了一些,说他永远不会是田氏。然而他的答案却在时间的冲洗中愈加明晰,露出了尴尬的衰败。田氏最终没有经受住欲念的考验,现实中,他亦如此,只是他欲念的源头不在两腿之间罢了。

第一章 七寸
第二章 鹿眼
第三章 脏物
第四章 壶嘴

第三章　脏物

结束了一天的工作，天色已经擦黑，保健兰走在校园里的林荫大道上，掏出手机，刷新了微信朋友圈。左上角那个彩色的齿轮转了半天后，第一条弹出的朋友圈是双胞胎姐姐保健青发的，但当她定睛一看，发现竟然是一条讣告。

爱妻保健青，因故身亡，经抢救医治无效，不幸于今晨六时十一分逝世，终年五十岁。因疫情防控原因，不举行遗体告别仪式，灵堂设在文心市寓所。

谨此讣闻。

口吻是姐夫邱向东，照片是笑意盈盈的姐姐，不过此刻那盈盈笑意困在了灰色的像素格子里。她感到心脏真切地向下一坠，慌忙又细细阅读了一遍那条灰色的朋友圈，连带着那个熟悉的头像也细细阅读了一遍。心脏复归原位，血流涌进了眼球，眼前顿时红一块，黑一块。

姐姐死了？姐姐死了。姐姐死了？

疑问句和陈述句在脑子里交替出现，像闪烁着雪花的电视，嗡嗡作响。她再次把视线聚焦在小小的手机屏幕上。因为老花眼，她习惯把手机的系统字体调得特别大，有了小小的手机屏幕衬托，那些字显得更大了，大得仿佛伸出了胳膊和腿脚。因故身亡，她认真咀嚼着这四个字，是什么意思呢？父母相继去世后，她是姐姐唯一的亲人，邱向东为什么没有在事发后第一时间通知她呢？为什么直到她看到朋友圈，才知道姐姐的死讯？她有太多太多的疑问。

保健兰在通讯录里翻找出邱向东的号码，电话响了几声，通了。

"小兰，是你啊。不好意思，昨天加上今天一直在处理你姐姐的事情，顾不上给你打电话……"邱向东说话的声音透着疲惫，像一口苍老的井，里面很黑。

保健兰打断了他的话头，问道："姐夫，我姐到底怎么了？你那条朋友圈是怎么回事？"她竭力平复着沉重的心跳，内心端着一丝窄窄的希望。

邱向东的呼吸陡然急促起来，像抽拉着风箱，风声越来越大，几乎盖过了窗外涌动的车流声。

最后，风箱呼啸着说："小兰，你姐是自杀。我们目前还在配合警方调查，希望能尽快还原真相。你方便的话，尽快回家一趟吧。"

保健兰心底深处的那丝希望合拢了，最后的光亮消失了。

保健兰凌晨醒转，听了一段评书《聂小倩》，又昏昏然睡去。似真似梦之中，她掀开竹编门帘，看见父亲卧在床榻上，姐姐脊背挺得笔直，坐在桌前认真写着功课。堂屋门前摆好了供桌供椅，厨房灶间放着揉好的面团和洗好的青菜，原来是除夕将至，要准备包饺子辞旧迎新。这时，母亲走了过来，在围裙上擦着手，埋怨她为什么要在姐姐做作业时播放《聂小倩》，影响姐姐学习。她慌忙用手摁下收音机上的暂停键，可是没一会儿，评书又开始自动播放了，她再次摁下暂停键，再次失败，于是一次次暂停，却又一次次失败，正心急如焚间，咯噔一下惊醒过来，摸到满脸的泪水，原来不过是一场梦。

她拧开煤气灶旋钮煮稀饭，用手搓了搓脸，想起来姐姐已经去世有一段时间了。警方经过一番调查和取证后，很快排除了他杀的可能，判断姐姐是自杀，可是保健兰怎么都不肯相信。姐姐生前是个非常积极乐观的人，情绪稳定，很少大悲大怒，对新生事物充满了热情，喜欢追赶潮流，时下的年轻人爱玩什么，她就跟着玩什么，朋友圈里的照片不是空中瑜伽，就是关于滑雪和冲浪的尝试。这样一个热爱生活的人，有什么自杀的动机呢？最近也是她最后的一条朋友圈，是她和几个年轻人去露营时拍的照片，她穿着一身潇洒的工装，倚靠在一把克米特椅上，脸上戴着墨镜，两片红唇之间，露出一口灿烂的白牙。姐姐去世后，保健兰把那张照片保存在手机相册里，时不时翻出来看看。她用两根手指放大姐姐的脸，企图看清墨镜后面的秘密。她多希望姐姐用眼睛告诉她真相，可惜秘密被墨镜挡住了。

锅开了，稀饭"咕嘟嘟"地翻滚起来，她又往锅里撒了一小撮百合干，看着它们迅速沉陷进白色的米粒里，不见踪迹。突然，她瞄见一颗黑色的脏物漂在稀饭的上面，看不清是什么，也许是小昆虫，也许是百合干上沾带的尘土，也许是锅具掉的漆片。她操起筷子去夹，结果筷子太滑，很不跟手，脏物眼看着就要被米粒吞没了，她急了，伸手拉开洗碗柜，翻找小漏勺，却怎么也找不到。她才想起来，自己已经很久不用漏勺了。她独居多年，不爱

第三章 脏物

社交，成日里只和故纸堆与旧戏文打交道，而漏勺，在她的认知里和热腾腾的火锅有关，一群好友围坐在一起，并几听啤酒，争先恐后地用漏勺往外捞肉片、白萝卜和豆腐。很多年前，她还年轻，和罗宇恋爱的时候，两个人最喜欢打火锅。不过那会儿怕胖，又为了保护嗓子，他俩的火锅多用各式菌菇做底，不放辣椒，也不放肉。

脏物沉进了锅底，看不见了，但她的倔劲儿却上来了，非要找到那把漏勺不可。她把厨房的橱柜都打开了，挨个儿翻寻着，最后，在其中一个抽屉，漏勺从一堆杂物里冒出了脑袋。杂物堆里什么都有，瓶盖、螺丝钉、开瓶器、变形的筷子、一摞用沾满灰尘的报纸包着的新碗，还有一串钥匙。她愣了一会儿，想起来钥匙是保健青工作室的。有一次，姐姐和邱向东来看望她，留下了几提燕窝和铁皮石斛，几罐进口奶粉，还有这串钥匙。姐姐笑着说，欢迎保健兰随时去她的工作室找她，到时一定给她认认真真地化个漂亮的舞台妆。钥匙也留给她一副备用的，以防万一哪天保健兰跑空了，还有个歇脚的地方。

保健兰一时没过脑子，直率地说："姐，现在都有电话了，我去之前，肯定会和你打声招呼的，而且我已经很多年不上台了，现在每天光应付学校里的那些事儿就够受的了。"保健青和邱向东顿时无言，保健兰也自知失言，客厅的气氛陷入了狼狈，最后，邱向东咳嗽了一声，打了个圆场："小兰，我和你姐今天一大早赶飞机，也有些累了，那我们就先回酒店休息，这些补品你拿着慢慢吃，下次你来文心，再好好招待你吧。"

姐姐和姐夫走后，保健兰一边懊丧地反刍着自己刚才的话，一边把燕窝、铁皮石斛和奶粉收进客房，随手将姐姐的钥匙丢进了厨房的抽屉里。锅子突然发出喷气的声音，将她的思绪拉回了现实，她手忙脚乱地去关煤气，盛稀饭。如果今天不是为了寻找漏勺，这串钥匙也许再也不会被她想起来了。

小时候，她和姐姐一起学戏，在京剧班里一起长大，后来，她先后赴梅江、京平进修学习，在汉剧的专业领域持续深耕，毕业后又回到安义，进入高校任教。姐姐则留在了京剧班里，老老实实学着京剧，当时地方包工作分配，她顺利进了安义市歌剧舞剧院，做了一名京剧演员。没几年，她在演出的时候，遇到了回安义探亲的邱向东，他那天正好陪他母亲来看戏。那时，姐姐已经是剧院里的台柱子，每场演出，戏迷们排队排到两条街以外，堵得剧院门口水泄不通。邱向东当时已经是文心市文化局的"一把手"，足以给姐姐提供优渥的生活，所以，与其说保健青是被邱向东送的鲜花和珠宝打动，不如说是被他的出现所代表的光明未来打动。邱向东来安义的时候，买的是一张机票，回文心的时候，买了两张。那是保健青第一次坐飞机，飞机腾空的时候，她害怕得闭上了眼睛，双手死死抓住了座位扶手，却感到邱向东的手轻轻握住了自己的手："小青，别怕，如果头不晕的话，试着睁开眼睛，看看下面，你的脚底下就是你的家乡，是你出生长大的地方。"

安义是一座典型的圈层式结构城市，建筑设施的扩张以市中心的位置向外画同心圆，呈环形放射状。保健青试探着从小小的舷窗向下望，只见安义市中心的楼群缩成了玩具模型，周围被大片的麦田包围，车流像辛勤奔走的蚂蚁，穿梭在马路上。她的眼眶里不知什么时候噙满了眼泪，看着安义一点点地消失在云端之后，她在漂泊的眼泪中睡去，人生的轨迹也在飞机低沉的航行中默默改变。

保健兰带着保健青工作室的钥匙，乘坐当天最晚一班航班飞到了文心。

第三章 脏物

她决定去姐姐的工作室继续探索隐秘的真相。距离她上次赴文心为姐姐料理后事已经过去了两个月,仿佛是受到了某种暗示,她没有告知邱向东自己的再次到来。工作室开在市文化创意园里,是独栋的公寓,一层是临街的店面,设置了专门的服务区域和会客空间,二层就是姐姐的工作室,不对外开放,平时姐姐就在上面工作。工作室已经停止营业,桌椅上早就蒙了一层灰白的尘土,但邱向东为了留个念想,一直维持着姐姐生前用过的物件位置。书墙上整整齐齐地码放着戏剧、舞蹈、投资、管理、妆发设计等相关专业书籍,还有几个隔层堆了一些黑胶唱片。书桌上摞了几本笔记本,笔筒里插着几支笔,有一支笔甚至留在桌面上,没有盖好笔盖。这种匆忙可真不像姐姐的作风,保健兰的心底升起几分悲凉和不安。靠窗的衣帽架上挂着姐姐的一件羊毛外套、几件真丝短袖和醋酸衬衫,保健兰忍不住把脸埋进姐姐厚实的外套,闻到了淡淡的香水或者身体乳的味道。角落有一台椭圆机和一台跑步机,还有一卷瑜伽垫,几块零落在地的瑜伽砖。一切都太不真实了,一切也都太真实了。那些毫无告别痕迹的随意,轻松地刺痛了保健兰,姐姐仿佛从未离开。

平心而论,明眼人都看得出来邱向东一直深爱姐姐,对她爱护有加。当年,姐姐初到文心,从没有下过厨的姐夫怕姐姐想家,笨手笨脚地和保健青的母亲学了几个她最爱吃的菜,第一次端出来的时候,肉是黑的,面条是烂的,保健青却吃得满脸眼泪。邱向东平时工作忙,但无论去哪里出差,都记得给姐姐带点儿小礼物和当地特产。彼时的文心号称遍地都是钱,就看会不会捡,保健青市场嗅觉敏锐,看中了舞台妆发设计领域的空白。她想,照着目前的势头,经济发展起来了,文化和娱乐自然也会紧跟上步伐,于是在邱向东的帮助下,大胆开了一间工作室。她心细,手巧,能吃苦,耐得住

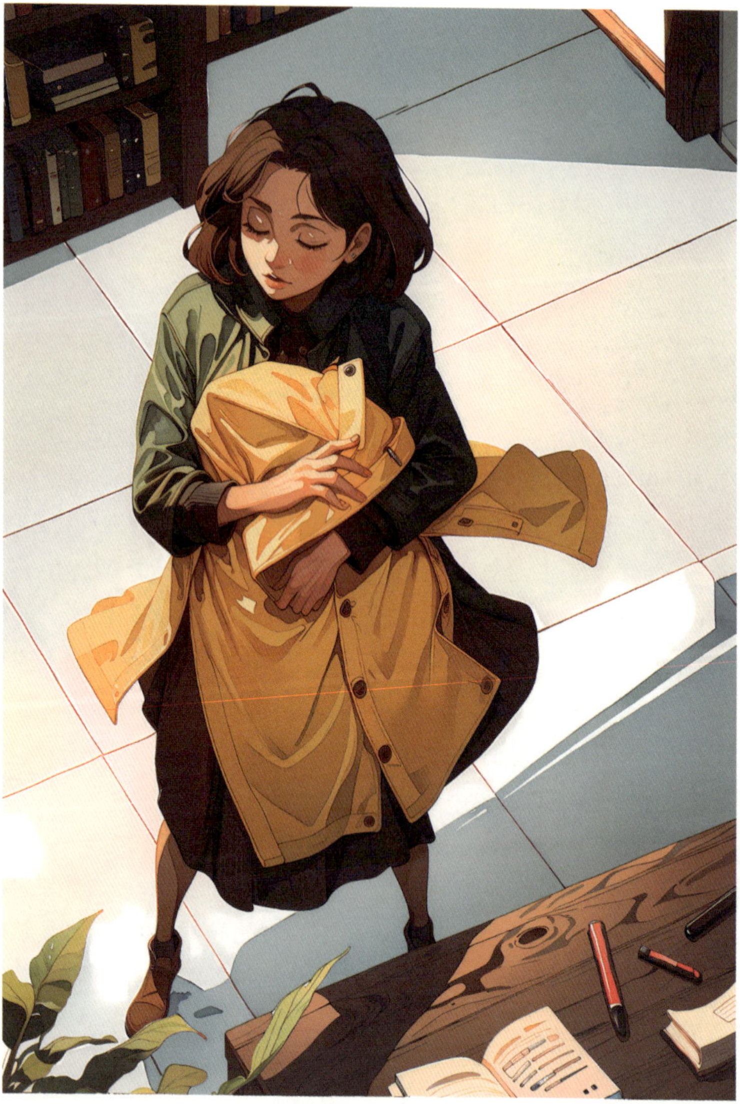

性子，懂得与时俱进，开拓创新，很快，工作室如火如荼地做了起来。一开始还只是戏剧演员和舞蹈演员三三两两慕名而来，后来名声越来越响亮，她开始接剧组和剧团的大单。到了二十一世纪初，文心进入飞速发展时期，同时受到隔壁港珠市的审美影响，人们越加注重自己的形象，尤其是一些爱赶时髦、经济能力尚可的年轻女性。保健青再次嗅到商机，在工作室里又开设了美容模块和面向普通人的妆发设计模块。她自己平时也爱去一些发廊做发型，时间久了，渐渐熟识了一些手艺漂亮的发廊妹，便偷偷挖了几个到自己的工作室，为她们量身定制了简洁大方的制服，又花钱送她们去学习更专业的美容技法，聪明地将美容与妆发多项技术与服务融合，做到了市场经济里倡导的"人无我有，人有我新，人新我转"。工作室发展过程中，姐夫为保健青打点关系，疏通人脉，保证了现金周转的畅通，很快，她的工作室客流量越来越大，开了不少分店，生意越做越红火。

　　短短数十年时间，文心从南粤的边陲小镇摇身一变为现代化的国际大都市，开始思考城市的转型问题，企图摘掉"文化沙漠"的帽子，从"科技之都""金融之都"转型为"文化之都""文学之都"。与之呼应的是保护非物质文化遗产的呼声日日渐高，京剧、汉剧被重新推到了历史的舞台前。保健兰最佩服姐姐的一点，就是她每每都能适时地抓住机遇的风口，站在时代的浪头前端。

　　姐姐去世前十年左右，京剧作为国粹，开始走进国内的中小学，保健兰打了一辈子交道的汉剧也开始在文心所处地域的义务教育课堂上流行。保健青再次瞄准了个中商机，新开了一间只对少年儿童及其家长开放的工作室，主营两大业务，一为传统戏曲表演的授课，二为青少年舞台妆发设计和摄影服务。每到周末和节假日，保健青便会组织一些免费讲座，科普戏剧方面的理论知识，现场还会设置抽奖环节，奖品往往是戏曲表演课程、妆发设计或者摄影服务的体验券。与此同时，微信公众号、微博、抖音、小红书等一些自媒体平台开始盛行，保健青更是借风使力，利用这些媒介推介自己的工作室，制造正面舆论，提升热度。她几乎可以算是第一批尝到自媒体甜头的机敏商人，等到其他人反应过来，纷纷效仿时，早就难以望其项背了。

邱向东的仕途并没有一帆风顺，十余年前，因为涉嫌公车私用及违规在公务接待中提供烟酒，他很快从那个位子上滑落。虽然保健青一直和保健兰说，他是被小人利用了，但无论如何，邱向东后来再也没能东山再起。在保健兰心中，邱向东其实并不是从政的材料，他心眼儿太实诚。家里的经济担子几乎落在了姐姐一个人的头上。但保健青足够坚强，没有被生活的变故击倒，依然保持对丈夫的信任和支持，冷静地经营和管理着数家工作室，悉心照顾着一家人的饮食起居。保健兰唏嘘于姐夫的不幸遭遇，更心疼如此拼命的姐姐。

保健兰收拾起了桌上的笔记本，将它们一本一本地对齐边角，然后推到台灯旁边，想起很多年前，姐姐带自己去湖贝路吃饭，招手叫服务员，眼睛眨也不眨地点了四个菜，什锦火锅二十块，黑豆塘虱鱼煲十块，糖醋排骨八块，蒜蓉炒菜心三块，一共四十一块。要知道，那时的安义人大多只能拿百来块钱的工资，保健兰拿着菜牌，"肉疼"得一迭声地叫："可以了可以了，吃不完了，姐。"保健青满不在乎地笑着说："吃不完就吃不完，但我妹大老远来一趟，怎么也得好好吃一顿。"姐姐的笑脸那样近，那样清晰，保健兰好像摩挲着她生前用过的物件，就能抬手摸到她的盈盈笑意。

一张小小的字条吸引了她的注意力，上面写着"梅江汉剧院门前种着三百七十一棵黄栀子"，用宽透明胶条粘贴在台灯的灯柱上。这是什么意思？保健兰愣住了。她若有所思地在窗前站了一会儿，然后打电话给目前在梅江汉剧院工作的一个要好的朋友，询问剧院门口是否种着"三百七十一棵黄栀子"。朋友明显在电话那头也愣了半晌，问她为什么突然问这个，她本想脱口而出"这和姐姐的死有关"，但最终没有这样说，而是改口为"这和姐姐交代我做的事有关"。话音刚落，保健兰只觉得电光石火劈进了自己的脑袋。她竟然在潜意识的推动下明确了姐姐最后的用意。能进入工作室，接近写字台的只有邱向东和她，但两个人里，熟悉梅江汉剧院情况的只有她。所以，这张字条肯定是特意留给她的。姐姐一定有什么信息想要传递给她，交代给她，说不定就和她的猝然而逝有关。她的心跳加快，呼吸困难，眼前发黑，不得不用手撑住桌台。她感到真相已经呼之欲出，但依然是水中月，镜中花，只需要将手伸进水里，或者打破镜子。只需要最后一步。

朋友回她说："稍等，我去楼下看看，等会儿拍小视频回复给你。"过了一会儿，朋友通过微信传过来一段小视频，另附了一段留言："我绕着剧院走了一圈，前门后门都看了，真的没看到什么'黄栀子'哦。"

保健兰点开小视频，认真地看了数遍，就像当初她认真地看了数遍姐夫发的朋友圈讣告。她仔仔细细地通过视频查看了剧院门口的每一个角落，确实没有种什么花，更别提"三百七十一棵黄栀子"，只有几棵树和一些绿化花球罢了。那么姐姐是什么意思呢？她又仔细地看了看字条，突然发现，"三百七十一"被加粗了，只是不太明显，不认真凑近看真的看不出来。也许，"三百七十一"是一个特殊的数字？有着什么特殊的寓意？会不会是密码之类的呢？

她低下头，重新翻看起了手头的这一堆笔记本，还是没有发现什么异常。她想了想，又拉开下面的抽屉，果然，一本密码本赫然出现了，密码锁的位置有三个滚轮。她发现,日记本被拿起来的瞬间,在抽屉底部留下了一圈方形的灰尘痕迹,姐姐生前告诉过她,姐夫是个非常尊重他人隐私的人。显然,在她今天走进这间工作室之前,没有第二个人打开过这个抽屉。她试探着把数字扭到了"371",再一按,密码本轻轻巧巧地摊开了。她颤抖着手指,脑袋里血流激涌,翻开了姐姐的密码本。原来是姐姐的日记,不过字迹杂乱潦草,和姐姐一贯娟秀的字体差得很远。

1998年4月17日　星期三　天气:晴

漫长的疼痛让人逐渐拥有肯定性的达观,理解人在理解他人痛苦方面可能是缺乏想象力的。也因为这样,感恩曾有人在风雨之中最大程度地感同身受,给予支撑。虽然最终桥梁断裂,但恩情难忘,长存心中。

第一篇日记起笔于一九九八年。保健兰想起来了,当年的这个时候,姐姐曾经生过一场肠胃的大病,当时住院后,医生却说,姐姐是因为精神压力太大导致的病症。姐姐当即勃然大怒,质疑医生的医术和医德,和医生发生了激烈的争执。姐姐说,她是病理性的疼痛,不是心理性的疼痛。医生说,胃病易治,心病难医,这是精神科和消化内科会诊的结果,希望患者配合治疗。当时,保健兰的毕业论文答辩迫在眉睫,但她还是请了一周的假,在医院陪护了姐姐一段时间,因为导师和学校一催再催,她只好匆匆返回京平。只知道,姐姐后来慢慢好了,出院后又静养了一段时间,这些年似乎没复发过,或者说,是没听她提过复发的事情。如今看到姐姐写道:"感恩曾有人在风雨之中最大程度地感同身受,给予支撑",这个"人"是谁?感觉不是姐夫,不然姐姐何不直接把邱向东的名字写上去呢?

接着是一些流水账式的生活琐事记录，没有什么关键的信息出现。保健兰匆匆翻过，最后发现，半年之后，又一篇日记的内容看上去有些蹊跷。

1998年12月6日　星期日　天气：晴转阴

废墟重建，桥梁连接。我感恩在苦难中伸出的援手，但我也无法接受旁逸斜出的枝叶。它们没有按照规则开放，所以花朵的颜色是错误的。我感到遗憾和愧疚，却似乎只能选择逃避。

"废墟重建，桥梁连接"和六月份那篇的"桥梁断裂"如果摆在一起看，因果关系就完整了，这似乎是一种隐喻的说法。"桥梁"一定指的是人或者事，这个"苦难中伸出的援手"，也许就是半年前的那个人的？"旁逸斜出的枝叶""错误的花朵颜色"指的又是什么呢？保健兰越看越糊涂，越看越不明白姐姐到底想要表达什么。接下来又是一些记录得断断续续的日记，语气平淡，再未提及什么"援手""枝叶"和"花朵"。很快，日记进入了二〇〇〇年，实现了新世纪的翻篇。

2000年1月1日　星期六　天气：阴

阿伽通关于爱神的观点：

1. 荷马对爱神埃特的歌颂：他不是走在陆地上，而是走在人柔软的头颅上。阿伽通则进一步歌颂爱神，他既不是走在陆地上，也不是走在人那没有十分柔软的头颅上，而是行走在神和人的心和灵魂里。但从另一角度来看，人的心和灵魂，在某些时刻也格外坚硬，所以爱既是世界上最温柔柔软的，也是最坚强坚硬的；

2. 爱神的美德：不加害于神和人，也不会屈服于暴力的威压，所以爱和暴力无关。

这篇日记写于跨世纪的时刻，一个多么具有纪念意义的日子，但日记通篇写的都是"阿伽通关于爱神的观点"，只字未提那天发生了什么，看起来就更让人摸不着头脑了。保健兰拿出手机搜索了一下，发现这几段话主要来自柏拉图的《会饮篇》，姐姐是在书中叙述的基础上自行归纳，并融合了一点自己的理解。因为译本不同，译者的水准高低不齐，所以这些文字读起来让人颇为费解。保健兰隐隐觉得姐姐有所指，又或者说，她似乎在探索什么问题的答案。也许这个问题，关于爱情？难道说，她和姐夫的感情在这个时候出了问题吗？"暴力"两个字，让她的心里顿时咯噔一下，难道邱向东家暴姐姐了？邱向东会不会和姐姐的死有关？她决定把日记带回酒店，仔细阅读后面的部分，于是把本子放进随身的帆布袋里，提起包袋，准备离开。这时，门突然被敲响，邱向东推门走了进来。保健兰不免流露出惊讶，邱向东笑了笑，说："我从楼下的摄像头那里看到你来了，一路赶了过来，想着怎么也得请你吃顿饭。"

二人在工作室附近的一家创意菜餐厅坐定，邱向东把菜单推了过来，保健兰摆摆手。邱向东点了慢煮虎虾塔塔、黑松露烟熏鲑鱼和牛油炒杂菌，主食点了冷乌冬，甜点是自制酒心生巧克力。他把菜单合上，递给服务生，然后说："这家餐厅是小青最喜欢的一家，这几个菜，都是她爱吃爱点的。工作日的晚上，我常常带她来这里吃晚餐。"一时间，熟悉的悲伤将这张餐桌包抄。

她看向邱向东的脸，姐夫比起以前当官时大腹便便的白胖样子，黑了瘦了一些，头发乱蓬蓬的，嘴角有一星半点的牙膏渍，穿着一件军绿色连帽防风外套，肩膀的位置有些磨得发白起毛，里面是一件黑色的POLO衫，没有扣纽扣，领口歪七扭八地耷倒在皮肤上。人也老了不少，不看人的时候，眼珠转也不转，显出呆滞和麻木。看得出，这种呆滞和麻木是极致的心痛后诞生的产物。但是，保健兰只要想起姐姐在日记里提及的"暴力"二字，就觉得触目惊心。她决意用提问稀释怀念，于是率先开了口，打破气氛的僵局："姐夫，这些年，你和我姐有什么矛盾吗？"

邱向东愣住了，半天才回答道："你是觉得，小青的死和我有关系？"保健兰连忙用摇头作为掩饰，说："不是的，我只是随口问问，我以前对我姐关心得确实太少了。"邱向东叹气，说："你有疑虑，我也可以理解，但说实话，我们这些年，红脸的次数都屈指可数。"

保健兰惦记着保健青第一篇日记里的"漫长的疼痛"，又问："姐夫，你还记得我姐以前因为胃病住院的事吗？可以和我多说一说当时的细节吗？"邱向东迟疑了一下，说："你当时赶着毕业答辩，所以我没有和你说太多。其实当时，你姐姐得的不是胃病，而是重度抑郁症导致的躯体化障碍。但是她不信，一开始坚决认为医院是误诊，还和主治的大夫吵了好几次。过了一段时间，大约是接受了，但治病的过程很不愉快，这种不愉快，指的是她把自己封锁起来了，不到万不得已，不和家里人多说一个字。后来，她的身体慢慢好转了，笑容也多了，也能吃得下饭，睡得着觉了，我们就办理了出院手续。"

保健兰追问："那她从抗拒治疗到接受治疗，中间有什么转折点吗？"邱向东回忆了一会儿，说："不太记得了，只记得当时有一些她的朋友过来看她，经常陪她说说话，解解闷，这可能是她心情转好的原因之一吧。"保健兰问:"姐夫还记得有哪些朋友吗?"邱向东说:"这个就真不记得了,你知道的,我很尊重你姐的隐私,再加上你姐当时状态太糟糕,我也想多留给她一点儿空间,所以当时他们来探望她,我都尽量回避。"

邱向东说到这里,抿了一口茶,说:"两个月了,我才终于鼓起一点点勇气,敢回望整件事。"保健兰一时无言以对,正好菜上齐了,忙对邱向东说,先吃饭吧。

吃罢饭,邱向东客气地邀保健兰去家里坐坐,保健兰推辞说自己明天就走了,今天只是一时起念,想来姐姐的工作室看看。邱向东说,那下次直接给他打电话就好了,随时都可以过来。保健兰没有接茬儿,微笑着和姐夫挥手道别,拦了一辆的士。

回到酒店,保健兰拧亮台灯,重新拿出了保健青的日记。

2002年4月15日 星期一 天气:大雨
宋·释道原《景德传灯录》卷十七:"破镜不重照,落花难上枝。"

刚刚从新闻中获悉,从京平飞往韩国釜山的一架国际航班发生了特大空难事故。重点是,我知道,那个人也在那架飞机上。我是该高兴,还是难过?一时之间,我没了主意。我希望飞机能抹除一切罪与恶,却又怀着一线残念,希望飞机能把那个人顺利带回。我原来已经如此丑陋,面目全非了吗?

保健兰看到最后,大概猜到姐姐说的"那个人"是谁了。就是邱向东。二〇〇二年的那次特大空难中,邱向东是幸存者之一。也许是老天有意救他一把,飞机起飞前的几小时里,的士师傅先是走岔了路,只好绕道另行,后来又遇上车祸封路，堵了大半天，结果没起步一会儿，轮胎又瘪了。一系列巧合接二连三地发生，一片混乱之中，邱向东最终没能赶上飞机。姐姐一开始不知道邱向东这边的情况，坐立不安，隔一会儿就打个电话过来，哭着问她怎么办，她好言安慰陪伴着姐姐，直到最后邱向东平安归来。没想到，现在看姐姐当年的日记，才发现姐姐心里原来另有想法。疑云重重之间，她唯一可以确定的是，"破镜不重照，落花难上枝"放在这篇日记的语境里，说的就是夫妻感情破裂，看来，这篇日记昭示着姐姐和姐夫的感情危机已初露端倪。"抹除一切罪与恶"指的是什么？也许，这是揭开姐姐自杀秘密的关键线索。

第一章 七寸
第二章 鹿眼
第三章 脏物
第四章 壶嘴

第四章 壶嘴

阮行和母亲站在安义大学的校门口，此时已经是夏末了，太阳依然毒辣，斜打在阮行的头上、肩膀上、腿上，透过皮肤，向内脏传导滚烫。几个垃圾袋绊住了阮行行李箱的轮子，她愣住了，伸手想去扯，但垃圾袋上颜色不明的秽物拦住了她，她只能将轮子在原地来回滚擦了好几下，好不容易才摆脱垃圾袋的纠缠。紫色行李箱是布的，底部不知不觉沾上了奇怪的液体，从浅紫色变成了深紫色，她不愿去细想液体的成分。手机响了，林琛的微信弹了进来，问她"到学校了吗"，后面紧跟着一个龇牙的笑脸。那笑脸似乎小心翼翼的，生怕触碰到她被垃圾袋裹缠的自尊，她的眼泪涌了出来。

"中国舞剧史"课程期末考试的时候，她坐在教室的最后一排，身后站了两个监考老师，一直在窃窃私语，声音不大，前排的同学都听不到，唯独最后一排能听到。不巧的是，按照学号排座位，最后一排只有她一个人，所以事实上，只有她能听到。她们聊了很多，但话题不新鲜，翻来覆去，都是孩子成绩上不去，婆媳关系微妙，丈夫太忙不着家。两人始终用气声说话，音量刻意压得很小，不时发出"切切擦擦"的声响，像什么东西漏了气，又像水开了,壶嘴发出尖锐的啸叫。阮行故意扭头,看向两个壶嘴,用目光传递自己的不满,两个壶嘴很聪明地哑了下去,水声熄了。但只要阮行把头扭回去,壶嘴立马重新开张,"切切擦擦",欢快又急促,这两壶水看样子永远也煲不完。

阮行彻底没辙了,只好捂住耳朵,想到一句,就把手拿下来写一句,再捂住耳朵,想到一句,再把手拿下来,再写一句。走出考场以后,她握着手机,马上发了一条揶揄两个壶嘴的朋友圈。

今天考舞剧史,俩监考的壶嘴站我身后,煲了两个小时开水,水声不大,恰好只有最后一排听得见,而不巧的是,最后一排恰好只有我。

这很符合她这个年龄爱干的事。她十九岁,这是二○一六年的安义。安义是她的故乡,一座中国北部的三线城市,城市很大,贫富差距也很大,路边的楼很稀,地上常常有痰迹,人说话的时候总是冒出一嘴葱蒜在胃气里发酵的味道。而阮行从小在文心出生,在文心长大,很少回去。文心是一线城市,也是经济特区,楼很高很密,抬起脖子来看不到顶,一直伸进云层中去。二○一四年,她高考发挥失常,考入安义大学,内心的落差像瀑布砸进悬崖底部,瀑布的上部裸露在阳光之下,完好无损,像一匹洁白的布,而下部隐入悬崖的黑暗中,被黑暗粉碎成块状和条状。安义对她的意义,从此失格于故乡,而变成了一个意义不明的丑陋符号。

阮行发完朋友圈,感觉气顺了不少,决定去食堂吃晚饭。林琛的微信又弹了进来,说自己下课了,问她吃饭了没有,她挑起一筷子炒粉,拍了一张照片,传过去给他看,林琛很快打了视频过来,她用手指戳了一下"同意视频"。林琛龇牙的笑脸很快挤了进来，占满了整个屏幕，就像入学那天的那个龇牙的笑脸表情一样："今天发生了什么开心的事或者好玩的事吗？"

林琛很懂问话的艺术，他没有问她"今天开心吗"，这让阮行似乎没有机会说自己其实不开心。阮行想起来以前在哪里读过的一个小故事，有两家拉面店老板，第一个老板每卖出一碗面，总要问客人一句"加不加蛋？"，有的客人说加一颗，有的说不加，但很少有客人说要加两颗；第二个老板每卖出一碗面，却总要问客人一句"加一颗蛋还是两颗蛋？"，有的客人说加一颗，有的说加两颗，但很少有客人说不加蛋。第二个老板总是能卖出比第一个老板更多的蛋。她笑了笑，把这个故事慢慢讲给林琛听，林琛隔着屏幕笑道："看来，如果我去卖拉面，肯定能卖出不少蛋！"她也隔着屏幕笑，心里像煮着一锅快要煮沸的牛奶，微微鼓出细碎的泡沫。她知道，林琛知道自己一直不痛快，所以总是想尽办法哄她开心，但他不知道，这种努力其实像一面镜子，更加清晰地照出了她低微的形状。按照计划，她本来应该考入京平舞蹈学院，从"公鸡"的脚飞到"公鸡"的心脏，但计划偏移了六百三十三公里，她从"公鸡"的脚飞到了"公鸡"的肺，肺里的一口浓痰将她兜头淹没了。她开不了口去打碎年轻的男友的好意，那未免太残忍。

她一抬头，突然看见副院长的微信消息弹窗，匆匆说道："晚上回寝室再聊吧，副院长给我打了个语音电话，我得接一下。"接着，她用手指戳了一下"结束视频"，林琛的脸迅速收束成了一道窄窄的光，消失在屏幕之后。所有的恋爱都是立体的，只有异地恋是平面的。对着屏幕的是一面，背对着屏幕的视野盲区却是不为人知的另外一面，或者另外好几面。阮行对着屏幕，是卖拉面和蛋的老板娘，背对着屏幕的，是壶嘴，是副院长，是公鸡肺里的浓痰，是裹缠着行李箱轮子的垃圾袋。

第四章 壶嘴

电话一接起来，副院长劈头盖脸地问她："阮行，你的朋友圈说的是谁？"

阮行一愣，没有丝毫心理准备，副院长竟然是为了这事儿。过了片刻，缓缓地说："'中国舞剧史'期末考的两个监考老师。"

"有什么事可以跟学院沟通，何必发朋友圈呢？"

"……"

"先这样。明早七点半在学院门口等我。"副院长的话语简明扼要，和他开会时的发言风格大相径庭，但句号的风格倒是一样，一枚一枚，干硬地掷在听话者的脚下。句号的作用是不容置喙。

阮行拖着步子走到学院门口，恨不能倒带昨天发朋友圈的经过。平时自己分组发朋友圈时也是个仔细人，怎么这次就唯独忘记了屏蔽副院长呢？胡思乱想之间，已经八点多了，副院长并没有来，阮行松了口气，暗想他可能已经忘了这事，于是从门口的长凳上起身，往考场走去。今天上午还有一门通选课考试。

八点二十分，前排的监考老师喊话，让同学们把书包和课本拿到讲台上，阮行一抬头，却在这时看见前门冒出两颗脑袋，是学院的女书记和副院长。入学一年，阮行的综合成绩在系里一直排在前面，又因为高挑漂亮，学院里的老师不管教没教过她，都很快对她有了粗浅的印象。他们一眼就看到了阮行，招手示意她出去，阮行指指自己，他们点点头。

"阮行，你为什么发那条朋友圈？"女书记抱着两只胳膊，面无表情地看着她。其实女书记是个美人，皮肤雪白，鼻子和嘴唇小巧，眼睛大得像两颗葡萄珠，不笑的时候，下巴和眼尾的肉才会微微垂弛下来，显出年纪。

阮行沉默了半响，在想怎么回答才合适，女书记却默认为这种沉默是心虚的表现之一，"你有什么不满，完全可以和学院直说，何必发朋友圈发泄不满、抹黑学院形象？"

阮行猛地抬头，"抹黑"两个字荒唐得像短袖丛林里突然多了两个穿羽绒夹袄的人，她不得不抬头看看这两人为什么在大暑天非要穿羽绒夹袄。

女书记继续说："你几岁了？知道自己这么做的后果吗？我告诉你，去年，隔壁传媒学院就有个学生，在某个论坛发表不当言论，被警察抓起来了，你听说过这事吗？"此时，考试铃已经响了三遍。

阮行还没有来得及做出点头或者摇头的反应，女书记再次默认为这种迟疑是心虚的表现之一，"一看你就没听说过，但是现在你知道这事了，你知道该怎么做了吗？"女书记的话是一团又一团的棉花，紧凑在一起，扑在脸上，密密匝匝的，闷热，让人喘不上气。

阮行终于有了插进话语棉花的机会："知道，删掉朋友圈。"

女书记又说："你做的这件事，性质非常恶劣，如果不是你阮行，换了任何一个别的学生，我都不会轻饶，你明白吗？但是因为你入学这一年来，表现不错，这些，学院里的老师们也是有目共睹的，我也和你的辅导员了解过你平时的成绩，知道你还算是个好学生，还有得救，所以今早上才特意和院长把你叫出来谈话，你明白吗？明白我们的良苦用心吗？"

阮行看了一眼自始至终没有发话的副院长，没有武断地跳进"明不明白"的漩涡里。她想起来，学院的行政层领导里，自己只加了副院长和辅导员的微信，并没有加书记的微信，那么，书记可能并没有看到自己发的那条朋友圈。"书记，您亲眼看到那条朋友圈的内容了吗？"她从口袋里掏出手机，女书记却按住了她的手，"我不看，你自己心里清楚就行。好了，你进去考试吧。"

阮行抬腕看看表,已经开考十分钟了。

第二天一早,相同的时间,不同的监考老师站在前排喊话,让同学们把书包和课本拿到讲台上,阮行一抬头,再次看见前门冒出两颗脑袋,还是女书记和副院长。这次她没有指指自己,因为女书记和副院长的目光指向性太明显,比副院长油亮的头顶还要明显。

"阮行,院长说,看到你删了朋友圈,很好。不过,光做到这一点还不够,你认识到自己的错误了吗?"

"认识到了。"

"你错在哪里了?"

"……"

"你不知道自己错在哪里了吗?!"问号后面跳出来个气急败坏的感叹号,阮行觉得自己仿佛没穿裤子,站在一排穿了裤子的体面人里,很不体面。

"我不该发朋友圈。"

"你果然没意识到自己错在哪里!太可怕了!你的思想很危险,需要接受再教育!"女书记给对话适当地留白,阮行明白,这是为了给她留出认错的缝隙。

"对不起书记,我错了。"阮行认错。

"你错在哪里了?"

"……"

阮行在认真思忖该怎么回答。首先,她绝无"抹黑学院形象"之意;其次,她没有散播像传媒学院那个学生那样足以"被警察抓起来"的不当言论，她只是提了一嘴"壶嘴"；再次，她的那条朋友圈压根没有出现"安义大学"，没有出现"安义"，但是现在女书记的意思，无非是让她务必完整地说出"对不起书记，我错了，错在不该通过发朋友圈发泄不满，抹黑学院形象，散播不当言论"。她不知道该怎么说了，因为她只能说出"对不起书记，我错了"。

女书记再次把她的认真思忖视为迟疑的沉默，沉默的迟疑，而这两者必然同为心虚的表现。

"阮行，我知道你在顾虑什么，其实，我们已经处理了那两个女老师，你可以放心了！"最后六个字掷地有声，非常庄严，阮行觉得自己像躺在病床上命不久矣的病人，女书记和副院长在对着自己庄严地交代最后的事宜，她几乎要握住面前的两双手。

女书记步步紧逼："你还有什么不满意的吗？"

阮行不得不说了违心的话："书记，其实我从来没有对学院有过什么不满意的地方。"

"没有不满意，你发什么朋友圈?!"感叹号又跳了出来，紧跟在问号之后。

阮行哑口无言了。考试铃又打了三遍，监考老师出来看热闹，这回是两个新的壶嘴，阮行想，再这样下去，隔壁考场的壶嘴，隔壁的隔壁的考场的壶嘴，都要开始煲开水了，那场面得多热闹。

"我也不为难你。一来，明明白白告诉你，你这事做得很难看，学院对你已经是宽大处理；二来，学院已经处理了那两个女老师，希望你也不要再追究她们的责任了！到此为止吧！"

女书记把"追究"两个字咬得死死的，锁在两排整齐的白牙之间，白牙像一颗一颗的白玉珍珠串起的门帘，她咬牙切齿的时候，门帘也跟着歪七扭八地摇晃，阮行想，真是可惜了这么好的门帘。副院长终于出声，唱了红脸，说了两天来的第一句话："阮行，你知错了就好，今天写一千字检查，交给你们辅导员，现在进去考试吧。"副院长上下嘴唇抿在一起，向上用力收紧面部肌肉，挤出了一个慈悲的笑容。

阮行写起了卷子，突然，有什么液体打在了试卷上，洇花了黑色水笔的笔迹。她紧张地抬头，看向天花板，以为是中央空调漏水了，才发现原来是自己的眼泪。进入安义大学两年以来，即使面对父母，面对林琛，她也不愿暴露太多自己的脆弱。阮行甚至羞惭于面对真实的自己，她认为不断地用自我委屈酿制自我感动是没有结果，也没有意义的行为，最终只会落入自我施虐、自我囚禁的樊笼。她本想一直对着自己内心深处的镜子装傻，假装高考的梦魇只是一场太虚幻境，然而两天来，女书记和副院长用语意的螺旋，将她层层包围，她难以挣脱，最终只能被摁住脑袋，直面镜子，直面自己的破碎与难堪。

考完试，阮行走在校园的银杏大道里，手机的屏幕亮了又亮，微信的对话框里跳动的是林琛和辅导员吴为的头像。

吴为留言："阮行，考完试到我办公室来一趟。"

林琛留言："*果果，考完试了吗？这两天怎么一直没回我消息？你还好吗？我很担心你。*"

阮行的小名叫"果果"，寓意是父母爱情的结晶，爱情的见证，爱情的甜蜜果实。林琛爱她，所以也非要跟着叫她"果果"，阮行一开始觉得有点儿肉麻受不了，后来竟也慢慢习惯了林琛笨拙的爱意。

阮行跳过了男友的信息，先回复了吴为："*收到。老师，我马上*

过去。"

阮行打开了朋友圈。她其实没有删除那条朋友圈,只是设置了"仅自己可见",将它隐藏了起来。她复习了一遍那条朋友圈的内容,下面评论了一排"哈哈哈哈哈哈",跟着四五排的点赞,以及副院长的四个突兀的小字评论横亘其中:"说的是谁?"

吴为给她倒了杯水,示意她坐下。他四十出头,年富力强,学院一楼走廊贴着的"教师简介"显示,他平时主要负责戏剧理论方面的授课,因为原来的女辅导员怀孕了,学院临时让他顶上了她的工作。

"你的事情我听说了,你先喝点儿水。"

阮行低头喝水,准备接受新一轮的暴风雨。

"你放心,明天早上我会守在考场门口,如果书记和院长又过来,我会拦住他们,不会再让他们影响你考试了。"

阮行震惊地抬头,吴为笑了笑,把眼镜摘下来,用桌上的眼镜布擦起了镜片,"你的检查不用写,你没有错,我也看了你的朋友圈,挺有意思的。不过,我说这话,你可不能随便跟别人说,不然我也要被请去喝茶了。"学院一楼走廊里贴着吴为年轻时的照片,不戴眼镜,眉眼很清秀,虽然现在不年轻了,眼睛里带了一些疲态,但目光还是温柔的,像某种食草动物。

阮行的眼眶又酸又热,两日来的委屈仿佛得到了泄口,眼泪涌了出来。

吴为慌了神,赶快抽纸巾递给她:"你可别哭,我最怕女孩儿哭了,没事的,你的心情我完全理解。"

阮行的情绪却崩溃了,大喊:"不,是我太失败了!"喊出"失败"两个字的时候,她知道自己终于还是亲手将自己推入了自我施虐、自我囚禁的樊笼，但她意外地获得了一种快感，她第一次将自己的尊严踩在了脚下，而这种破罐子破摔的态度反而让她感到一种如释重负的轻松。内心的瀑布彻底坍塌了，石头崩裂了，泥沙俱下，冲出了一小片冲积平原，水流过以后，才看清平原上全是累累伤痕，一道一道，都是她用自己的指甲亲手抓挠出来的。她只有十九岁，对生命的体验还只具备一种原始的直觉，她和她的创伤之间形成一种特殊的角力，最终，她降服了，把她的创伤当作一个深思熟虑的感知的中心。等到阮行的哭泣结束，太阳已经隐在群峰和建筑之后，人和物件的轮廓变得柔和了。

"阮行，你想听听我的故事吗？"吴为从口袋里掏出了黑色的钱夹，露出里面一张红底的结婚照，上面是吴为和一位气质女子。两个人穿着浆洗过的白衬衫，紧紧靠在一起，笑得像两只温驯的具有寓言色彩的鹿。吴为调整了一下坐姿，开始讲述自己的故事。他正好坐在窗边，背后是一棵大槐树，枝干郁郁葱葱，绿叶油光水亮，一直伸到三楼的窗户边，树顶开满了淡黄色的槐花。吴为的本科、硕士和博士均就读于京平大学，毕业以后，本来已经得到文心师范大学的工作机会，但吴为和青梅竹马的女友都是土生土长的安义人，女友不愿离开父母，那时，两人已经订婚，经过再三考虑，他还是婉拒了文心师范大学，选择留在安义市。安义大学和文心师范大学存在差距的事实在他的预期之中，但差距之悬殊在他的预期之外。他曾动过离开的念头，已经慢慢长出一颗又一颗小乳牙的儿子像是感觉到了什么，一摇一摆地走过来，抱住了他的膝盖。他望着儿子像藕节一样圆嫩的胳膊，心甘情愿地折断了自己的翅膀。

吴为苍白地笑笑："阮行，我看得出来，你不是这里的人，这里只是你暂时的落脚点，你会离开的。我也在努力，看有没有机会去京平继续进修，离开这里。我们现在也算是一条线上的蚂蚱了,希望你打起精神来,不要做让自己后悔的选择。剩下的两年,如果有什么需要我帮忙的,只要在我能力范围之内,你尽可以开口。"

第一堂课的上课铃响前十五分钟,保健兰腋下夹着一个硬壳文件夹,穿着一身水墨图案的长裙,从阶梯教室的前门款款走了进来。

"同学们,在今天的课堂开始之前,我想先问大家一个问题:你们如何看待舞剧的精神价值?"

保健兰的卧蚕宽宽胖胖的,堆在眼睛下方,人便流露出一股和善。眉毛勾画得很细,嘴唇上涂着浅色的哑光唇彩,不张扬。她看着快五十了,但是身材依然保持得很好,腰腹紧实,没有中年女人常见的赘肉。她的普通话带着一点儿安义口音,急切时,心情的变化总是第一时间反映在上扬的语调里,字与字之间的尾音囫囵滑过,不再精准咬字,北方人惯有的儿化音明显起来。眼睛不算大,但眼神是有温度的,也是锐利的。她抬起头,看向阶梯教室里一层层的学生,但是大家都不约而同低着头,有的玩着手机,有的在打瞌睡,有的甚至在她眼皮底下窃窃私语,自以为聪明地用手轻捂着嘴,她难掩失望。

阮行举手了:"对人的追索,是舞剧的精神价值。"

"哦?"保健兰饶有兴趣地看着这个瘦高的女孩,眼睛里的光微微亮起来,光散逸了。"可以具体说一说吗?"

"舞评人慕羽曾说过,'如今的舞台上全是人,却没有饱满的人物,更没有升华的人性。'我认为这是今天的舞剧亟待思考和改进的。当整个舞剧作品都处于已知的概念之中,作品的焦点溃散了,舞者身体语汇的多义性、

第四章 壺嘴

不确定性模糊了,舞剧的隐喻功能消失了,观众必然也会失去探索的热烈欲望。舞剧文本应该强调陌生化的重要作用,舞台应该与观众拉开距离,应该赋予观众一种自我寻找、自我建构的权利,通过寻找作品与自身的联系,实现对人的追索的目的。"

阮行颤抖着,一口气说完了自己的想法,胸口里像有一百只小鼓在狠狠地敲打,心跳得极快,要跳出喉咙。同学们都沉默了,惊讶地扭头看着站在第三排的阮行,阮行也回看着他们,因激动而满眼热泪,她眼前像蒙上了一层毛玻璃。毛玻璃背后,是分数差值差了近四十分的一群同学,他们都是高考的棋子,过早地断裂垮塌在人生的棋局里,他们有男有女,来自不同的村庄、乡镇和少数的边远城市。只有阮行,可悲地来自文心,来自经济特区,来自一线城市。她像一个怪物,一头困兽,与所有人格格不入,她的四肢被缜密的应试训练淘汰,走丢了,她只剩一颗骄傲的头颅,她不属于这里!

"你叫什么名字?"保健兰俯下身,翻开了硬壳文件夹,齐肩的浅褐色卷发垂了下来,挡住了半边脸,阮行看不见她的表情。

"阮行,学号17。"阮行的喉头仿佛水肿了,有哽咽的冲动,但是她极力克制住了。

下课以后,她收拾好东西,起身往外走,保健兰在她身后叫住了她。

"阮行!"

阮行转头,保健兰大步追上来,风吹动了她脸上的发丝,有几根被皮肤上的汗粘在了脸颊上。

"阮行,你的课堂发言很精彩。"保健兰站定,两手在胸前交叉抱住文件夹,因为莞尔,两颊现出了两个小小的酒窝。

"谢谢保老师。"

第四章 壶嘴

"我想给你布置一个额外的作业,你愿意挑战一下自己吗?"

"我愿意。"

"很好。这个周末有空吗?"

"有空。"

"准备一段舞蹈,主题自拟,用你的身体语言,向我诉说你的故事。周六下午三点,去综合楼601教室找我,这是钥匙。"保健兰眨眨眼睛,从口袋里掏出钥匙包,别下来一枚钥匙,递给阮行,上面用红边白底的标签标记着"综合601"。

601教室是间小舞蹈教室,里面的器材和装修都有点儿旧了,阮行推开门的时候,能闻到一股陈年的霉味。她快步走到窗边,拉开窗帘,推开窗户,灰尘在空中厚厚地飘动起来,风和阳光泻入,一道道光柱穿透了灰尘,直射到对面的把杆上。

高跟鞋的声音由远及近了,阮行知道,是保健兰。教室的窗户上方露出四分之一个饱满的头顶,随着高跟鞋的步伐,一高一低,高的时候,能看到她低垂的睫毛和秀丽的山根,低的时候,能看到她头顶的发丝向上飞扬,最后,四分之一个饱满的头顶隐在了白色的墙体背后,门口出现了一道颀长的倩影。今天保健兰穿了一条洋蓟绿的连衣长裙,头发盘在耳后,露出了小巧的面庞。她应声迈进教室,用眼角和唇角的笑意示意阮行,可以开始了。

中 部

第五章 狂响
第六章 封锁
第七章 纽带
第八章 洛神

第五章 狂响

熙熙攘攘的人群,雏鸟出壳一般的喧嚣密密丛丛,保送文心一中的红榜放出。

阮行手心的掌纹间悄无声息地绽出汗,像深冬的树枝上悄无声息绽出的梅花,一朵又一朵,很快地凋败,枯落,滑下。她把梅花屑擦在裤子上,拿起笔继续做题。

那天下午,头顶嗡嗡的吊扇声异常清晰,风刮起桌面尚未合上的习题册,纸页发出哗啦啦的激响。人群陆陆续续有些艰涩地进来了,像干涸了许久的牙膏,迟迟疑疑的,不爽快。她能感受到四面八方的目光,瞬间像粗细长短不均的针密密扎在她的背上、肩颈上,刺疼。切切碎语在身后飘飘渺渺响起,遥远而不清晰。

"都保送了还努力什么,她现在就是闭着眼考试都能进去了!"

"一个特长生,能走多远?"

"真恶心,不知道用了什么手段……"

林琛用笔尾轻轻戳阮行的背,阮行转头,他塞过来一张纸条。

"加油，不要理会他们的看法，你是最棒的！"后面跟着一个熟悉的龇牙的笑脸。

阮行笑笑，把纸条认真地折叠起来，放进笔袋里。笔袋里这样的纸条可能有几十张。用了什么手段？用了你们不愿意也不会投注的努力的手段。阮行的笔凝了一凝，复又流畅地写下去。

经过慎重考虑，她最终选择放弃了文心一中舞蹈特长生的保送名额，如期参加中考，进入文心四中。若从宏观的角度看，世界是一个整体，那么人只是其中的微小部分。上天负责编排人间戏剧，掌管整体的节奏，所以很多时候，不是他冷漠，而是他为了整体的协调，实在没有办法细致周详地处理微小部分的命运走向。阮行置身于这样一出戏剧表演里，面前伸展出无数条岔路，每选择一条岔路，又指向新的无数条岔路。上天只是沉默着观看，不发一言，更不可能调换角色。

一句无心的口角，成了时间的惊涛骇浪里的一支浮标，在十几年如注暴雨的倾灌和咸浊的海水疯狂的舔舐里渐渐支撑不住，劈开，沉沦。

阮行对着父亲冷笑："米饭好吃吗？您早该忘了奶奶的手擀面的味道吧。"

父亲低头扒饭，倏地被饭粒呛到，爆发出一阵剧咳，带些对压抑紧张的气氛报复的意味。他的脸慢慢红成一片，额角上的青筋突突直跳。

得意在十六岁的阮行嘴角呼出的水蒸气里渐渐生了锈，笑意凝固："爷爷奶奶没有教育好您，是您自己的问题。但是为什么要延续到我身上？为什么要波及我？您应该清楚，我首先是一个独立的个体，有自己的思想和灵魂，其次才是您的女儿！您既然完全没有做好做父亲的准备，又何苦和我妈生下我？生了我，却给不了我正确的爱？"

"正确"？什么是"正确"？如何定义"正确"？记忆的碎片形成风暴，阮行的双臂双起双落，旋转，留头，旋转，留头，在肢体漩涡的中心迷失，找寻，迷失，找寻。父亲的沉默像被鱼儿咬钩的钓鱼线一般，绷紧。阮行的肢体像被鱼儿咬钩的钓鱼线一般，绷紧。阮行伸出胳膊，向胸口收束，作神情痛楚状，动力腿同时迈出虚步，记忆如云如潮，将她没顶盖过。

阮行在读苏珊·桑塔格的《关于他人的痛苦》时看到，"当问题涉及观看他人的痛苦时，任何'我们'也不应被视为理所当然。"这句话，阮行深以为然，记了很久，一直刻印在心里，彼时的父亲却对阮行的痛苦视若无睹，还要用语言的刀一次又一次割开阮行溃烂至深的伤口。十几岁的阮行，似乎永远没有机会离开以父亲为唯一演员的男性逻各斯中心主义的话语世界。父亲作为阮行"房间"里的一个生殖者代表，一个父权家长代表，企图用无形的力量逼迫她成为"房中天使"，即使现在是二十一世纪，而不是维多利亚时代。

当阮行挣扎在青春期情绪障碍的苦海里，躲在家中不愿去上学时，父亲第一时间做的不是宽慰，不是关心，不是骂，不是打，是冷笑，鼻孔里喷出"呵"的不屑气音："那就别去上学了呗。""呗"和句号，像一把碎钉子扎进了阮行的心脏。阮行后来无数次反刍这个细节时，宁肯父亲打她骂她，而不是用碎钉子扎她。打和骂是有形状的暴力，必然会饱受道德和伦理的谴责，于是父亲如此聪明地选择了一种隐形的攻击方式，只有他和她能看清心脏上那些钉子扎过的小孔，外人如若不戴上眼镜，是压根看不清楚的。关上房门，他用不带一个脏字却最难以吞咽的石块投掷她，辅以漠然的斜觑，漫长的沉默，恰逢其时的讥讽笑容；但打开房门，面对爷爷奶奶和叔叔伯伯等她的长辈，他总要装出一副"孺子忤逆，不可教也"的憾恨神情，摇着头，皱着眉，一脸悲楚，一脸痛心。面对外人，他总是专业地释放出一副亲切、和蔼、善意的气息，从不发火，从不动怒。那时，年少的阮行每每总是被他这种强烈的形象反差刺激得暴跳如雷，流着眼泪，大喊大叫，质问他如何能坦然面对自己的良心，如何能做到如此虚伪，他便垂下头，先自我检讨一番："你们也看到了，她平时就是这样对我的。啧啧啧，这就是我生养出的女儿，太可怕了，家门不幸啊！"他绝口不提自己那半边巴掌是怎么拍响的。

  他爱她吗？阮行曾经无数次这样想过。也许是爱的，毕竟是一脉相承的亲生骨肉，她和他有着一模一样的高挺鼻梁，弓形嘴唇。小时候，长辈曾经告诉过阮行，弓形嘴唇的人性格有棱角，不好惹。阮行手指第三个指节的表皮上，甚至也长了和父亲一模一样的细汗毛。少年时期，她曾经用刮毛刀蘸着除毛泡沫，自己剃过几次手指上的细汗毛，企图抹除这该死的血肉痕迹，但细汗毛很快又长了出来，顶端留着齐齐的茬，像多次收割过的韭菜。为了掩护自己的面子，他可以把幼小的、毫无反抗能力的女儿作为盾牌，作为羊皮，作为父性权威施加和绑缚的对象。她从那个时候开始，就悲哀地看清楚，自己在这样一个家庭里是如何降格为纯粹的财产，纯粹的"他者"。阮行不否认他是生意场上的好手，如鱼得水，游走在各色人马之间，为自己带来优渥的生活，但他是否是一个好父亲呢？她没有答案。

  她结束了舞蹈队的训练，洗了澡，踏进教室。清一色的专注，大小和形状各异的眼镜片边缘投射着吊灯柱的光。安静无孔不入，在她的周遭膨胀，膨胀成一团巨大的压力，将她碾碎。翻开作业，盯着满满一黑板的粉笔字和桌上小山似的课本、习题册，疲惫将她进一步碾作齑粉。然而更可怖的是，耳边笔尖和纸张摩擦的沙沙声依然不绝,斋粉被恐慌的风漫天卷起,将她的视野彻底蒙蔽。

高一期中考试成绩放榜。阮行艰涩地进班,像干涸了许久的牙膏,迟迟疑疑的,不爽快。她能感受到四面八方的目光,瞬间像粗细长短不均的针密密扎在她的背上、肩颈上,刺疼。切切碎语在身后飘飘渺渺响起,遥远而不清晰。

年级一共只有一千名学生出头,而她以"火箭班"——年级最好的重点班学生的身份,拿到了"7"开头、百位数的年级排位。青春期情绪障碍,偏科,失败的时间管理,错误的学习方法,和父亲关系的持续低迷,形成了无数堵将少年的她团团围困的长墙,往上看,看不到顶,往旁边看,看不到边缘。她在学校的天台上无助地流泪,眼泪好像怎么也擦不干。高中时期最好的朋友吴雨霏从身后拥抱着她,轻声又坚决地说:"阮行,一切都会好起来的。"仲秋的风吹过,不算很冷,但是有种濒死的刺骨。她觉察命运离她如此之近,近得她能看清楚命运的五官细节,在一片混沌之中,没有光,前路似乎只有黑暗。

阮行在地上翻滚,高举右臂,睁大双眼,眼泪沿着眼眶边缘旋转。她以颈部为轴,头在肩上方做平圆动作,眼泪在离心力的作用下飞出。她直面自我了,是被迫,还是自愿?她的呼吸急促起来。

和林琛第一次见面,还是在初一入学那天。他坐在她旁边,隔着一个走道的距离,桌上摆着一本《中国国家地理》。阮行被那一期的封面吸引,就伸手过去,轻轻敲敲他的桌子:"同学,借我翻一翻好不好?"谁知林琛瞪了她一眼:"你自己不会买呀!"十三岁的阮行又气又恼,暗想未来三年,绝对不和这个傲慢的男孩再说一个字。后来数年过去,林琛却调侃道,当年，她一进教室，他就注意到她，梳着高高的马尾，走路时昂首挺胸，因为近视，迷迷糊糊地瞪着一对杏眼。白底蓝边的校服，衬得她的脸白净如一小块羊脂玉，书包上还挂着一只小兔子玩偶，走起路来"当啷当啷"地响。眼看着她走到了自己身边，实在想不到什么办法引起她的注意，情急之下，只能想出这么幼稚的一出，不过还是弄巧成拙了。

青春期朦胧的好感往往只能寄托于孩子气的捉弄和恶作剧，那时候，林琛几乎没干过什么好事，但每一件的目的性都十分明显，就是让阮行记住他。阮行从小学习舞蹈，走路时总是微微外八字脚，只要在走廊碰到他，他一定会立刻跳到她前面，学她走路，一边左摇右摆，一边偏头偷瞄她气得红彤彤的脸："小鸭子，摇呀摇，摇到外婆桥！"分发数学作业时，他拿着阮行的作业本，故意大呼小叫："阮行（xíng）？这名字真有意思，意思是你什么都行吗？不如叫你'行姐'好了！"周围同学爆发出一阵友善的哄笑，阮行气得大喊："请你叫我'阮行（háng）'！'行行出状元'的'行'！"高考结束，林琛十八岁，趋于稳重是青春期结束的标志之一，他不再开阮行名字的玩笑，而是认真地敲她家的门，认真地拥抱她瑟缩的抽泣、愤恨和脆弱，在她耳边轻轻说："行（háng），在《辞海》里也有'道路'的意思，你的名字是命运的预示，预示着你将走上独一无二的道路。"

入夜，淅淅沥沥的雨水打了下来，不大，却足以阻挡行人的脚步。阮行细长的手指攀上卧室的窗户玻璃，默默愣怔。对面单元，熟悉的身影湿淋淋地撞入她的眼。

林琛一只手扶着单车，一只手胡乱抹了一把脸上交织的汗水和雨水，大笑着打电话并和她挥手，叫她下楼。

"给你。"他用衣角擦净手，从身前斜背着的包里掏出来一个密封袋，里面用保鲜膜一层层紧密包裹着的一个方状物体。他又一层层揭开保鲜膜，方状物体逐渐露出原形，变成礼盒，露出放在中央的一瓶香水。阮行不禁想起他打球的时候，衣服有时被跳跃的动作带起，露出坦白的腰腹。林琛帮她把香水点在手腕上，憨憨笑着："好闻吗？我今天在商场偶然看到的，等不到星期一了，带到学校去也不太合适，干脆跑过来送你了！一路上就怕被雨淋到，所以裹得紧了一点。我不知道你喜欢什么味道，这支叫'雨后青草'，我觉得很像你，很清澈。"他的脸似乎又红了起来，不过在夜色里看得不是很清楚，高大的身形渐渐在阮行的眼中模糊成一幅笔触干净的水彩画，直到他的爱车不合时宜地尖叫起来。阮行惊诧地看着他，又看着车，他嘿嘿笑起来，挠挠后脑勺："车在路上不小心进了雨水，好像哪里坏掉了……"

中考前的最后一个星期一，林琛带了一本笔记本到班里，让同学们轮流给他留言。最后，他带着本子，跑到学校舞蹈室门口，踮起脚，偷偷看向上方的门扇窗户，窗户方方正正的边框里装着挥汗如雨的阮行。

"最后一页，留给你的。"

阮行坐在地上，满脸是汗，喘着气，翻开他的笔记本，一页页仔细读着，汗继续往下淌着，很快顺着下巴和脖颈修长的线条滑下来，濡湿了胸口前的一小片练功服。林琛顿时有些不自在，虽然他的目光停留在阮行的脸上，但余光还能追踪到汗水的轨迹。他立刻起身，从口袋里抽出一支笔，放到阮行腿边："好了，时间不早了，我先去班里写作业，你等会儿去班里找我吧！我今天还是得送你回家，你一个人不安全。"阮行和林琛家在一个小区，其实小区就在学校的隔壁，但阮行从来没有戳破过他。

林琛：同窗三年，很高兴认识你，祝中考顺利！——阮行

林琛皱起眉头："什么啊，你写得也太简单了吧！"他低着头，一行字被他翻来覆去看了得有一个世纪，直到阮行伸手，轻轻拽住他的书包，轻声说："小心撞到前面的树。"他才如梦初醒地抬头，绕开树，看向远处楼宇的万家灯火，"哎呀，已经到了，你快上楼吃饭吧！"

"林琛！"阮行叫住他失落的背影，"这个给你。"原来是一本吕思勉的《中国通史》和一本粉色封皮的笔记本。

"书是送给你的，笔记本是想麻烦你也给我写一段毕业留言。"

林琛打开，笔记本是全新的，一页都没有写过。

阮行提踵，踢腿，旋转，曳动，汗水是细碎的花朵，从肋间和肩颈后部开放。旧教室的天花板上似乎投注下一道光，聚焦在她汗湿的身形上，她闭上眼，阻止了眼泪涌出。

阮行，在新高中还适应吗？我进了文心八中的理科拿云班，也就是我们学校最好的理科班，一切都好。你知道吗？其实当初，我也很想争取一下保送的名额，为此，最后的冲刺阶段，家里也施加了一点儿压力，不过最后还是"花落阮行"啦。我很满意这个结果，因为你的努力和付出，我都看在眼里。你是我认识的最能吃苦的女孩，你真的很棒！在新高中也要继续加油！

短信的结尾照例是一个龇牙的笑脸表情，开头却是一个苹果表情。很久以前的一个平安夜，林琛曾经用笔尾使劲戳她的背，塞给她一个又大又红的

苹果，脸也红得和那个苹果一样。那时，她简单地以为那就是一个纯粹的平安果，直到收到林琛的毕业留言——洋洋洒洒写了四五面"小作文"，最后一行歪歪扭扭写着"You are the apple of my eye."（你是我的掌上明珠）。

彼时的阮行，已经沉陷在高中学业生活的泥淖里，无从逃脱。她的手指游移在键盘上方许久，最终只是简单地敲了几个字——"谢谢，你也加油。"林琛后来又给她发过几次短信，她一开始还会礼貌地简短回复，后面终于不再回了，手机渐渐地彻底寂静了下来，十分稳定，稳定得像她永远没有起色的成绩排名。距离开始无声滋长，但她不想他眼中曾经丰美的果实皱缩成干瘪的果核。

转机出现在一年之后。阮行后来才看明白的是，命运已经在那个特殊的节点奏起诡秘的狂响。高二的时候，舞蹈队和戏剧社决定进行一次大胆的"跨界合作"，排演舞剧《洛神赋》。阮行作为校舞蹈队队长，顺理成章地饰演核心角色之一"洛神"。

"同学们，今天是我们的第一次集体排练，刚才老师看完了大家的试演，有几句话想说。《论语·八佾篇》里有这么一句话：'子谓韶："尽美矣，又尽善也。"谓武："尽美矣，未尽善也。"'意思是孔子谈到《韶》乐，认为《韶》乐的曲调是完美的，内容也是完善的；谈到《武》乐，认为《武》乐的曲调是完美的，但内容是不完善的。《武》乐是表现周武王讨伐商纣的乐曲，尽管形式正义，但内容却没有做到'尽善'。我们的舞剧，我们现今的艺术，不必求新，应该求的是什么？求的正是'和谐'这两个字，形式要尽美，内容要尽善。'真、善、美'三位一体，才是真正的艺术。"说话的人是戏剧社指导老师秦斯喆，同时也是一位特级语文老师，文心四中的王牌之一。他爱穿皮衣和牛仔裤，一年四季总是脚蹬一双马丁靴，有好几双，沙色、咖啡色、黑色，时不时换着穿，每一双都擦得锃亮，蹲下身去看可以看清人脸。保养得很好，看不出年纪，有蓄发的习惯，头发几乎可以盖住头和脖子的分界处，几绺刘海有时会随着说话的节奏滑到脸上，他总是很潇洒地将它们甩到后面，或者用手指悉心地梳进发丛中。

戏剧社社长刘一朗——担起另一个核心角色"曹植"的人，本来在坐着喝水，听到这里，站了起来："秦老师，照您这么说，我觉得我们的这出舞剧，既没做到尽善，也没做到尽美。"

"说说看？"秦斯喆挑了挑眉毛。

"我们目前手里的这份《洛神赋》剧本是根据史实资料改编而成，但我一直觉得剧本的问题很大。这份剧本一共分为三个部分：曹丕登基、曹丕打算截杀曹植、曹丕胁迫曹植和甄宓互相承受胯下之辱。前两部分都很正常，奇怪就奇怪在第三部分，我不能理解编剧为什么要如此改编呢？关于《洛神赋》，历来史家众说纷纭，有人说是后人不甘于一代国色失败的深宫婚姻，故意编造出的叔嫂恋，也有人持'政治说'，认为《洛神赋》是曹植写给哥哥曹丕看的。我比较赞同后者，曹丕为了打压曹植，罗织罪名、降级爵位、削减食邑、迁徙封地，几乎无所不用其极，曹植当年脑袋都掖在裤腰带上，甚至披散着头发，光着脚，戴着刑具，赴京请罪，痛哭流涕，多次上表奏疏，表达自己愿意乘危蹈险，为士卒先的心意。退一万步说，假如他真的对甄宓有想法，一旦有所流露，肯定会被曹丕发觉。毕竟，曹丕的才学，在历代帝王当中怎么说也排得上号。既然这个问题纠缠不清，没有答案，我们完全可以选择不纠缠。为什么不能避重就轻，把着重点放在曹植在逆境之中对美的坚挺追求呢？"

阮行转头，看向舞台中央的刘一朗。不同于林琛的高大健壮，笑起来露出一口灿烂的大白牙,刘一朗身上有一种温润内敛的气质,令阮行霎时间想起了《周易》的谦卦里说的"谦谦君子,卑以自牧也"。运动鞋的鞋帮没有尘土,但有穿过的痕迹,些微的折痕一圈圈地延伸,像乔木的年轮。少年的校服洗得很干净,很合身地修饰出他清瘦修长的背影,一半暴露在舞台的灯光之下,一半隐进幕布的黑暗里。

秦斯喆淡淡地笑了一下,把飘下来的几根刘海用手指仔细地梳理到脑后去:"刘一朗的观点很特别,也看得出他在排练之外用了心思去研读文本。这一点,希望同学们学习。我们排演这出舞剧,一方面是为了学校的元旦汇演,另一方面,也是为了参加市里今年的'李桃杯'青少年戏剧大赛。这个大赛很重要,由文心市教育局、京平舞蹈学院和京平戏剧学院联合主办,旨在为这两所高校输送舞蹈和戏剧方面的苗子。拿到第一名的同学,几乎等于拿到了这两所高校的'绿卡'。大家也很快就要升高三了,一定要懂得把握宝贵的机会,明白吗?"

学生们稀稀拉拉地喊着"明白",垂下脑袋,精神气消减大半。"高三"就是"高考"的近义词,两者互为孪生兄弟,学生们真正"明白"的是"高考"这个词背后的沉重。

"关于《洛神赋》,史家确实有很多种解读,那秦老师为什么最终选了这份剧本,选了这种解读呢?因为这份剧本反映出一种生命的哲思,一种对人之生存的终极诘问——人究竟该以怎样的生命呈现方式,富有尊严地活在自己的时代和空间?

"'落落盘踞虽得地,冥冥孤高多烈风。'这句诗源自杜甫的一首七古《古柏行》。孔明庙前有一棵古柏,独立高耸,盘踞得地,但终究因位高孤傲而饱受烈风摧残。能在烈风中屹立不倒,除非靠的是神明的扶持,'扶持自是神明力，正直原因造化功'。这里，他暗喻的是诸葛亮如有神助。当然，并不是所有人都能成为诸葛亮。所以他又说了：'苦心岂免容蝼蚁？香叶终经宿鸾凤。'柏树是一种特殊的树，味苦而气香。但即使味苦，依然免不了蝼蚁啃噬，树叶芳香，必定招来栖息的鸾凤。所以，志士大材难得重用，命运多舛，历来都是如此。

"孩子们，你们现在还小，经历的风浪太少，不会明白当人的命运发生从春风得意到虎落平阳的剧变时，个人心境的相应扭转以及可能做出的不同选择。这份剧本，可能放大了曹植的懦弱畏葸和甄宓的坚贞纯美，但如果尝试从更广阔的视角看待，这何尝不是体现了一种理性的光辉，一种另辟蹊径的人性阐释？原来在无骨的脆弱面前，爱情如此不堪一击，人性可以如此悲哀。面对命运的无常，俄狄浦斯宁肯戳瞎自己的双眼，哈姆雷特愿意以死维护宝贵的尊严，赫克托尔即使看到婴孩对着自己的战盔大哭，依然一往无前地走上战场，但总有人宁愿放弃最后的挣扎，将自己彻底流放到生命的荒原中央。我们可以继续探索背后史实的多样性，但我们也需要正视一些肉眼看不见的东西。"

秦斯喆盘腿坐在舞台一角，那个位置正好可以看清楚所有或坐或站的学生。他没有戴麦克风，但他说话的时候，学生们都很安静。

结束排练以后，刘一朗没有急着离开。他坐在位置上，翻看着手中贴满了荧光标签的剧本，口里念念有词，反复咀嚼着曹植的台词和动作。

学校历来有规定，社团活动排练结束后，同学们需要轮流值日，清理场地的垃圾，尽量减轻清洁阿姨的负担。今天值日的是阮行，她扫完地，倒掉垃圾铲里的纸屑和毛发，一抬头，发现刘一朗依然坐在阶梯教室的角落里，一动不动。她心里一动，欲直接走过去，又恐唐突，想来想去，再次拿起了扫把，弓下身子，佯装一路扫了过去。等扫把停到了刘一朗的脚边，她抬起头，正好撞见少年问询的目光。她近距离看清了他。狭长的桃花眼，又密又长的睫毛，下颌线条十分流畅，像钢笔勾出来的，搭在椅子扶手上的手背微微暴出青筋，指甲修剪得很干净。她的心"怦怦"跳了起来，慌忙后退两步说："刘同学，我今天听了你的发言，其实蛮认同你的观点。我也不是很喜欢这个剧本塑造的曹植，太多细节值得推敲了。我理解剧本作者的审美追求，但艺术的花朵，应该首先开放在求真求实的土壤之上。"她简洁、有力地阐述完自己的想法，突然发现刘一朗认真地看着她，目不转睛。这种认真让她霎时陷入自我怀疑，赶快补充道："不过，这只是我的个人想法，抱歉，我说得有些多了。"说完，就匆匆拎着扫把离开了。

晚自习后，阮行回到寝室，按键手机的屏幕旋即亮了起来。一串陌生号码下面，跟着一句莫名其妙的开场白："阮行你好，猜猜我是谁？"

无聊透顶。阮行没有多想，拿起手机，"啪嗒啪嗒"打了两个字："你是？"

对方很快回复了："艺术的花朵，应该首先开放在求真求实的土壤之上。"

阮行的心仿佛漏跳了一拍，瞬间明白了屏幕对面人物的身份，伸手把手机丢到抽屉里，关上抽屉，像关上了斯芬克斯的谜语。她端着脸盆，去走廊的公共水房洗衣服，边洗边心猿意马，好像摆在自己面前的是一盆滚烫的罂粟，又好像衣服们已经吐出蛇的信子。十分钟后，她最终没有忍住，跑回寝室，打开了潘多拉的魔盒。

手机里静静躺着八个字："很高兴认识你。晚安。"

通过文字来结交朋友，甚至萌发情感，具有一定的危险。文字是有魔力的，本身因为其深刻性和内在性，容易引起美丽的误会，误会发酵以后，便容易越过看不见的金线，产生自由意志，那时，一切都将无从挽回和阻挠。很久之后，阮行才明白，刘一朗发短信的动力，不是对知识的渴念，更不是懵懂的好奇，而是对变化多端的女色的无餍追求。也许对于一个高中男生来说，他的心智还远远达不到这样行动的水准，但潜意识里已经包孕了这样的企图，等待在千钧一发之时开放出硕大、野蛮的恶之花。

阮行的回忆暂时停泊在了岸边，她喘着气，坐在了地上。601教室窗外的阳光打在她的脸上，保健兰几乎可以看清她脸上金色的绒毛。

保健兰关切地扶住她的肩膀："是不是累了？今天要不要先到这里？"阮行太瘦了，肩膀上有两块三角形状的小骨头，硌到了保健兰的手心，有些尖锐的质感。

"不用，"阮行摇摇头，扶着膝盖，又站了起来，"老师，我想跳完。"

之后，因为排练的缘故，也因为两个人一个是舞蹈队队长，一个是戏剧社社长，刘一朗和阮行的交流越发多了起来。刘一朗小时候学过舞蹈，但因为一路升学伴随着的功课任务繁重，也已弃置多年。为了尽可能呈现最完美的表演效果，或者说，为了实现他心中对艺术"尽善尽美"的追求，他经常在大课间或者下午的活动课跑到阮行班级门口，叫出阮行，和她讨论他的新思路和新启发。

又是一年平安夜，这一天也恰好是"李桃杯"大赛的日子。文心四中戏剧社联合舞蹈队选送的舞剧《洛神赋》最终斩获了特等奖，阮行则幸运地当选了"最佳女主角"。当她拿到证书和奖杯时,她明白,自己离京平舞蹈学院只剩一步之遥。这是阮行高考前的最后一个舞蹈大赛,也是决定性的一个舞蹈大赛。获奖以后,阮行参赛时的照片被学校放大洗出来,加上介绍性文字做成巨幅海报,贴在学校的风雨长廊里。风雨长廊里没有风雨,只有来来往往穿梭的师生,长廊上面封了顶,供师生在有风雨的时候歇脚。

阮行的名字很快在学校传开了。一些学妹被她的照片吸引,好奇地跑到她原来所在的火箭班,借给她塞纸条和书签的由头,想一探究竟,看看真人"洛神"到底长什么样。她们往往跑空——升入高二以后,阮行因排名长期稳定地吊车尾,早已被火箭班无情地淘汰,落入隔壁平行班。比赛之前,她是平行班一个籍籍无名的普通学生。比赛获奖以后,她为学校带来了莫大的荣誉,得到文心市教育局、文化局的密切关注,还有京平舞蹈学院和京平戏剧学院的橄榄枝。巨幅海报上,她的脸小巧如一块羊脂玉,正眉眼低垂,舞动衣袂。人们先因为她被摄影师反复调整至最佳状态的美貌而读后面的简介文字,然后因为"金碧辉煌"的简介文字而记住了她。那时,人们叫她"小洛神";那时,文心四中还没有挤进文心高中名校的金字塔尖端;那时,融媒体的理念初具雏形,报纸还是主要的信息传播媒介。她甚至上了《文心日报》的头版头条,报纸封面上,她的脸小巧如一块羊脂玉,脑袋上方顶着一行巨大的标题:"文心四中摘'李桃杯'桂冠 学生阮行斩获'最佳女主角'奖项"。她当时还太年轻,还不知道"小洛神"的名号将有多沉重,沉重得如通天的五指山一般,压在她的背上很多年,甩也甩不掉。一个作家或者诗人如果活成一个词语,是这个作家或者诗人的悲哀,对于一个舞者来说,亦如此。

"苹果收到了吗?平安夜快乐!"阮行在回学校的大巴上发送短信。她两只胳膊底下夹着双肩背包，里面塞着"李桃杯"大赛的奖杯和证书。颁奖仪式结束以后，她从这个塞着"李桃杯"大赛奖杯和证书的双肩背包里，掏出了一只又大又红的苹果，放进了刘一朗的储物柜。

"收到了。阮行，你真的很优秀，我为你感到开心。平安夜同乐！"刘一朗回复。

在一年中的这个季节，白昼变短了，路灯已经放出蒙蒙的半透明光线，把灰蓝色天空烫出了一排又一排整齐的小洞。阮行愉快地把手机放回口袋，困意袭来，她闭上了眼睛。备赛几日来的高压在这一刻松弛，她的肢体松软下来，飘飘摇摇之间，将她送入一个奇怪的梦境。梦里，她和刘一朗站在一口深井前面，里面挂着一只用来汲水的水桶。阮行看向深井，水桶慢慢变大了，大得能装下一个人，水桶边缘伸出了数不清的细软小手，像美杜莎的蛇发一般，缠住了阮行的腿脚。它们悄无声息地指引着阮行走进水桶，在水桶中抱膝坐下。水桶像电梯一样开始向下沉降，沉降，沉降，一直沉降进深井中的黑暗，井底传来水妖塞壬的歌声，在召唤往来的水手失神倾听，直到航船触礁沉没。等等，好像不是塞壬，她猛地惊醒，才发现是口袋里的手机在振动。车窗外的天色已经擦黑，刘一朗发来了短信。

阮行：我有一些话，想对你说。

第一次认识你，是你拎着扫把经过，对我说"艺术的花朵，应该首先开放在求真求实的土壤之上"的时候。那时，我就对你怦然心动了。对此，我也很意外，我没有想到，你羚羊般纯净的眼睛后面，装着如此丰盈的智慧。你和我认识的每一个女孩都不一样，你真的很特别。

后来，我们一起排练，朝夕相处，我一点一点地走近了你，越来越了解

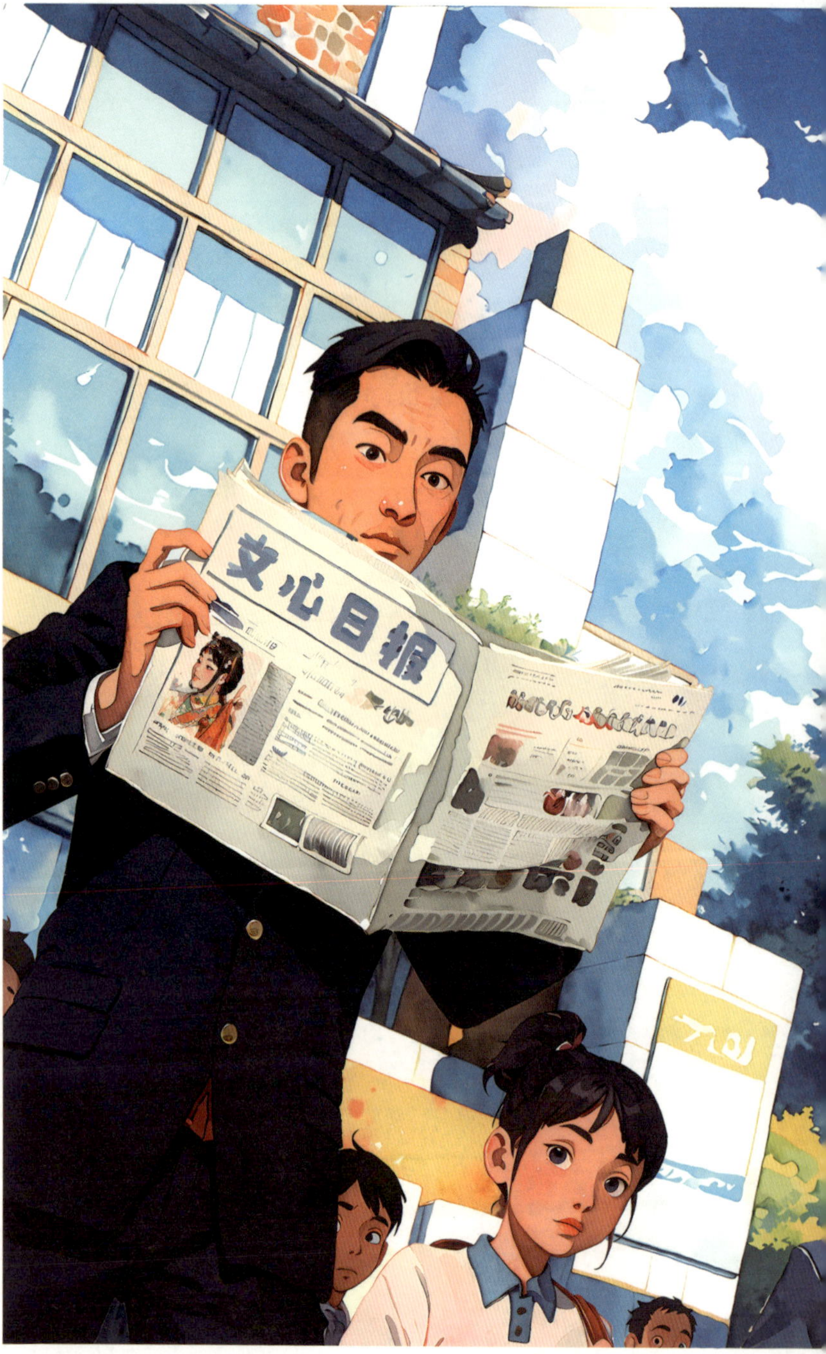
文心日报

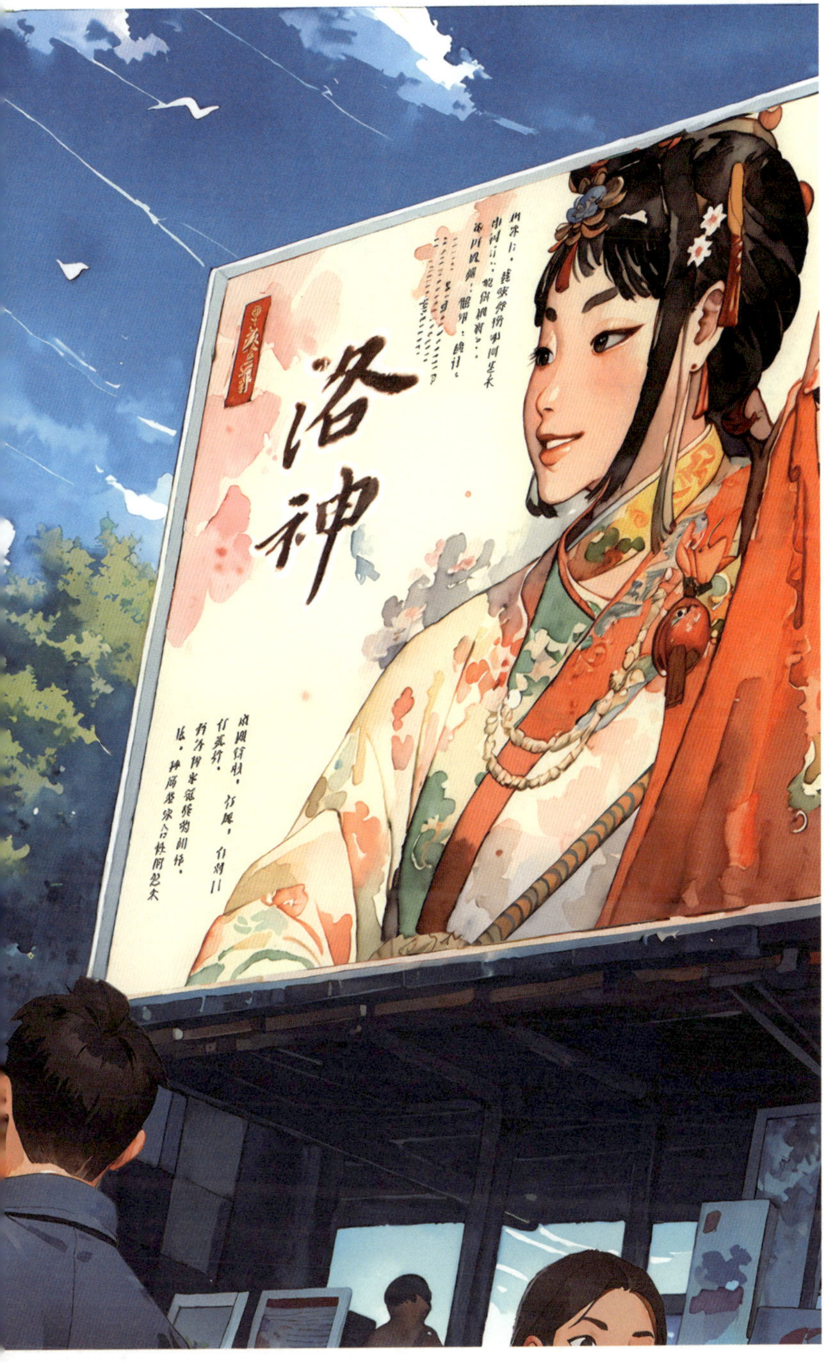
洛神

你,熟悉你。你跳舞时就像一只高贵的天鹅,伸长脖颈,延伸纤长的四肢,你总是那么认真。我有时粗心大意,记不清曹植的动作,你总会严肃又温柔地提醒我,除了要记诵曹植的台词,更要熟悉曹植的舞步,这样,人物才能立体丰满。就这样,我对你的心动与日俱增,但为了不影响你比赛,我一直忍着没有表现出来。到了今天,看着你在舞台上闪闪发光,我实在忍不住了,我必须告诉你,我真的很喜欢你。

阮行读到这里,喜悦的汗从两侧太阳穴淌出来,混合着三分蜜糖,也混合着高考将至的七分清醒。车窗外,月亮已经升到半空中,又大又亮,像在对着灵与肉低诉。一股没来由的悲伤涌上心头,阮行不知怎么回事,突然想起了狼人的传说。乌头草盛开的夜晚,那外形与常人无异的怪物,就会发出野蛮的号叫,难以抑制自己的兽性,变成月光下的屠夫和战士。他们惧怕银,即使只是皮肤接触,也会疼痛难忍。

谢谢你说了这些,其实,我也很喜欢。不过,马上就要高三了,高考指日可待,你我都清楚它的意义,所以,不如把这份喜欢先放一放,高考后,我们再慢慢互相了解,你觉得好吗?

过了很久,刘一朗才回复短信。

翩若惊鸿,婉若游龙。荣曜秋菊,华茂春松。仿佛兮若轻云之蔽月,飘飖兮若流风之回雪。远而望之,皎若太阳升朝霞;迫而察之,灼若芙蕖出渌波。

> 两情若是久长时,又岂在朝朝暮暮?

好消息一桩接一桩,因为之前拿过三个国家级及省市级舞蹈大赛的总冠军和一等奖,加上"李桃杯"的荣誉,阮行有幸做了文心青少年舞蹈大赛的评委,开报告会,做客文心市教育局的微访谈直播间,和网友在线交流。与此同时,她的成绩也一路高歌猛进,冲到了年级前一百名——这是她用大量咖啡和迅速消瘦换来的。她曾经湿漉漉的黯淡青春,终于有了光。

文心四中戏剧社和舞蹈队的同学们站成两排,阮行站在第一排正中间,右边是文心市副市长,左边是文心四中的校长,三个人一齐对着镜头,竖起大拇指,绽放灿烂的笑脸。副市长和校长为了方便媒体拍照,不约而同地把手轻轻搭在阮行的肩膀上,表示亲昵。很久之后,当阮行痛哭着倚靠在床沿,边哭边用剪刀剪去副市长和校长时,才发现,剪刀只能剪掉他们的身体,但剪不掉自己肩膀上的两只手掌,于是两只手掌尴尬地留在了阮行的肩膀上。两只手掌的中间,夹着十七岁的阮行灿烂的笑脸,两只手掌的无名指上又恰好都戴着婚戒,以阮行的鼻子为中轴线,构成和谐的轴对称图案。那时,她欣然接受了命运的馈赠,却没有看清楚礼物的价格。

第五章 狂响
第六章 封锁
第七章 纽带
第八章 洛神

第六章　封锁

没有夜课的晚上,保健兰带阮行来看安义市歌剧舞剧院的压箱戏《蝴蝶梦》。故事中的男主人公托形于哲学家庄周,倡导齐同生死,不悦生,不恶死,超越生死,获得真正的心灵解脱。

戏一开场,庄周唱道:"适才做了个古怪的梦,庄周我变成蝴蝶御长风。逍遥快乐栩栩然,不知己身是何身?蝴蝶是庄周,庄周是蝴蝶,这关系一时弄不通。弄不通就不去弄,漫步陌上且放松。"

说话间,他偶遇一身披缟素,手执粉红纨扇的少妇:"待等那坟上湿土来干透,我才能改嫁他人再结鸾俦,也不知扇到何时才是头!"原来,少妇与亡夫曾约定,只有等到坟头的湿土干了以后,方能改嫁,于是无奈为之。

庄周认为无需拘泥于这种无意义的承诺,遂施法引来一群蝴蝶,顷刻间扇干了少妇亡夫的坟头,少妇欢喜地离开了。庄周回到家,将这一奇事说与妻子田氏听。

阮行看得发怔,恍惚之间,如入无人之境。

只听田氏道:她天性如此,难道我也天性如此么?

庄周回答：难说。

田氏不满：先生，田家女儿非凡品，禀赋高贵出名门。侍君三载有悟性，淡看了风花雪月俗人情，你若在世奉箕帚，君若弃世……

庄周饶有兴趣，挑了挑眉：怎么样？

田氏怒喝道：终老南山不扇坟！

庄周笑了，意义不明：真的？

田氏柳眉倒竖，作认真状：梦里也有三分志气。

庄周追问：若嫁了呢？

田氏愤而撕扇：有如此扇！

庄周幽幽叹息道：夫死妇嫁，也是很自然的事，娘子何必把话说绝？

田氏冷冷一笑：我笑先生看得透人情世态、万物造化，却看不透妾身这颗心？如果换作我，我绝不会做出此番扇坟、改嫁之举。

庄周自诩参悟了天地，却未曾参悟人心，动了试妻的念头。于是当即躺倒，告知妻子自己阳数已尽。

观戏至深处，阮行几番落泪，保健兰则看上去始终平静。二人表面的反应殊途，但思维的游弋却同归。实际上，二人都沉陷在各自的蝴蝶梦境里。

保健兰知道罗宇一直思念母亲。换句话说，他一直对"母亲"这个概念充满困惑。自他懂事以后，母亲那个房间始终被反锁，连锁头都落了一层浮灰。罗宇用手摸过灰尘的颗粒，于是那种粗糙的质感也嵌入指纹。罗宇伸出双手，举在眼前，端详自己的手指。他有七个斗，三个簸箕。俗话说："一斗穷，二斗富，三斗四斗卖豆腐，五斗六斗开当铺，七斗八斗把官做，九斗十斗享清福。"保健兰曾经掰着他的手，笑着说："你果然是当官的命，你看,你有七个斗!"罗宇忙把她的手拽过来,嘻嘻哈哈地说:"你有几个斗?让我看看!"保健兰大笑:"我只有三个,我是卖豆腐的!"罗宇也笑,捏着她的脸说:"就算是吆喝卖豆腐的,你也是豆腐娘子中声线最美的那个。"二人嘻嘻哈哈笑罢,罗宇再一次盯着自己的指纹,幽幽叹了口气。他多希望这些指纹能够变成里尔克笔下的 *Pont du Carrousel*[1] 上的盲丐,如同"无名国度的灰色界石",作为"岿然不动的端正","出示于纷乱的歧路间",指引自己找到消失的母亲。保健兰伸出胳膊,揽住了他。

那个年代,找人如同大海捞针,成年后的罗宇多次登报发布寻母启事,始终无果。这个办法不行,他就换了思路,进入戏曲行业,想着这样便好和同仁打听母亲的消息了。他留在身上的,只有母亲的一寸黑白小照和一幅画着半张鹿脸的手稿。照片上的母亲神情恬静,还未流露出尼伯龙根[2]的钟声敲响之后的悲伤和拘谨。下巴很短,眼睛却奇大,又黑又亮。梳着时髦的短发,短发有烫过的痕迹,像一团飘浮在空中的云。那幅画上的鹿脸已经初具雏形,即使没有点出眼睛,仍然能依稀辨认出几分楚楚可怜的乖巧模样。带着这张花边小照和这幅手稿,罗宇决然地踏进了梅江汉剧院。他不知道自己爱不爱汉剧,只知道找到母亲,是自己必须完成的使命。

---

1. 法文,意为"旋转木马桥"。这是位于巴黎卢浮宫与旧宫之间的一座古老石桥,相传为中世纪骑士们比剑击剑之地。旅居巴黎期间,里尔克经常看见桥头站立着一个盲丐,有感而作。
2. 化用《尼伯龙根之歌》。该书被誉为"德国的《伊利亚特》",是一部中世纪德意志民族的英雄叙事史诗,由奥地利某不知名骑士创作于1200年前后,共9516行,分上下两部。这部史诗以游牧民族入侵时期产生的日耳曼古老传说为基础,以437年匈奴人摧毁勃艮第王国的史实作为历史依据。故事叙述尼德兰英勇的王子西格弗里特到瓦姆斯向克琳希德公主求婚,其后又帮助公主的兄弟——勃艮第王国的恭太王骗娶了冰岛女王布伦希德。多年以后,布伦希德发现自己受骗,便命令手下人摧杀了西格弗里特。他的妻子克琳希德从此一直寻找机会为丈夫报仇。后来,克琳希德又嫁给了匈奴国王艾柴尔,到了适当时机,她邀请自己的几个弟兄连同侍从前来赴宴,乘机把勃艮第族人赶尽杀绝。

他和保健兰因戏结缘。保健兰初入梅江汉剧院，第一次得到参与排演《断桥》的机会时，因为年纪小，还不谙男女之事，一直不能很好地把握白娘子对许仙的情愫。当他发现保健兰可能演绎不出白娘子面对小青举剑要杀许仙时的惊、恼、惧时，情急之下，干脆把一杯冷白开泼在了保健兰脸上。保健兰浑身一激，情绪却得到了纾解和表达的突破口，于是便悟得了表演。保健兰事后跑去谢他，说要请他看戏。他笑了："我是师兄，你是师妹，哪有师妹请看戏的道理？"他很快弄来了两张戏票，借着指点师妹的由头，一点点接近她。他是打心眼里喜欢这个小师妹的。保健兰的五官锋利，有种清冷、克制的美，但她脸上的懵懂却显示她似乎一直没有意识到自己是美的。她只是一味地沉浸在戏里，心甘情愿地在上面下苦功。罗宇虽然出身富足，自小却并未被娇惯过，他欣赏能吃苦的人，认为吃苦是成器的标志。他对保健兰的情感伴随着欣赏和疼惜，与日俱增。

有一段时间，保健兰为了练好跷功，开始往腿上捆绑瓦片和沙袋，踩着跷，负重练习走路。罗宇第一次感受到心里闷闷的不舒服，却开不了口去阻拦她。他知道她一定不会听。冬至夜里，她长时间一个人站在剧院后花园的院子中央，踮着脚，像只瘦弱、孤独的鹤鸟。罗宇就站在屋里，一言不发地偷偷看着她执着又笨拙地反复调整着站姿，突然，保健兰摇晃了几下，倒在了地上。罗宇大惊，推开门跑了出去，抱起保健兰就往剧院的医务室跑。等到了地方，把保健兰放下，才发现她的下体有血的痕迹，绣花鞋上也有血的痕迹。他把所有恐怖的场景在脑子里走马灯一般过了一遍，却听到医生口气平平地说："这姑娘真是硬气，生理期还要这样苦练。"罗宇这才明白了保健兰晕厥的原因，一时尴尬得失笑，匆匆退出医务室，等着医生帮保健兰清理干净裤子，又听到医生喊他，才又走了进去。这下他看清了，保健兰的脚指甲早已劈开,血汩汩涌了出来,结成了血痂,然而足弓却凌空勾勒出美的线条。情欲的藤蔓瞬间缠住了罗宇,似乎冲淡了刚才的心痛和焦急。他顷刻间意识到了自己心思的歪斜,顿生羞耻。幸而医生见他发愣,喊他去帮忙烧开水,剪纱布,要给保健兰做包扎。罗宇不知所措地把这些事做好,看着医生往搪瓷缸里的开水丢了一块方糖,保健兰喝下了水,精神头慢慢就回来了,脸色也红润起来。情欲的藤蔓退行到丛林深处,好像一切都没有发生。

保健兰看到他,脸"刷"地红了,声音细如蚊鸣:"师兄,谢谢你。"

罗宇没有搭话,自知节奏已经乱了,能确定的是,自己就是在那一刻爱上了她。

保健兰的苦功没有白费,很快,她的跷功练得炉火纯青,就这样成了她的看家本领。她可以踩着高跷,稳稳站在寸把宽的太师椅扶手上,一动不动,赢得满堂喝彩。可以说,旦的"四功"中,保健兰在"做"和"打"两方面是最有天赋的,也是最下苦功的。后来,她有能力过渡和实现汉剧到舞剧的成功跨界,这也在罗宇的意料之中。

庄周灵位之前,孝帷低垂。只见那田氏手执纨扇,在风中摇晃。一汪古井水,在不动声色中已微起波澜,只是不着痕迹罢了。她悲啼道:"先生啊!你在世夫妻淡泊相守,虽说是少欢乐心里安然。如今你骑鹤西去也。这空荡荡的草屋啊,我从这间走到那间。一颗心成天没着落,如今我忽悠心在半空悬。"

田氏曾信誓旦旦将和庄周一生携手,他们都瞧不起一纸婚约的约束,觉得没劲儿,也没必要。但最后,隐去了形神飘逸庄夫子,推出个风流倜傥楚王孙。

她问他:"师兄,可不可以不去京平?"

罗宇,或者田氏,回答她:"王孙贵族阅多矣,哪比得眼前这个人。清逸一扫纨绔气,举止不骄亦不矜。言语有度多谦逊,眉宇间却有那么一股子英气逼人。忽觉夜风带暖意……"

他怎么可能不去京平?

但也正是在京平的书斋,"一颗心似三月平川泛起了桃花汛,又似那桃花含苞欲放怯生生。桃李怯的是春寒,田氏女想起了刚去世的夫君……"他无数次想起她,其他的场景都已经模糊了,最清晰的反而是她穿着棉质衬衫和牛仔裤,脚下是刷得发白的帆布鞋,边跳地砖上的格子边等他练完功一起回家。

看到他来了,她总要招招手,笑意盈盈:"师兄,今晚吃什么好吃的?"

他也笑,拉着她就要往餐馆走,但那时因为剧院还没有转制,再加上二人年轻,手头难免也紧张,于是她常常暗中使劲,把他拐到马路边的面店里去。

"吃碗面就好了呀。"她仰起头笑笑,完成了对自己所作的设问的回答,"面条多好吃呀,重要的不是吃什么,而是跟谁一起吃。"

然而那时却无法预见,春情已在暗中澎湃,板上钉钉。庄周接连设下圈套,先是诈死,继而又扮作风流倜傥的楚王孙,终于撩拨起田氏心中沉寂已久的春潮。当楚王孙罹患怪病,田氏欲劈开棺木,取出庄周的脑髓为心上人治病时,这场人性实验画上了句号,二人的感情也走到了尽头。

保健兰伸出薄而轻软的手,轻轻矫正阮行的动作,指引她往更自由处去。保健兰说,宋朝的程颢、程颐曾说过,"声音所以养其耳,采色所以养其目,歌咏所以养其性情,舞蹈所以养其血脉"。保健兰顿了顿问,你能明白我的意思吗?阮行点了点头。保健兰的声音像冰冷的月亮。阮行看向镜子,看见了冰冷的月亮。

阮行和吴雨霏的相识源于高一入学前的军训。下午两点是一天里太阳最烈的时候,大家穿着海蓝色的迷彩服列队站着,训练的操场很静,只听得到身边同学粗重的呼吸声和树上的蝉鸣。教官站在所有人身后一米远的地方,不作声,太阳从前往后打,学生们也看不到他的影子,构成一种局促的威压。

阮行的身旁是一个瘦弱的女生,大概十来分钟后,非常明显地摇晃了起来,阮行的余光瞥到了她蜡黄的脸。教官注意到了这边的异动,厉声喊道:"第二排右手边第三个女生,戴粉色手表那个,你在动什么?"话音刚落,女生已经向前栽倒,阮行本能地伸手去扶,然后发现这个女生左边的女生也及时地伸出了支撑的胳膊。教官快步走过来,蹲下身,发现晕倒的女生还有意识,沉着脸对阮行和另外那个女生说:"你们两个送她去医务室。"

阮行越过中间的女生低垂的头,看清楚了左边那个女生的脸。她不算高,微胖,小圆脸,戴着银色金属边框眼镜,长长的马尾辫带着自来卷,下巴有一点儿肉感,但还是遮挡不住她清秀的五官线条。对方察觉了阮行的凝视,扭过头,笑眯眯地问她:"我叫吴雨霏,你呢?"

十六七岁,被称为"花季雨季",是一生最美的年纪,但在阮行眼里,是错误的年纪,是丑陋的年纪,是时隔多年依然没有办法回望的年纪——不管此种回望的形式是唇舌的鼓摇还是头脑的震颤。她的聪慧和机敏在泛滥的题海面前变得疲软，坚韧和努力因为陡升的知识难度一文不值，黑雾团团包裹住她，她压根动弹不得。那段时间，她经常梦见溺水，有时是掉进大海，有时是掉进深度超过她身高的游泳池，就像圣塞巴斯蒂安梦见不祥的喜鹊聚集在他的胸口，翅羽盖住了他的嘴唇。她一路顺风顺水的人生，在高中伊始出现了神秘的拐点。她面对命运的感召，第一次生出强烈的无能为力之感，她只能眼睁睁看着自己被沙漠吮吸，直到消失在沙粒与沙粒的堆叠深处。

林琛的短信她都收到了，他总是热情洋溢，和初中那会儿一样，但这种热情越发让彼时的阮行觉得眼前的一切如此失真。他没有变，变的是她。她曾是舞台中央最闪闪发光的存在，荣耀、掌声和鲜花接踵而来，它们清白、干净，是馈赠和福报，是汗水和结晶。但是自从上了高中，这一切都灰飞烟灭了，消失殆尽了，零点的钟声敲响，灰姑娘的南瓜马车变回了小南瓜和小老鼠。她开始逃课，缩在被子里，数着百叶窗帘有多少条缝隙，或者游走在大街上，栀子花开得又野又放肆，一大朵一大朵挤挤挨挨在市图书馆和音乐厅后面的喷泉旁边，但是她使劲嗅，也只嗅到枯萎和酸楚的气味，难以消散。

吴雨霏冲到她家楼下，提着芝士蛋糕，打电话招呼她下楼。她恍惚了，想起初中的时候，林琛也是这样，在雨夜等在楼下，只为了送她一瓶雨后青草味道的香水。她走到吴雨霏面前，看到对方露出一小排玉米粒一样的幼嫩牙齿，很可爱，也很淡定，好像她的青春期情绪障碍并不是问题，她逃避学业压力的行为并不是问题，她从火箭班掉进普通班并不是问题。吴雨霏说，我给你带了你最喜欢的芝士蛋糕，来吃一点儿吧。吴雨霏和她一起坐在小亭子里分吃着蛋糕，喝着奶茶，高甜度中和了她内心的荒芜，她感觉好多了。她那时无法预见的是，四百多天后，她和吴雨霏将形同陌路。命运邪恶地狎戏，从未顾及后果。

吴雨霏说："阮行，吃完蛋糕，喝完奶茶，我们回学校上晚自习吧。我知道，你是完美主义者，什么都想做到最好，你不像我，当一天和尚撞一天钟，怎么开心怎么来，这既是你的优点，也是你的缺点。你得学会给自己松松绑，很多事，做不到一百分，能做到八十分也很好，你能明白吗？"

每天一放学，吴雨霏就飞奔过来，蹲守在阮行班级门口，等她一起去食堂吃饭。她自嘲是国际象棋棋盘上的"骑士"，必须忠诚地守护"皇后"到最后一刻。这所谓的"最后一刻"，就是高考。吴雨霏那会儿读的是重点班，分科时，她曾经得到升入火箭班的机会，但是她婉拒了，坚持留在了重点班里。阮行不理解，她却笑着挽住了阮行的胳膊，说自己心态容易失衡，而且比较难适应新环境，留在原地，就是最好的选择。她和阮行都喜欢国际象棋，不同的是，阮行棋风急，喜欢下快棋，吴雨霏喜欢慢慢走，一步一步，稳扎稳打。

"李桃杯"带来了阮行艺考的一张王牌，也带来了京平舞蹈学院和京平戏剧学院的两张"绿卡"。阮行高考这一年，也适逢京平戏剧学院创立舞剧系的第二年，成年之际的阮行，开始认真思考自己的未来。文心四中舞蹈队和戏剧社活动联排的经历，让她近距离地接触和了解到"舞剧"这一特殊剧种。它很好地糅合了舞蹈和戏剧两门艺术，结合肢体语汇、音乐、舞台美学等艺术形式，塑造出丰满鲜活的人物和故事情节，具备更真切、更厚重的艺术表达力量。比赛结束后，她开始为艺考做准备，初拟的院校报考清单里，先列出了京平舞蹈学院、京平戏剧学院和文心师范大学。舞蹈类艺术院校一般分为两类，一类仅需省统考专业分和高考文化分都过线，即可填报院校志愿，获得录取资格；另一类则在省统考专业过线的基础上，还需参加该院校组织的校考。京平舞蹈学院、京平戏剧学院属于后一类院校，文心师范大学则属于前一类。

不过，似乎是出于嘲弄和戏耍普通人的目的，命运最擅长在设置完全相悖的岔路上大做文章。在文心青少年舞蹈大赛上，阮行作为大赛举办十年以来最年轻的评委，受到了大量关注，其中就有京平大学的教授罗宇。他个头不高，不过身材比例很好，站在那里的时候，两条腿笔直如白桦。眼睛底下挂着又大又重的弧形眼袋，色素沉淀的嘴唇泛着不太健康的绛紫色，甚至连嘴唇周围都冒着一圈奇异的紫晕。阮行就一位选手的舞蹈，在纸上做出了点评。因为年纪小，为了保证最佳节目效果，她没有被允许当场发言，但她的点评意见，依然会被节目组收起来，作为最终的评奖参考之一。罗宇是这一届大赛的评委组组长，他在整理各位评委的点评意见时，意外发现了年轻的阮行。她的字迹工整隽秀，针对每一位选手的点评意见都言简意赅，每句话却都几乎一针见血地指出了值得嘉励和需要改进的地方。

罗宇知道阮行正在备战艺考后，看上了这个天资不凡的学生，鼓励她报考京平大学，并承诺，自己作为博士生导师，一定会出现在三试现场。舞蹈类艺考的统考环节只有一轮，但校考环节一般分为初试、复试、三试三个关卡。他说，博导很少会在此类本科生选拔考试中出现，他的助力，势必对于阮行的考试大有裨益。

后来，数年过去，阮行依然清晰地记得和罗宇走在文心市中心人行道上的场景。那天，结束了文心青少年舞蹈大赛的现场录制，罗宇主动叫住阮行，邀请她一起前往主办方安排的就餐和休息的酒店。路的两旁种着一棵棵高大的小叶榄仁，已是南方的深冬，树的叶子都掉得差不多了，但树依然很精神。阮行把手插在外套口袋里，乖巧地跟在罗宇身侧，两个人一路边走边聊专业和院校的遴选技巧。第一次面对京平大学的教授，实在太紧张，即使揣在口袋里，阮行的手也很快又冰又硬，快要失去知觉。罗宇却格外随和，除了聊阮行，也聊自己，甚至透露了自己年轻时在京平戏曲学院进修学习的一些趣事。阮行很快放松了下来，时不时被罗宇的风趣引逗得笑几声，对罗宇的钦慕之情大增。这种好感很快伴随着欢快的空气，放大成为对未来的神往。罗宇接着问阮行，想报考哪几所院校，阮行不好意思地说了几个，当然也包括文心师范大学。罗宇听了，直接跳过了她列举的诸如"京平舞蹈学院""京平戏剧学院"这样的学校，牢牢抓着"文心师范大学"不放，皱了皱眉说："你这样的好苗子，何必去文心师范大学呢？简直是埋没人才！你年纪轻轻，已经在舞蹈和戏剧方面都表现出了卓绝的禀赋，也是个踏实的丫头，为什么不冲一冲京平大学呢？"

阮行的心"怦怦"地跳了起来，她从来没有敢奢想过遥远的京平大学。"遥远"在于地理距离，也在实力距离。但一位德高望重的业界泰斗竟然抱持如此之高的评价和鼓励，对一个只有十八岁的学生来说，无疑是巨大的诱惑。她的清醒、理智、觉知被强烈地摇撼，脑子里轰然作响。十二年埋头苦读的马拉松即将进入尾程，教室里的情绪一方面越发焦灼和尖锐，一方面也暗暗渗漏出对即将解脱的期待和渴望。他们以为高考是苦难与幸福的分水岭，是约束与自由的三八线，却从未设想也从未真正理解人生的本质是翻山越岭，翻过一座山，还有一座山，翻过上座山，还有下座山，高考不过是其中一座山，后面还有无数座更高更险的大山。只有死亡是翻越的结束。

罗宇的嘴唇还在一张一合，阮行的心思却已经飞离了脚下这块文心的土地，就像拇指姑娘坐在燕子的背上，飞离了田鼠洞，飞向春天的花蕾。她出生于斯，成长于斯，也许是时候去看看京平的故宫、天坛、长城和鹅毛大雪了。她仿佛已经看见自己抱着专业课本，穿过高大的建筑立柱，一级级迈上京平大学的台阶，又或者在宽敞明亮的舞蹈教室内起舞弄清影，举杯邀明月。最后，罗宇和她在酒店大堂处分别时微笑着说，阮行，人生难得几回搏，此时不搏何时搏？报什么京平舞蹈学院和京平戏剧学院呢？来京平大学吧，试一试。

高考本来就是一着险棋，稍有不慎便会在千军万马的独木桥上摔落，摔得粉身碎骨，而当时被乐观的现状冲得晕乎乎的阮行走得义无反顾。她认为人生就得搏一把，不管结果怎么样，至少不会留下遗憾。然而高考也是一台压面机，它能把一个人对自己的合理判断全部剐成细丝。事实上，她最终搏输了，输得一塌糊涂。

罗宇看上了阮行这棵苗子的消息，不知道怎么传到了四中的耳朵里，校领导和年级主任很快找到了阮行，希望她一定抓住自己的舞蹈特长，全力冲刺京平大学。阮行微微表露出为难，根据网上一些往年的经验帖子，她推断，京平大学、京平戏剧学院和京平舞蹈学院的校考时间很可能发生冲撞，她必须做出取舍。但她最终什么都没说。进入文心四中以来，她已习惯了自己的一路滑堕，心气早就不如从前，按照原来的计划，她本打算以纯统考类院校为主要冲刺目标。但现在，一切都改变了。"李桃杯"大赛总冠军的结果像一枝怒放的罂粟花，种子随风飘摇，又接二连三长出了"小洛神"的名号，长出了京平大学教授和文心四中校领导的重视，更长出了一个少女懵懵懂懂的虚荣和不切实际的野心。那段时间，阮行甚至在校服的纽扣后面悄悄戴上了母亲送给自己的一条转运金珠项链，只是为了保佑自己能够一切顺利，直到高考结束。

统考分数出来时，正好也是文心一模刚刚结束的日子。她的年级排名跃升了一百五十位，统考成绩也还算不错，只要文化课方面没问题，至少可以说她的一只脚已经迈进了文心师范大学的门槛。由于过于疲累，她开始经常感冒，但文化课成绩和统考成绩的显著硕果让她暂时忽略了病痛的负面影响，而是一心沉浸在一种积极的备考状态中。其间，她给刘一朗发过几次短信，报告自己的喜讯，但对方没有任何回应。她没有放在心上，权当他和她一样，也忙于应付高考，而疏忽了交流。最压抑的时候，她有很多根精神支柱：京平大学的梦想，前景光明的年级排名，业界前辈和四中领导的期望和关注，而最大的一根支柱，是刘一朗。夜晚的月亮又大又圆，她常常倚靠在四中高三教学楼的栏杆旁，满心喜悦地想，只要熬到高考结束，他们就可以名正言顺地"互相了解"了。写着她名字的年级红榜贴在食堂前的宣传栏上，她的海报贴在风雨长廊，无论如何，他都看得见她。他一定为她高兴吧！

到了校考环节，她咬咬牙，干脆放弃了京平舞蹈学院和京平戏剧学院的"绿卡"，全力冲击京平大学。她把所有身家都押上了命运的牌桌，却不曾设想过如此豪赌的结局。父亲知道后，和她大吵了一架，怒斥她竟然做出如此轻率的决定，简直是在拿自己的前途开玩笑。她恼恨地大呼："除了每个月给我打生活费，三年来，敢问您参与了多少我的校园生活？"父亲一时哑口，眼睛里分明有内疚一闪而过。阮行继续乘胜追击："您知道我在哪个班吗？知道我学文学理吗？知道我的班主任叫什么名字吗？三年来，哪次不是母亲，每周天晚上送我回学校上晚自习，您送过我几次呢？"父亲坐在沙发上,两只手扶着膝盖,低着头,沉默不语,像做错事的小孩。阮行头也不回地进了房间,临了撂下几句话:"人生能有几回搏,此时不搏何时搏?京平大学的教授既然看上了我,说明我有能力,我有这个水平。'李桃杯'只是起点,绝不可能是终点!"

舞台上恰好演到了"田氏女执斧来劈棺"一幕,也是全剧的最后一幕。田氏爱上了庄周假扮的楚王孙,二人情投意合,私定终身。合婚之夜,楚王孙却突发疾病,纸做的仆人二百五告知田氏,食死去未满四十九天的死人脑髓,方能痊愈。庄周尸骨未凉,田氏为了新夫,依然破了棺木,却只见庄周爬出,毫发未损。田氏转瞬明白一切都是庄周幻化的把戏,羞愤自尽,庄周鼓盆而歌,自此得道。

校考前最后一周,一个普通的中午,教室里的人都走空了,只有阮行还在埋头做题。为了节省时间,她已经很久没有和吴雨霏一起吃饭。她把单词和古诗文打印在A4纸上,裁成小块,方便自己一个人去食堂排队的时候可以拿着记诵。阮行时不时就要出去训练或者考试,加之跟吴雨霏在不同的教学楼、不同层次的班级,课程设置和授课老师都完全不一样,她们已经许久没有见面,基本上已经失去了对方的动态。

那天,她正在做一篇英语完形填空,内容是关于母亲和女儿发生争执又如何和好的。窗外突然传来一男一女说话的声音,她不经意地抬头,竟看到是刘一朗和吴雨霏,两个人说说笑笑,从教室外经过。刘一朗比起"李桃杯"大赛那会儿,胖了不少,新戴上了一副黑框眼镜,吴雨霏却看得出瘦了许多,原来肉肉的下巴变得尖削,圆润的身体变得娇小玲珑。高考的压力确实容易让人在短时间内迅速变胖或者变瘦,他们的变化也确实都在情理之中。但是,变化的只是外貌特征吗?

她的心脏开始疯狂地跳动,一张一弛,她几乎能看到它在她皮肤表面凸起时的形状。她克制不住地站起身,搬动自己的双腿往外走,缓缓跟上他们的脚步。她的头脑里开始盘旋着一种猜测,但又一遍遍地试图说服自己打消这种可能性极低的猜测。她跟着他们走过钟楼,走过图书馆,走过通往教师食堂和教师公寓的高大台阶,路上的老师和学生已经开始稀少,快到午休时间了。终于,刘一朗和吴雨霏走到了学生食堂门口,那里远离教师食堂和教师公寓,是安全的防空洞。刘一朗牵住了吴雨霏的手,两人并肩走了进去,头顶的LED显示屏上是血红的高考倒计时,防空洞见证了猜测的应验。

阮行变得像一台机器,机械地转过身,一步一步挪向教学楼,每走一步,机器上的零件就脱落一个,等到她走回教室,摸着椅子坐下,整台机器已经分崩离析,坍缩成了碎片。她的手颤抖起来,重新努力集中精神在那篇完形填空上,但是半小时后,她发现自己失败得很彻底——她已经空空地盯着第十一题整整半小时了。

阮行低垂着脑袋,回想起吴雨霏最后一次和她一起去食堂吃完饭,在学生公寓楼不同的楼层分别,吴雨霏在上面,她在下面,吴雨霏的目光分明停驻在自己身上好一会儿,才伴随着脚步移开。那时,吴雨霏究竟带着怎样的目光看着自己?愧疚,得意,怜悯,还是平静?她无从得知了。她突然生出后悔,当时自己为什么不抬头和吴雨霏对视一眼,辨察一下吴雨霏目光里的内容呢?后悔蔓延到手头的这篇完形填空,第十二题长久的空白催生了她的愤怒和伤心,情感的暗流一触即发。她想起她和吴雨霏过去欢愉的种种。

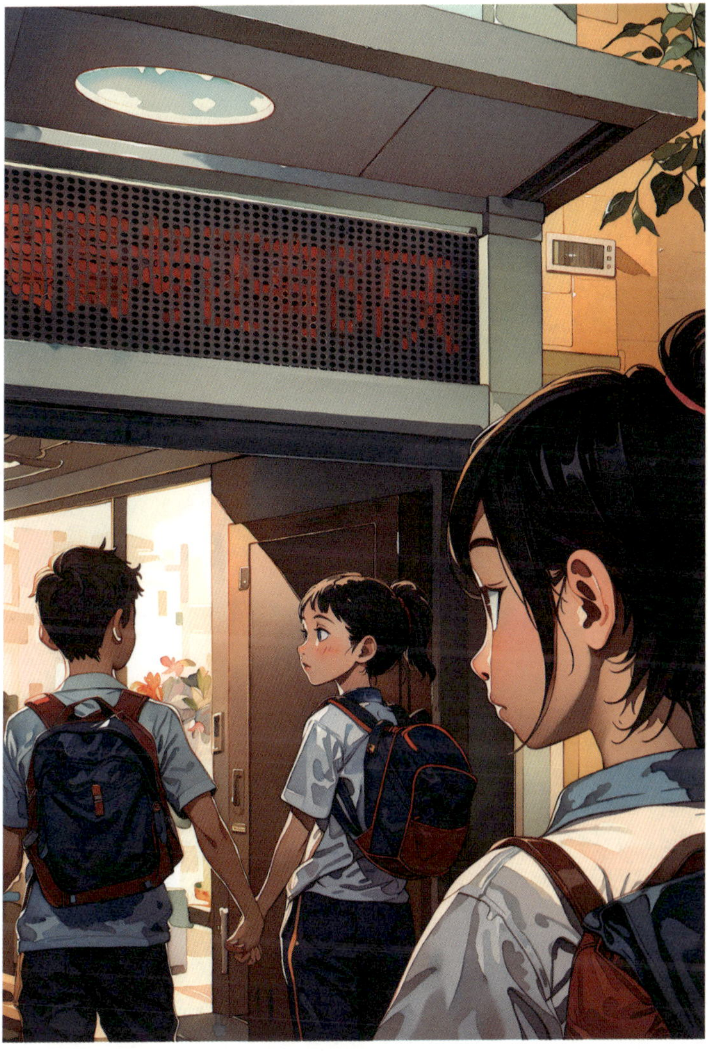

她们怎样在冬季的寒风里分吃一碗冒着热气的鱼蛋，上面浇了鲜红色的番茄酱和暗红色的辣椒酱，两种红色穿过时间，刺痛了她的眼睛。吴雨霏怎样搂住考试失败的自己，耐心地等待自己的号哭结束。她们怎样一起并肩站在跨年的人群中，用手机背面的闪光灯一边照明，一边大声倒计时。吴雨霏给她补习过数学，笑着说，别怕，文科数学比理科数学简单多了。吴雨霏的牙齿很小，像一粒一粒幼嫩的玉米，笑起来牙床不自觉地往回缩。她给吴雨霏补习过英语，在一些发音艰涩的单词后面，她细心地标注了国际音标，用手指戳着范读，吴雨霏眯起眼睛，笑嘻嘻的，上下两排玉米粒同时跳出来。而现在，玉米粒还没来得及长成成熟的玉米穗，便夭折了。她想起她们躺在一张床上，即使眼皮都困得交缠在一起，还是坚持说着绵延到天亮的悄悄话。她们偷偷爬上学校的天台，指着远处的两座像三角钢琴一样的流线型建筑——那两座建筑，是文心中心最昂贵的楼盘之一——说以后赚了钱，都要住在那里，两个人还要住对门。她不明白刘一朗和吴雨霏为什么这样做，为什么要铺就纯善的陷阱，在温言软语的海洋中刻写新的存在，活生生地捕捉她的心神？

阮行后来在大学里重跳《洛神赋》，看见群舞纵向穿入，交叉成网，横向阻隔，正面包围，曹丕截杀和封锁了曹植，忍不住落泪，意识到吴雨霏也截杀和封锁了她，不管吴雨霏有什么样的理由，她都无法再原谅吴雨霏。阮行不愿意开口问，吴雨霏也不愿意开口解释。她只知道的是，她恐怕再也没办法离开那间教室，再也没办法做完那篇关于母亲和女儿的完形填空，而刘一朗风轻云淡地牵起了吴雨霏的手，从血红的倒计时下走过。

高考结束以后，她的生活和吴雨霏彻底失去了交集。直到七年以后，她曾三次梦到她。第一次，看到她穿着黑裙子，坐在老式居民楼的拐角处。第二次,看到天空中飞过一只巨大的凤凰,金黄灿烂,她在凤凰底下对着阮行笑。第三次,和她走在马路上,天空飞过一只巨大的钢铁蝴蝶,像第二次世界大战时的飞机那么大,压得很低,就在头顶上方一只胳膊那么高。

血液流遍全身,但是只有寒意。空无一人的教室和窗外的阳光暂时成了令人宽心的避难所,支撑着她的饮泣。高考,高考,高考,高考!阮行努力找寻着自己的支柱和稻草,在口袋里摸到了手机,摸到了林琛的手心。

她发送了一条短信:"好久不见。晚上方便打个电话吗?"

林琛下了晚自习才收到她的短信,先是惊讶,继而惊喜。二话不说,一个电话打过去,满肚子的话题却被阮行失控的哭声都噎了回去。林琛说:"对不起,我没有保护好你。如果当初我听了我爸的安排,和你一起去文心四中上学,也许现在我就可以帮你收拾他了。"最后,阮行和林琛都对着电话,流下了眼泪,阮行哭的是背叛和毁灭,刘一朗背叛了"两情若是久长时,又岂在朝朝暮暮"的允诺,在如此关键的节点上毁灭了她的信念;林琛哭的也是背叛和毁灭,阮行向他释放了那么多明目张胆的朦胧信号,但是却轻易地背叛了他们的这份情谊,又在如此关键的节点上毁灭了他的信念。

阮行问:"林琛,我该怎么办?我还有校考和高考,我现在整个人都垮了,我真的没想到这种荒谬的事情,有一天我会亲身经历。"林琛深呼吸了好一会儿,冷静地说:"阮行,你让我想想,你先睡觉,我也先睡觉,大晚上不适合做决定,更何况明天还有一天的课和复习任务。明天我想到后,会在晚上十一点前给你发短信。"林琛还是和小时候一样,沉着,镇定,缜密,令人信赖,阮行止住了哭泣,挂了电话。第二天晚上,她果然收到了他的短信："阮行,其他的都先别想,先准备校考和高考。记住,这个时候,你如果因为这种事情分心了,是在拿别人的错误惩罚自己。你没有错,不需要自责,好好复习,我会陪你打赢这一仗!"发送时间显示为晚上十点四十分。

京平大学的校考结果出来那天是"五一",到处红旗招展,晴光正好,一片笑语欢歌,阮行的头顶却下着瓢泼大雨。她很清楚,她没有拿出最好的考试状态。备考前期的感冒掀卷起蝴蝶效应,初到京平的水土不服成为最后一根稻草,她在酒店里大病了三天。考试时,她的注意力时不时就会涣散、游移,脑海里不是舞蹈动作,全是刘一朗和吴雨霏。她越是想调整紊乱的思绪,杂念越是像粉红的大象一般涌进来。她的三试失败了,她与京平大学失之交臂。她拨通了罗宇的电话,企图做些无谓的挽救。罗宇在电话那头叹气,匆匆说:"我也没什么办法了。好好准备文化课考试,只要过线,你至少还有文心师范大学兜着。如果你真的很想来京平大学,可以加把劲儿,用纯高考分数进来,或者以后读研、读博也是一样的。好了,我正在外地开会,先不说了。"

于是阮行再一次被压力湮没了。她更猛烈地灌下大剂量的咖啡,一点睡觉,五点半起床,更猛烈地做题背书,上课的时候实在困得厉害,就站在教室后面,往鼻子里倒风油精和双飞人药水。她像一台疯魔了的机器,高速运转,零件纷纷在巨大的离心力中被甩脱出去,机器在巨大的离心力中渐渐散架,而她捂住耳朵,假装听不到警铃大作。她很快长出一脸痘痘,红得发肿,每一颗痘痘似乎都张开了大嘴,狞笑着讽刺她的不自量力。她把卧室的镜子摔碎了,开始拼命吃东西,有时吃得太多,晚自习还没结束,她就得跑到厕所去呕吐。压力几乎摧毁了她,她根本无暇顾及周围的变化,没有觉察到命运的风向正在悄然发生剧变。

二〇一四年六月二十四日,高考放榜前一天晚上。林琛在毕业谢师宴上被班主任和年级主任轮番灌了些红的白的,渐至微醺。隔着电话,阮行都能感受到酒精蒸发的热气"噗噗"地从话筒那边传递过来。他说了很多很多。记忆里那些已经生锈的齿轮和器件复又"喀啦喀啦"地回转起来。

最后,他说:"阮行,相信我,我会带你奔赴新的战役。你愿意做我的女朋友吗?"

阮行没有怎么思索,在一片混乱中轻声说:"好,我愿意。"

多年以后,阮行也曾反复叩问过自己的良心,我到底爱不爱他?我对他的感情到底是友情的爱,还是爱情的爱?抑或只是习惯性的依赖?她也曾疑惑过林琛对她的喜欢是否更多源自一种青春期的情感支撑?是否有经由想象美化和加工的成分?他们那时太小,太稚嫩了,对爱的理解太脆薄了。也许如果换作多年以后的阮行,她可能能够更清晰地分辨主要矛盾和次要矛盾,她可能不会将信任的筹码全盘押在刘一朗和吴雨霏身上,她可能不会受到这么大的伤害和冲击,她可能不会选择在十二年马拉松的最后一公里死死抓住林琛这根救命稻草,这未免太自私。纸张折出来的小船,轻易就被水流扑湿了,在漩涡中消失得无影无踪。

二〇一四年六月二十五日,高考放榜。阮行坐在空调房里,两肋的汗却依然不受控制地汩汩淌下。她的手指停在鼠标上方,蜷缩成几何形状,哆嗦着。良久,闭了闭眼,用力摁了下去。出分画面陡然全白,而后一点点地显现。心里的乒乓球高高弹起至抛物线的最高点,接着迅速坠下。

她严重发挥失常。当年中考时和她同分或者比她分低的初中同学,去的不是"985",就是"211",或者留在了文心大学和文心师范大学,除了她。她孑然一身踏上一座离家足有一千七百四十三公里的城市，从"公鸡"的脚走到"公鸡"的心脏。开学第一天，她踏在校门口满地的塑料袋和烂果皮里，整个人都在刹那间灰飞烟灭。她夜夜掉眼泪，在黏腻的被窝里辗转难眠，越来越多的积愤和怨怼，像入夜下到天明的连绵细雨，将她的心气、她的脾性、她的性情搅得潮湿霉腐，脆折溃烂。

负面情绪积蓄得久了，总会不自觉地露馅，尤其是在自己最亲近的人面前。阮行的自尊心开始变得像玻璃一样易碎，她选择疏离家人，自我封闭，林琛不幸成了唯一的靶子。他喜欢了阮行七年，曾经十二三岁懵懂的好感早已变成了想要携手一生的爱恋。阮行决堤的洪水常常不定期地倾倒在他那里，而他心疼昔日的羊脂玉女孩，一贯只是轻声细语，包容阮行一切的负面情绪。阮行对前景易生悲观落寞，他则总是在冷静地分析。但这冷静，日子多了，竟令阮行心生厌倦。阮行开始百般挑剔，认为他没有充分照顾到她的情绪，她不需要分析，她只需要情绪上的抚慰。她的情绪问题越来越膨胀，有时发生一些与他无关的人和事，她会迁怒于他，大发雷霆。他们的争吵越来越频繁，矛盾和冲突越来越尖锐。而她眼见着他在好的大学里结识优秀的人，比赛，玩社团，组织学生会活动，讨论课题，说不清的恐惧将她层层裹挟，密不透风。

他们几乎没有什么感情基础，无非是高考后的三个月加之之前同窗三年的回忆罗织成网，将二人简易地收束其中，之后就是漫长的异地恋。他们是屏幕里的平面恋人，视野里对方的生活也变成了二维的。在隐藏的三维夹层，也许有林琛为自己高考失败流下的眼泪，也许有阮行精神支柱的彻底崩塌，也许有太多的隔阂、太多的未知、太多的灰暗、太多的误解，一点一滴，直到一切都被摧毁。多年以后，阮行唯一能确定的是，如果时间能倒流,当林琛问她,愿不愿意做他女朋友的时候,她一定会说,不愿意。只有否定的答案,才可能带来关系的存续。她曾经看过一部老电影《廊桥遗梦》,女主角弗朗西斯卡身处婚姻之中,却意外地爱上了摄影师罗伯特,发生了一段露水情缘。如果她是弗朗西斯卡,刘一朗是罗伯特,那么丈夫理查德的角色空白可以由林琛填补吗?假如这样的对号入座成立,她在和林琛异校的三年时间里,对刘一朗生出好感,算不算背叛了那份珍贵的情谊?但是,三年时间里,他们毕竟没有确定关系。另一方面,她和刘一朗也没有确定关系,所以刘一朗对她到底有没有构成背叛的事实?更追紧一步说,如果最后这个问题的答案是"否",那她高考失败的结果,又是谁造成的呢?她不敢再分析下去。那时,她理解不了爱情,后来,她还是理解不了爱情。她总觉得爱情是一块毛玻璃,擦也擦不净,永远朦朦胧胧。她只是不想自己再一日又一日地被血淋淋的现实凌迟了。敏感多思成就了她在艺术方面的卓绝禀赋,也用巨石将她绑缚在高山之上。她成了自己思想的西西弗斯。

阮行腾空而起,做反身跨栏跳,落地,带动双臂,掀卷起锯齿状的浪,眼睛看向八点方向上方。沉默是刀,掀卷起锯齿状的浪,深深浅浅,将伤口不规则的边缘细心修割成更加不规则的形状。

"你说话啊,你怎么不说话了?是不是自知理亏,说不出来了?你凭什么就能站在道德制高点上对着我的人生指指点点?你十八年来,根本就没有离开过文心,你从小就被父母捧在手心里……"

林琛大喝一声:"够了!"

阮行仿佛没有听见，仍然持续着自己的喋喋不休，咄咄逼人："你的爷爷奶奶家、外公外婆家和你家就隔着一个街区，你根本就是温室里的花朵，又怎么能身临其境，体会我的痛苦？有本事，你就向你的大学申请一礼拜的假，你过来！过来安义！过来安义大学！过来感受一下我现在的生活！感受一下我身边都是一些什么样的人！"

绵长，震耳欲聋的叹息。"又来了……果果……阮行，"林琛在电话那端吞咽了一下脱口而出的"果果"，改换成了"阮行"，"我都快不认识你了。"

"你说得对，我也快不认识我自己了。"阮行直着脖子，竭力逃避眼泪滚落，竭力逃避声音扭曲，"你清醒一点，林琛，我已经不是十五岁的阮行了，不是你认识的阮行了。我高考失败了，我的人生完蛋了，你明白吗？彻底完蛋了！我没救了！"

"不，不是这样的……不要这样说……"林琛语塞，"你不要这样说自己，你明明知道我整个青春都在喜欢你，你这样说你自己，我真的很难受……我不知道说什么好了，我只能说，我很难受……"他的扁桃体生疼，喉结滚动着，堵住了翻滚的眼泪。

阮行脑内的小人尖锐地打断他："何不食肉糜？你喜欢的只是你想象中的我！"但她最终只是选择默默挂了电话。她不想再继续这样的对话了，毫无意义。

掌声将阮行拉回现实，汉剧《蝴蝶梦》已经谢幕。那天，在小小的601舞蹈教室，她做完最后一个舞蹈动作，在浑身蒸腾的热气和眼泪中跌坐在木地板上，眼泪再一次大颗大颗地涌出。

"我把我的四肢弄丢了,我的舞蹈出走了,我的梦想出走了,我曾经离京平大学只有一步之遥。"

她知道,自己用动作语汇完成了假面的独白,她从巨大的落地镜中看清了保健兰的颔首。保健兰在她身后一字一顿地说:"阮行,你是为舞蹈而生的,你有天赋,是个好苗子。记住,舞蹈是一门艺术,但舞蹈演员是一份职业。个中差别,你一定要明辨。"

第五章 狂响
第六章 封锁
第七章 纽带
第八章 洛神

第七章　纽带

已是深秋了，酒店外突然狂风大作，刮起雨来。保健兰继续翻看着姐姐的日记，有时觉得自己离真相越来越近，只有一步之遥，有时又觉得自己离真相越来越远，陷入盘古开天地的混沌之中。日记本上的字开始模糊，摇曳，她分不清是自己的泪水打在了姐姐的悲啼上，还是因为长时间精神高度紧张的阅读，感到头昏眼花。她生怕错过一个字，就会错过一条致命的线索，所以几个小时以来，每一篇日记，她都仔仔细细阅读了十几遍。姐姐走得太突然，也太蹊跷了，甚至没来得及留下一句交代和告别。这本日记，成了她和阴阳相隔的姐姐唯一的纽带。

2002年7月4日　星期四　天气：阴
他果然还活着。

那天，一进门，他就激动地扑了上来，啃咬我，亲吻我，滚烫的舌头又湿又滑，在我的口腔里进退得宜。他像野兽一样喘息，我生怕他把我生吞活剥，无法抗拒的男性力量很快占据了我，厚唇吮吸着我微小的乳，像吮吸着六角蜂巢里的蜜。我低头看着自己雪白的肚皮，上面布满了青肿的齿痕，我感到困惑，像阅读一本难懂的书，像观看一出难懂的折子戏。

几年前，我去梅江找小兰，当晚在梅江汉剧院观看了最新上演的汉剧《金莲》。这出戏挺有意思，说的是潘金莲利用平日里积攒的金银碎玉，打造了一双金莲鞋，用檀香盒盛装，希望能凭借这样的宝物嫁个好人家。不料命运捉弄，她被几易其手，疲惫至极，最后在西门庆诱逼之下，沦为五妾，杀害了丈夫武大郎。她将最后一线希望寄托于大郎之弟——屠虎英雄武松身上，最终落空。她绝望至极，饮刀而亡，带着那双金莲鞋，赴黄泉之下去完成"当归何处尘土？红风绿雨飘奇书"的故事了。

真是一出好戏。我后来和他聊起这出戏，他只说，爱的定义太复杂了。高潮中，他问我，你快乐吗？我回答，快乐。他说，戏剧也可以理解为身体和唇齿的艺术，唇齿之间出文章，身体语汇的丰富多样性联结舞台和观众。我喘着气，说，我们现在算是在探讨艺术吗？他说，当然。你曾经是安义歌剧舞剧院的当家花旦，还不够，我要捧你捧到宇宙中心。他更用力地吞没我，我的喉间深处发出了不属于我的呻吟。我感到，我的头颈向后仰倒，似乎挤出了一个本能的笑容。我咬着牙，看向他，像看向刺眼的太阳，哆哆嗦嗦地说，不，我不要名气，我只是纯粹地喜欢罢了。他的汗打在了我身上，模糊地嘟哝，那我就保你永远可以"纯粹地喜欢"。高潮中，他流了眼泪，我也流了眼泪。他哭的是活着，我哭的也是活着。

日记开始越写越长了。姐姐对艺术的痴迷和疯魔跃然纸上，在字与行的缝隙中表态，自己为艺术而生，即使是献祭自我，也心甘情愿。保健兰清楚姐姐说的《金莲》，那是一出关于"复仇"的汉剧，改编自《金瓶梅》，但更有一番汉剧自己的味道。

潘金莲有一双重金打造的金玉做的金莲鞋，盛于檀香盒中，金翠迷离，每每拿出，像"染来天边赤霞，更恰似秋池水浮红莲花"。潘金莲命运多舛，这双鞋先是陪她见证了西门庆的羞辱——西门大官人命她穿上金莲鞋，又把她灌醉，用麻绳将她捆绑在葡萄架下游戏。之后，适逢京城蔡太师寿诞，西门庆送去十挑生辰担儿祝寿，并用装着金莲鞋的檀香盒作为敲门砖，太师一并收了，给了西门庆一个管犯人的提刑所理刑官衔。最后，鞋子还了回来，金莲伤心欲绝，却没有任何办法。

伤心事桩桩件件连台转，回到家，她看到武大郎畏畏葸葸低垂着脑袋，面前是耀武扬威的张大户，不禁又气又悲，恸哭不已：

金莲九岁早丧父，
十三岁母病卖为奴。
先卖王招宣后转张大户，
张大户将我送你，分文不收最歹毒！
任由他随时来家将我侮，
你不出气，不敢怒，不出声，不敢哭，
只为富人免你租！
我成了偷偷摸摸浪荡妇，
你倒是堂堂正正伪丈夫，
我成了污污浊浊换钱物，
你倒是明明白白装糊涂。
可忍奇丑与奇苦，

第七章 纽带

难忍奇耻与奇辱!
不敢恨天与恨地,
只敢恨你这没心没肠、没肝没肺的矮葫芦!

金莲哀求武大郎休了自己,但武大郎却迫于男人的自尊心,死活不肯。美艳的金莲对于他来说就是自己最后的体面,这体面万万休不得。求医问药处处无门之后,她突生一计,想到用这双鞋诱骗武大郎的亲弟弟武松,正是那景阳冈上拳打猛虎的英雄好汉,八尺俊男。

武松碍于人伦和道德,步步后退,金莲假借帮小叔子做御寒用的冬衣之由头,步步紧逼。先是递上鞋子,妄图用足勾起武松的情欲,此计不成,便继续哭诉武大郎的懦弱,默许张大户将自己无偿送给武大郎后,时不时上门来侮辱。武松始终不信,最后,她狠一狠心,脑袋一别,头颅昂扬,干脆把窗户纸挑明:

献君三盏命运酒,
扭转乾坤去忧愁。
百年修来同船渡,
千载等得共枕头!

武松大惊,大怒,大羞,大恨,一脚把金莲蹬翻在地,头也不回地推门离去。

金莲颓丧地跌坐在地:

接风庆功命运酒,
斟满旧恨与新愁。
金莲本当遵操守,
人生苦短无多求。
期盼灵巧一双手,
绣出五彩万花楼;
梦想好男成佳偶,
同苦同甜,同悲同欢,同风同雨同白头。
只叹江湖恶浪骤,
落水难觅靠岸舟。
唯愿叔叔来援救,
救出苦海扬起头。
自古嫂溺当援手,
好叔叔怎舍得虚名虚德今生求!
英雄只管意气斗,
英雄只顾去己忧,
英雄只遮自家丑,
英雄只重功名利禄一并收!
金莲知晓从今后,
恶名丑德薄命休!
休笑我金莲戏叔三盏酒,
成全你千年万代,万代千年美名留!

金莲将杯中残酒一饮而尽，绝望地目送武松离去。西门庆已上台来，用皮鞭狠狠抽打金莲，众人嬉笑着，看着金莲在地上翻滚，挣扎，哭嚎，直到有婴儿呱呱坠地的啼声传来。一片笑语欢歌，像红色的鞭炮纸，炸了一地粉末，将金莲包裹其中，一时分不清哪里是哭，哪里是笑，哪里是悲，哪里是喜，哭笑难分，悲喜交加。

　　不过，姐姐明明更擅长京剧，为什么在这里笔墨详尽地记录了自己对汉剧《金莲》的理解呢？这个文中的"他"，应该就是前面数篇日记里的"那个人""有人"，可是，轻轻咀嚼这些句子后，为什么感觉不像姐夫呢？保健兰印象里的姐夫也确实愿意倾尽己力，托举她，支持她，但姐夫对姐姐的爱护是有分寸的，没有这层疯狂、狠厉、强势、破釜沉舟。或许，这是姐夫不为人知的另一面？想到姐夫在餐桌上精神委顿的模样，中间隔着一桌姐姐爱吃的菜，像隔着楚河汉界，保健兰突然不寒而栗。这可不可以理解为一种"煤气灯探戈[1]"？

2004年9月7日　星期二　天气：暴雨

生活

徐志摩

阴沉，黑暗，毒蛇似的蜿蜒，

---

1. 煤气灯探戈，又称煤气灯效应、煤气灯操纵，是指对受害者施加的情感虐待和操控，让受害者逐渐丧失自尊，产生自我怀疑，无法逃脱。煤气灯效应描述的是一种心理操控手段，受害者深受施害者操控，以至于怀疑自己的记忆、感知或理智。煤气灯效应概念最早起源于话剧《煤气灯》（1938），后又因为20世纪初期根据话剧改编的电影《煤气灯下》而受到关注。2007年，心理学家罗宾·斯特恩（Robin Stern）结合20年临床经验出版了《煤气灯效应：远离情感暴力和操纵狂》。该书出版之后，煤气灯效应被广泛地运用于临床心理学领域，后不断延伸扩展到哲学、政治学等学科领域。

> 生活逼成了一条甬道：
> 一度陷入，你只可向前，
> 手扪索着冷壁的黏潮，
> 在妖魔的脏腑内挣扎，
> 头顶不见一线的天光，
> 这魂魄，在恐怖的压迫下，
> 除了消灭更有什么愿望？
>
> 1930年5月29日

他喝多了，醉醺醺地来找我。

他说，他亲眼看着自己的父亲跪在人群最前面，脖子上挂着两块牌，一块写着"戏疯子"，一块写着"罪孽深重"。

手肘上套着红袖套的红卫兵对着他的父亲大吼大叫，扯着他的头发，拽着他的衣袖，问他："是不是说过不该说的话？是不是唱过不该唱的戏？现在承认，还有得救！"

他父亲满脸惊恐的鼻涕和眼泪，摇着头说："没有。"

人群中爆发出嘶喊："不，他有！"

接着，认同的声潮开始此起彼伏，推搡着他和他的父亲："对，他有！"

他说，那是他第一次意识到，恶是可以蔓延的，是可以传染的，是"无知"的同义词，是群氓的狂欢。他拉着我的手坦白，不希望我走他父亲的老路，所以捧我唱戏，资助我开工作室，甚至手把手教我做生意。他希望看到对艺术保持着一腔赤诚的人能够在艺术的道路上有一个好的结果。我和他父亲很像，我身上有他父亲的影子。

我打断了他，说，那你知不知道，我们已经没有回头路了？

他把我搂在怀里，捏捏我的鼻子，说，看你，太多虑。

我直勾勾看着他，我想我的眸子里一定燃起了幽幽的暗火。

我说，说了这么多都是无意义的废话。其实你是用性作为幌子，编造了一个巨大、瑰丽的艺术陷阱，诱骗我坠落进去。从那天开始，我再也爬不起来了。

我想我一定流泪了，因为我感到脸颊湿润了。他站起身，爱怜地伸出手指，上面缠绕着雪茄的味道。他说，小傻瓜，你想得未免太多了。靠你这小脑袋，根本没办法在你心里的艺术天堂立住脚，靠你这小身板儿，根本无力和资本抗衡，放弃无谓的挣扎吧。

他的手又摸了上来，说到"小脑袋"的时候，摸过了我的头、颈、背；说到"小身板儿"的时候，摸过了我的腰、臀、腿。

我问他，你爱我吗？

他嗅着我的身体，说，我帮你帮得还不够多吗？

我把他的下体含在嘴里，内心某样东西一点点地垮塌了。我不知道那样东西，是内心深处的艺术追求，还是赖以生存的信仰奇点。以前看李安的电影《饮食男女》里说"饮食男女，人之大欲"，但是我还是很难接受也很难面对这种垮塌。也许他曾经提着果篮，捧着花束，走到我的床前，和我聊艺术和面包、梦想和现实；也许在病痛的绝望中，在与首席演员争妍斗艳的时刻，都是他在说，你的痛是病理性的，不是心理性的，你是未经打磨的璞玉，一定会发光，你是小星星，不需要像太阳一样刺眼，太阳有时还会引发雪盲，小星星却能永远温柔地明亮；也许是他手把手地教我做生意，开工作室，紧追市场的风潮；也许我和他曾端着咖啡杯，在开着空调冷气的咖啡厅里聊过学术以外的东西，但我一直以来对他产生的情绪的出发点都是"父亲"，不是"男女"。

他第一次和我告白时，我毫不犹豫地回绝了，此后数年，我们失去了联系。我那时难过的不是没有帮我的人了，而是这段关系不明不白地耗损了。后来，废墟重建，桥梁连接，我高兴之余，失去了理智，一时糊涂之下，跳进了他的捕兽夹，等到双腿血肉模糊，才骤然惊觉，我已经站不起来，也无法逃跑了。很长一段时间里，我苦苦追索着"什么是爱"？这仿佛成了永恒的谜题。我在京剧里找，在书里找，在电影里找，唯独错过了在现实里找。空难那天，我丈夫和他恰好在同一架飞机上，诡异又幸运的事发生了，他们竟然同时活了下来。得知真相的那一刻，我简直感到啼笑皆非。老天冥冥之中，和我开了天大的玩笑，也可能是一种艰辛的考验。当然，无论如何，我都输了。

我离开安义的时候，曾经希望我能跃上更高的一个层级，无论是现实生活还是艺术理想。我不知道错误是什么时候发生的，但我已经无路可退。他曾是我心里的学术权威，是冬夜里提灯的父辈，后来，固有印象变得稀碎，因为我和他的中间横陈了一个巨大的"性"字。我更恐惧他把秘密泄露给我的家庭，虽然他从未表达出要挟的意味，但这种潜在的风险足以让我发疯。几年来，我多次反复思忖，我在罪恶的开端是否出现过出格的言行，结论是，我没有。但棋路还是在不知不觉间错误地狂飙，最终再也无法挽救。

保健兰注意到，前面的日记字迹大都变浅了，只有这篇，看上去是新写不久的，似乎是姐姐对前面的日记的总结和注脚。日记到这里就戛然而止了，再往后就是散着霉斑的白纸了。保健兰仿佛掉进了冰窖，周身冰冷。原来，日记里的人一直不是姐夫。

一九八三年，为确保改革开放工作的进一步推进，劳动人事部、国家经济委员会发布《关于企业职工要求"停薪留职"问题的通知》，鼓励体制内职工"停薪留职"，大胆"下海"，从事个体经营。一九八四年十月，中共十二届三中全会讨论通过关于经济体制改革的决定，第一波"下海经商"的热潮席卷了内地。

彼时，吴为十二岁，大哥吴心十六岁。吴心捧着家里订的《人民日报》，兴冲冲跑到父亲的书房："爸！您快看这个！"父亲从茶色的老花镜后抬起眼睛，视线停在报纸封面上。上面来了一行人，登上了刚刚竣工验收的国际商业大厦天台。这栋大厦足足有二十二层，站在上面，可以俯瞰整座文心的城市建设实时进展。文心市委书记向记者介绍，工程技术人员采取责任制，平均三到五天就可以盖一层楼。

吴心兴奋地喊："爸，多好的机会！要不您去文心试试？"

父亲看了他一眼，摇摇头，摆摆手，不发一言，视线回到了手头的文件上。

吴心有些急了："爸！国企有什么干头！一眼望到头，这辈子就这样了，您真的甘心吗？再说了，您就算'下海'了，安义这边的'铁饭碗'依然保留着，您怕什么？要知道，文心现在能盖出二十二层的大楼啊！我们家住的居民楼才五层，相当于四栋这样的居民楼叠在一起！"

父亲惊讶地看着这个早熟的孩子，内心一半是喜悦，一半是隐忧，喜悦的是吴心的敏锐和灵气，隐忧的也是吴心的敏锐和灵气。最近，往日如一潭死水般的单位确实躁动了起来，人们在去留之间举棋不定，左右摇摆，遥远的南方充满了未知的诱惑，而在父亲看来，诱惑的背面是危险。留在家乡，也许一辈子干不出什么大名堂，但至少在安义这个差序格局的乡土社会，他和身为中学教师的妻子跺跺脚，脚下的水波纹就会向外推开，推己及人，能远能近，能放能收。更何况，吴心没两年也要高考了，吴为明年秋天马上升初中，这个节骨眼上，他举家南迁，成何体统？想到这里，他站起身，拍了拍吴心的肩膀："饭点了，我去帮你妈做饭，你下楼帮我买点葱和酱油。"吴心看着父亲挑开门帘，进了厨房，知道父亲是岔开话题的意思，叹了口气。

一九八六年仲春的一个周末，吴心正在温习功课。他已经高三，成绩很稳定，老师对父亲说，只要最后这几个月沉住气，不出岔子，冲一把名校不成问题。父亲特意叮嘱母亲，这段时间一定注意给吴心加强营养，于是家里一时之间多了好几罐麦乳精和人参蜂王浆。

突然，他的脸色变得绛紫，用手掐着喉咙，从椅子上摔到了地上。摔下来时，桌上的书本和笔也被带落，连带着椅子倒地，发出了巨大的声响。父亲急忙跑过来，顿时被眼前的一切吓得浑身战栗，吴心已经说不出话来，只能不时发出痛苦的呻吟。来不及反应太多，身高一米七的父亲一把背起了一米八的吴心，从五楼一路冲到一楼，又一路把吴心送到医院，等一切都安顿好了，才发现所有的力气都被抽干，直接一屁股坐在地上，再也动弹不得了。

吴心被确诊为急性肺气肿，住进了医院。他睡了好长的一觉，醒来的时候，发现一家人都围坐在他身边，弟弟吴为睁着大眼睛，认真地看着他，眼珠像夏黑葡萄。他歇了几天，喝够了母亲用保温桶装来的稀饭和蛋羹，终于鼓起勇气开口问床边的"白大褂"："大夫，我还能高考吗？"

"白大褂"看了他一眼，惋惜地摇摇头。

吴心最终错过了一九八六年的高考，这一年，他的不少同学都顺利考入大学，开启了崭新的人生。吴心除了养病，剩下的时间，几乎都在听广播、看报纸，密切关注着外界的风吹草动，或者说，是那座遥远的南方城市的风吹草动。

一九八八年，吴心的身体恢复得差不多了，父亲托关系给他找了安义市排名前几的安钢中学，安排他进去复读，重新高考。此时的吴心已经弱冠，正是血气方刚的年纪，人在教室里坐着，心已经跑到了一千七百四十三公里以外的经济特区。一九七九年，一只大手在中国的南部沿海画了一个圈，那个边陲小镇的命运，从此一定大不一样。新闻里都在说，那里必将成为中国改革开放的排头兵，中国特色社会主义现代化建设的试验田，吴心相信，如果自己到了那里，一定也可以闯出一片天地。但他苦于没有合适的契机作为开口的由头，如果贸然和父母说，打算放弃复读，只身"下海"，大概率会被拒绝，恐怕以后也没有商量的余地。然而，老天仿佛听到了他的心声，很快，机会来了。

父亲的一个老朋友是省国际进出口有限公司的总会计师，姓阮，小时候常常来家里做客，父亲一直让吴心喊他"阮叔"。阮叔一直很关心吴心的情况，带来了一份报纸，原来，省国际进出口有限公司和远在"公鸡"脚上的文心物业集团新开了一家五星级酒店，最近在急招酒店服务员，招聘广告已经登报，待遇优厚，一个月能拿到一百八十块钱。

父亲听了，半晌没有说话，他在安义的一家制造业老牌国企干了大半辈子，好不容易坐到了高级工程师的位置，但一个月也只能拿到一百二十块。

阮叔看出了父亲的犹豫，继续补充："和文心一海之隔的港珠人一个月的工资已经能到千把块钱，有的甚至能上万，现在文心只是还没有完全发展起来，但等待着文心的必将是光辉灿烂的明天。因为有国家给文心撑腰，这是历史的必然选择，是这座城市的命运，现在趁着觉醒的人少，抓紧坐上这辆顺风快车，心儿就是文心的第一批淘金者。到了那边，遍地都是钱，就看你会不会捡，根本不愁发展得不好。至于心儿复读的结果，谁也不知道会是什么样，退一万步说，读完书，回来以后跟我俩一样继续进国企，拿着轻飘飘的百来块钱，哼哧哼哧，干一辈子吗？"

父亲喝了一大口茶，依然没有说话，他的注意力有些游移，想起了四年前的吴心拿着《人民日报》，冲到自己面前眉飞色舞的样子。这孩子从小就心气高，安义注定留不住他，复读对于他来说，真的是好的选择吗？转眼间，妻子又即将临盆，老三吴祎的到来本就让他们措手不及，老二吴为刚上高一，一家人的生活本就已经捉襟见肘，如果吴心复读成功，考上了大学，四年学杂费和生活费又是一笔大数目。家庭的重担前后赶巧，赶在了同一时间，都压在了两口子的肩膀上。吴心复读对于老吴家来说，真的是好的选择吗？

阮叔当然没有觉察父亲的腹语，继续乘胜追击，道："心儿长得高，人又帅，学历也完全符合，为什么不去闯一闯呢？我口水也说干了，你自己好好考虑考虑，这可是关乎孩子一辈子前途的事儿啊，过了这个村就没这个店了。总之，我是要把我儿子送过去的，我可不想他跟我一样，一辈子圈在安义的一亩三分地里动弹不得。"

父亲轻轻把茶杯放下,终于开口了:"他们招人,有啥条件?"

文心大酒店的考试对于吴心来说并不难,分笔试和面试两轮,笔试考语文、数学和英语,面试就是简单问了几个问题,吴心都顺利通过了,拿到薄薄的一纸录取通知,却感到像拿着千斤般的重物。

从十六岁到二十岁,他比谁都渴望文心,好奇文心,如果一九八六年的自己没有生病,也许他现在已经在文心大学里读书了。《伊利亚特》里的老特洛伊王普里亚姆曾向宙斯祈祷降临一个吉兆,让他能够顺利完成向阿基琉斯求情的危险任务。宙斯应允了,派了一只巨鹰,伸展着宽大的两只翅膀,出现在城市的左方上空,人们欢呼雀跃,为神迹精神振奋。四年时间里,他也曾虔心祈祷命运能够降临吉兆,指引着他果断地离开安义,前往文心。如今,他拿到了文心大酒店的录取通知,是否意味着命运已经泄露天机?为什么临门一脚了,他反而却步了?

吴心在不知不觉中出神了很久,反应过来的时候,才发现天已擦黑,暮色四合,远山淡影,看不真切。他和父母三人一动不动坐在沙发上,像三尊雕塑。西沉的太阳的光辉披挂在父母的脸上和肩上,像披挂了两件金色的袈裟。当金色的袈裟一点点黯淡下去,黑色的雕塑、黑色的客厅、黑色的窗户一起进入黑暗。没有人起身去开灯。

黑暗中,父亲终于开口了,问他:"你怎么打算?"

吴心捏着通知,低头看着地板缝隙里的浮灰,又迟疑了好一会儿,才开口道:"既然考试都通过了,就去吧。"

父亲问:"你说实话,到底想不想去?你是更想去文心,还是更想留下来复读?"

吴心回答:"想去。"他避开回答第二个问题。

母亲问:"你是不是怕家里没钱供你?"

吴心说:"有一部分这个原因。三弟快生了,二弟又马上就要高考,你们俩每个月拿多少工资,我心里有数,既然如此,也许我的离开会是一个好的选择。"

母亲眼圈红了,说:"你别想这么多,没有的事。如果你想考大学,咱就当没参加过这个酒店的考试,你回去继续复习,考上了,爹妈一定供你。"

父亲说:"人生就这一次机会,你可要考虑清楚。你妈为啥做了老师?你以为她不想考大学吗?就是因为你姥爷病了,木器厂开不下去了,哥哥和姐姐都已成家,她不想拖累家里,师范包分配,不花钱,所以她才读了师范。我和你妈虽然拿着死工资,但咬咬牙,供你们三个读书不成问题。我的意思是,你不要和年轻时的你妈有一样的顾虑,没有必要。"

母亲流泪了,说:"儿,你做决定应该依着自己的心,不要想着家里,这不是你该操心的。"

母亲用手揩眼泪的时候,露出了胳膊肘上的补丁,吴心看到了,胸口一阵发闷。他快速站起来,丢下一句"好了,我已经决定去文心了,我不会后悔,你们放心吧"。

一九八九年夏天,老吴家最小的儿子吴祎出生了,大儿子吴心只身南下,去了文心。同年,保健兰被选拔进入梅江汉剧院。两年后,二儿子吴为超水平发挥,考上了国内顶尖学府京平大学的戏剧影视文学专业,一时间成了街道的小明星,街道办主任给他戴上大红花,合影留念,照片被放大洗出,贴在街道的每个宣传栏里,又送来一大堆礼品和保健品,以表嘉励。三年后,保健兰的姐姐保健青离开了安义,和丈夫邱向东一起飞抵温

第七章　纽带

暖的南方。阮行的父亲阮白刚刚中考毕业，听从了阮行爷爷的意愿，没有再继续上学，揣着文心大酒店的录用通知和两袋疤饼，离开了家乡。时代的洪流裹卷着几个年轻人，他们摸着石头，踉跄前行。暑热难耐，他们怀着或憧憬，或忐忑，或沉着的心情，先后走进陌生的城市。工业园区街头的标语牌上印刷着斗大的"时间就是金钱，效率就是生命"的字样，用彩灯装饰的"大哥大"专营店门牌上写着"都市大哥大 4380即买即用"，头上绑着手帕的女工们骑着自行车潇洒地穿街而过，连接着文心和港珠的中英街两侧开满了商店，叫卖着来自世界各地的商品。这里离安义足足一千七百四十三公里，乡愁和奋斗的热望拧成了一股线，连缀起秦淮以北，两广丘陵以南。

阮行对裘小贝的第一印象是讨喜。平心而论，裘小贝肯定算不上美女，顶着一张包子脸，侧脸鼓鼓的，像含了两块糖，笑起来眼睛向上眯成两条线，呈现一个好玩的倒"八"字。上通识必修课的时候，裘小贝就坐在阮行前面两排的位置，阮行抬起头看黑板的时候，裘小贝正好回过头和身后的同伴借东西，阮行便注意到了那张令人印象深刻的脸，裘小贝也感受到阮行的视线，朝她笑了笑。

下课后，阮行背起包，穿过大教室，经过裘小贝的位置时，发现她竟然没有带上手机。那台手机上挂着一只可爱的玉桂狗公仔，此刻静静躺在桌屉里，玉桂狗顺势垂了下来，微笑着在空中转着圈圈。阮行急忙抬头，在人群中四处寻找着裘小贝，却不见她的踪影。为了确保手机不会丢失，她干脆坐了下来，等待裘小贝回来。

天渐渐黑了，阮行的肚子饿得"咕噜咕噜"响，裘小贝还是没有出现。阮行心一横,给班长发了请假的信息,告知自己不去晚自习了,又拿出了平板,决定边刷网课,边继续这样等下去。不知过了多久,裘小贝从教室前门冲了进来,阮行赶快把手机掏出来,问她:"是不是你的?"裘小贝点头,惊讶地看着阮行说:"你不会一直从下课后等到现在吧?"阮行笑笑,站起身,开始收东西:"等到了你就好,下次注意,手机不能再轻易离身了。"裘小贝拦住了阮行,她个子不高,只好仰起头看向一米七二的阮行,热情地说:"别走别走,我得请你吃顿饭以表感谢,就当交个朋友吧!"

裘小贝是隔壁人文学院中文系的学生,性子爽直泼辣,典型的川渝地区姑娘,鼻梁上常常架着一副圆框眼镜,这一点倒确实有些中文系学生的味道。她的身上有吴雨霏的影子,她和她一样生机勃勃,充满活力,不同的是,吴雨霏的眼睛总是蒙着一层薄薄的水汽,裘小贝的眼睛却是清亮的,像山泉一般,能看见底下的藻类植物。

二人熟识后的第一个中秋夜,裘小贝邀阮行去天台上看月亮。阮行带了两听柠檬茶,裘小贝带了一本马克·斯特兰德的诗集,说要读诗给她听。

打开夜晚这本书,翻到
月亮,总是月亮,浮现在
两朵云之间的一页,它缓缓地移动,时间
好像已经过去了,在你翻开下一页之前,
在那里,月亮,现在更亮了,它垂下一条路
引领你离开熟悉的一切,

> 到那些你希望的事情发生的地方,
> 它孤独的音节像一个句子悬在
> 感觉的边缘,等待你再一次说出
> 它的名字,当你从书页上抬眼
> 然后合上书本,依然感觉到它好像
> 住在那片光里,那个骤然而降的声音的天堂。

裘小贝的声线有点儿哑,读诗的时候,语调严肃而虔诚。阮行看向她的侧脸,生出几分熟悉,一时神思恍惚了,想起和吴雨霏在军训相识时的场景。隔着那个中暑眩晕的女生,她窥看着吴雨霏的侧脸,少女吴雨霏察觉到了,主动和少女阮行打招呼。从此,她们一起上学,一起吃饭,一起畅聊自然、生命、宇宙,彼此陪伴。

吴雨霏的父母早早离婚了,母亲一个人在外打拼,听说是做服装生意的,对她的学业成绩表现抱有很高的期许,那时候,教育部还没有强硬出台"双减"政策,所以她几乎没有周末和节假日,所有的课余时间都在做题、背书。

阮行曾苦笑着说,羡慕她充实得像个陀螺,自己因为生病的关系,根本没有办法长时间集中注意力在书本上。吴雨霏也苦笑着说,不这么做,母亲会伤心。压力实在大得无法忍受的时候,她就埋头在阮行肩膀上痛哭。

阮行一面轻轻拍着她的肩膀,一面从心底涌出酸涩的气味。她见过吴雨霏的母亲,确实非常严厉,但至少是个情感冷静的人,即使是批评吴雨霏的时候,也很有分寸。

吴雨霏说，不，那是一种无形的"白色恐怖"，她知道如果自己达不到母亲的要求，等待自己的会是什么。

阮行说，自己的父亲是一个情绪高度不稳定的人，常常冷热暴力双管齐下，热暴力是讥讽和谩骂，冷暴力是疏离和冷战。阮行罹患青春期情绪障碍期间，都是母亲陪着去医院就诊，监督吃药，好言相慰，但父亲的第一反应却是破口大骂，质问女儿为什么逃避上学，知道她生病后，反问她，是不是不想学习，在找借口？如果真的不想上学了，可以永远不去，大学也不用读了，直接去找个厂子打工吧。阮行和父亲开始日渐疏远，但在亲戚朋友面前，她父亲却试图掩盖他和女儿之间尴尬的感情维系，有时像饺子搂不住馅儿，快漏出来时，她父亲便即刻推诿到她的脑袋上，撇着嘴，耸着肩膀，把头摇成拨浪鼓，指引着众人把谴责和唏嘘的焦点投放在女儿身上。那一刻，她是不孝、叛逆、愚昧的代名词。

阮行和吴雨霏一起坐在寝室楼的天台上，看着远处的月亮，就像今夜，她和裘小贝坐在异乡，也是这么抬头看着各自家乡的月亮。

十六岁的阮行轻声说："高考不是人生的全部，但似乎是十二年马拉松的终点线，想想就觉得喘不过气。也许我不是生病了，我只是在逃避压力。你读过岸见一郎和古贺史健写的《被讨厌的勇气》吗？比起弗洛伊德的原因论，我更认同阿德勒的目的论。我不知道我的生病是不是我人为制造出来的，但我知道的是，我已经生病很久了，久到我觉得我可能来不及在高考前爬起来了。"

十六岁的吴雨霏抱住了她，说："别怕，你已经跑了这么久，不会在最后一公里摔跤的，一切都来得及。"

月亮升得更高了，她开始在阮行耳边轻轻背诵主的祷告词，阮行的呼吸渐渐均匀了。她知道，吴雨霏是个基督徒，平时穿着校服的时候，纽扣一直扣到下巴底下，但晚上换上大领子的睡衣，锁骨处就会露出银光闪闪的十字架吊坠。吴雨霏渐渐理解了母亲的不易，在信仰的乌托邦里懂事地自我调适。阮行对她的信心来源，除了源于对友情的信任，更源于对信仰的信任。但最后，她做梦也想不到，吴雨霏亲手扼杀了十字架。她们曾彼此成全为温润的月亮，照亮了彼此的一段夜路，然而天亮的时候，如同太阳取代了月亮，月亮从此消失了。

裘小贝说，这首诗的名字叫《月亮》。

阮行抬起头，看向头顶那轮巨大的圆月。几年前的那个平安夜，她也是这样抬头看向头顶的月亮，心旌摇荡。

"余情悦其淑美兮，心振荡而不怡。无良媒以接欢兮，托微波而通辞。愿诚素之先达兮，解玉佩以要之。嗟佳人之信修兮，羌习礼而明诗。抗琼珶以和予兮，指潜渊而为期。执眷眷之款实兮，惧斯灵之我欺。感交甫之弃言兮，怅犹豫而狐疑。收和颜而静志兮，申礼防以自持。"男孩在舞台上起舞，每个动作，每个节拍，分明都是她精雕细刻的作品。秦斯喆不在的时间，她总是偷偷地扶着抓着刘一朗的袖子，刻意不碰他骨骼分明的细长手指，指导他将文学和舞蹈融会贯通，在舞台中央旋转，曳动，直到与现实脱轨，臻于化境。

多少块排练以外的空白时间，"曹植"私会"洛神"，和她分享基耶斯洛夫斯基的《蓝白红三部曲》，听他用大提琴拉卡洛斯·葛戴尔的《一步之遥》，知道她喜欢戏剧后，送了她妹尾河童的《窥视舞台》。他们常常绕着操场散步，他告诉她，宗白华就"散步"这一现象进行过一番有趣的探讨：逻辑的拥护者一般不喜欢散步，因为过于散漫，总显得太没有计划性。不过,亚里士多德却组建过一个"散步学派",可见散步和逻辑并不一定完全没有关联。说到这里,他停了下来,打趣她:"你看我们俩像不像'散步学派'?"她来不及回答,因为就寝时间快到了,教学楼一侧的灯光已经熄灭,她匆忙跑向寝室楼,他在黑暗中握住了她的手,塞给她一张纸条。她回到寝室后查看,是巴勃罗·聂鲁达的《最后的玫瑰》。

> 我是个绝望的人,是没有回声的话语。
> 丧失一切,又拥有一切。
> 最后的缆绳,我最后的祈望为你咿呀而歌。
> 在我这贫瘠的土地上,你是最后的玫瑰。

艺术或许是具有欺瞒气质的,甚至可以瞒天过海,用浓烈的劣质熏香完完全全地掩盖扑鼻的臭气。少年阮行惊叹于少年刘一朗的博学、才华、谈吐,在这座黯淡的、闭塞的寄宿制高中里,他光芒万丈,从谎言的麦迪逊桥上款款走下,构成了致命的吸引。

比赛当天,他脱去校服,穿上了做工优良的戏服,缎面针脚细密地包围了少年。他的声音柔和爽净,念诵了一段曹植的独白。光打在他的头顶,他挺拔,清朗,寄托了她数年如一日的艺术想象。他看着她的眼睛,缓缓地说:"执眷眷之款实兮,惧斯灵之我欺。"可是最后"欺灵"的却是他,"不诚"的也是他。他的巧舌吞吐出罂粟的浓艳花朵,将她围困其中,那时她站在群山之巅,满怀对未来的憧憬和希望,以为自己终于穿越了青春期的浓雾,但最终,天鹅的脖颈折断在池水中央。

阮行很少这样信任别人,裘小贝是个例外,也许是因为她的侧脸很像吴雨霏,也许是因为和她一起看月亮的时分让她想起了刘一朗。裘小贝安静地听着她的陈述,一口一口地喝着柠檬茶,最后,把纸巾塞进了她的手心,问她:"你还好吗?"

  阮行接过纸巾,道了谢,低声说:"我还好,只是因为月亮太美了。"

第五章 狂响
第六章 封锁
第七章 纽带
第八章 洛神

第八章　洛神

初中开学第一天，林琛就喜欢上了阮行，喜欢上了她羊脂玉一般的小脸，一小块，隐在人群中。眼睛好大，像盛着两汪水，不经意地看向她时，水光潋滟晴方好，他的心跳都漏了一拍。他那时心智还小，不知道怎么表达自己的好感，于是笨拙地寄托于一些无聊的恶作剧，企图在她的少年岁月里留下一星半点的痕迹。阮行生日的时候，他去商场逛了很久，把买球鞋的零花钱用来买了香水，是雨后青草的味道，湿漉漉的，香气很淡，他分不出前中后调，单纯觉得很特别，和他喜欢的女孩一样特别。他人生第一次买这么贵重的礼物，其实心里多少有些不好意思，因为他还没有经济独立，但仔细想想，阮行的生日一年就这么一次，他不想留下遗憾。阮行性子很软，但骨头很硬，像林中竹，温柔却坚韧。她好强，上进，很努力地平衡舞蹈和功课，他都看在眼里，青春期的他，第一次为自己的贪玩而生出羞惭，也为了增加和她拥有未来的可能而生出渴望。他不声不响地开始埋头读书，奋起直追，把阮行的名字一遍一遍写在课本的扉页上，用来激励自己，又担心被同学发现，只敢写缩写字母。每次翻开书页，就像舔舐一份秘密的蜜，就像经过学校的舞蹈室，从门上方窄小的方框里窥看窄小的阮行。他曾看到阮行因为完成了一个高难度的动作而兴奋得弯下腰，握拳欢呼，他于是也跟着在门外微微笑起来，他不知道动作的专名，只觉得她好美；也曾看到阮行压腿练功时疼得扭曲的脸，他想她一定在痛苦地呻吟，像压抑着自己喉间啼血的杜鹃。舞蹈室的门隔离了她的痛苦，他听不见，但舞蹈室的窗户放大了她的痛苦，他看得见。他心疼得几乎落泪，但他也清楚，那是她的梦想所在，所以他支持她。青春期的喜欢朦胧而干净，无非是希望她好。中考前夕，阮行拿到了文心一中的保送名额，一些声音像葡萄藤，缠绕攀爬上她的背，她走到哪里，葡萄藤就缠绕攀爬到哪里。林琛也许可以用拳头帮她回击具象的冒犯，但这些抽象的压力，他无计可施。他苍白地写了很多安慰的纸条，用笔尾巴轻轻捅阮行的背，塞给她，希望她能明白，任何时候他都会和她站在一起。她平静地把纸条上歪歪扭扭的潦草字迹抚平，对折，再对折，然后放进笔袋，做这些动作时，后脑勺的马尾从肩膀滑到了胸前，少许几根发丝还黏在平坦的背上。他忍不住伸出手，把那几根发丝轻轻拈起，捋到马尾里面去。她从不在人前落泪，但他知道，她哭过，因为她从厕所回来，脸上常常有未干透的泪痕，在太阳下闪闪发光。

十五岁那年，他拼尽全力，还是只考上了文心八中。父亲当时说，有门路把他弄进文心四中，问他愿不愿意去。他周末的时候，一个人骑车骑到了文心四中门口，在蓝色的围墙下停了很久，抬头看围墙后高耸的钟楼。他想，如果真的能来四中，也许就能离阮行更近一些，升学的机遇和路径也会更多一些。可是，这是他自己努力的结果吗？因为时间久远，灰色和砖红色交织的钟楼已经被爬山虎覆盖，像穿了一件翠绿色的外套。当翠绿色的外套变成暗绿色的外套，他知道天黑了，该回家了。

他最终还是去了八中，进了最好的理科拿云班。高中的学业很紧张，他常常想起阮行，晚上回到宿舍，他会偷偷拿出诺基亚的按键机，给她发很多短信，报告自己的生活，诉说自己的思念，唯独没有说过"喜欢"。他那时觉得自己还只是个少年，何况面前还有高考。重点高中管手机管得很严，智能机耗电快，且体积大，容易被发现，按键机一礼拜只需要充一次电，又小巧，塞到哪里都不容易暴露。她一开始只是礼貌地回复几句，寥寥数语，消息像雨水打进湖泊和海洋，只有一点点涟漪，后面干脆彻底不回复了，涟漪消失了。他有些失望，失望她竟然变得这么快，但担忧的比重很快后来者居上，超过了失望，担忧她在四中那边过得好不好。八中的学业负担已经如此之重，那么四中呢？她适应了吗？湖泊和海洋依然没有涟漪，没有回音。他渐渐把注意力放回学业上，羊脂玉女孩渐渐变成了记忆的蚌中珠。

高二上学期的平安夜，父亲回家，拿了一份《文心日报》给他，兴奋地问他，上面是不是他的初中同学。他翻开，震惊地看到头版头条竟然就是阮行的巨幅照片。报纸封面上，她的脸小巧如一块羊脂玉，正眉眼低垂，舞动衣袂。她的脑袋上方，顶着一行巨大的标题："文心四中摘'李桃杯'桂冠 学生阮行斩获'最佳女主角'奖项"。他盯着新闻报道的最后几段，仔细看了很久，"京平舞蹈学院"和"京平戏剧学院"的字样让他迅速明白了这场比赛对于阮行，对于文心四中的意义。原来羊脂玉女孩已经这样优秀而遥远，当然，她原本就已经很优秀而遥远了。他想起儿时喝爷爷泡的茶，单枞茶叶条索粗壮，色泽黄褐，密布着朱砂红点，水仙茶有天然花香，呈鳝鱼皮色，油润有光，这两种茶同属于潮安凤凰乡，共同点是入口齿颊生香，回甘绵长。咀嚼羊脂玉女孩就像在咀嚼茶叶，有些苦涩，但苦涩中似乎又有些回甘。青春的列车就要驶进终点站，他想他的目标还是应该暂时放回高考上，于是把报纸合起来，重新翻开了习题册。

直到高考前最后几十天，他接到了女孩的电话。她在电话里大声抽泣，不受控制地拼命倒吸气，他用手心堵着电话，感觉快要堵不住愤怒和伤心的热流，它们汩汩涌动着。等到她略微平息下来，他才明白，原来她遭遇了背叛。他很少哭，但是这一回，眼泪还是下来了。他哭阮行，她是他如此珍视的女孩，却被如此对待，对方道貌岸然，是披着羊皮的狼，给了阮行信念和勇气，却又轻飘飘地在节骨眼上抽去一切。他本是坦然的人，想着公平竞争，既然刘一朗近水楼台，且能和阮行完成思想上的共振，筝与胡和谐相鸣，那么先得月亮也在情理之中，他虽然极其难受，但至少可以勉强接受。然而刘一朗得到了月亮却没有珍视月亮——他把月亮养在水缸中，对着月亮装模作样地吟诗作赋，然后面无表情地碰碎它。他哭自己，哭自己在这份感情中太懦弱。六年时光里，他不敢轻易吐露喜欢，父亲无意地制造了让他接近她的机会，他也没有抓住。如果当初他及时地吐露了喜欢，抓住了接近她的机会，和她在一个学校念书，他现在就可以走到刘一朗面前，把他暴打一顿。他再一次无力帮她回应这种具象的冒犯，就像三年前，他同样无力帮她回应那些抽象的压力一般。

他决定带着她走完这最后一段艰难的路，怎么说也得把高考先顶过去。然而阮行的意志已经溃散，成天躲在房间里不出来，只肯躺在床上不停地流泪。他知道她开始整宿整宿地失眠，白天上课就靠往鼻子里倒风油精和双飞人提神；他知道她开始因为压力吃不下饭，甚至来不及跑到厕所隔间就已经在洗脸池边呕吐出来；他知道她开始看不进去书，一看书，字句就开始飘移，模糊，打着漩涡。她在小区楼底下和他打电话，他突然产生了见她的欲望，三年了，她变成什么样了呢？电话里突然传来熟悉的下课铃声，是他们小区里的那所小学。那是阮行的小学,但他也曾无数次经过。他骑上车,从八中飞奔向家,骑至半路,他甚至后悔没有打车,打车一定可以更快见到羊脂玉女孩。他在单车道上加速驰骋,眼泪和汗水都流淌进了风里。人的境遇也像骑单车一样,很多时候,你只能向前,向上朝着目标前进,否则就会失去平衡,摇晃倒地,你没有办法一直停留在原地。他从记事起就开始骑车,小时候父亲带着他到处骑车造访山水,长大以后,他自己开始加入成人车队一起玩,锁鞋、头盔和车换了一套又一套,但对单车的热爱从来没有变过。它是忠诚的钢铁朋友,在人生的任何时刻,都坚定地陪伴在他身边。这一刻,他也想坚定地陪伴在阮行身边,就像他的这位钢铁朋友一样。

他终于骑到了小区里的小学门口,没有看到阮行的身影。他不泄气,继续放眼寻找。他知道阮行皮肤白,招蚊子,肯定不会在露天或者有植物的地方坐着,那会不会是那个地方呢?初中的时候,他们偶尔周末出来玩,她每次都会和他约定在小学附近的一个小亭子见面,可是转眼三年过去了,她还记得那个秘密基地吗?他试探着走到了小亭子,然后看见了女孩瘦削的背影,她穿着白色校服,马尾剪成了齐耳短发。他张了张嘴,声带半天才振动起来,他叫了一声"阮行",女孩回过头,依然是那张熟悉的羊脂玉小脸,只是更瘦更小了。

阮行看到他,眼里先是惊,继而是喜,最后是眼泪。她匆忙地用手遮挡了一下自己的脸颊,低声说,我最近压力太大,长了好多痘痘,太丑了。他还是和三年前一样,笨嘴抽舌,不知道说什么话安慰她好,伸手从口袋里摸出一管阿达帕林凝胶,放进她的手心:"不会,依然很美。这个给你。"

他们聊了很久,聊三年来的学习和生活,聊各自学校里的老师同学,聊最近的几次模拟考,唯独不聊刘一朗,两个人都默契地避开了。阮行又长个子了，更修长了，像一穗洁白的玉米。他们并肩走在一起的时候，他笑着说，你好高呀，我都有压力啦！阮行也笑，轻轻握拳打他，一点儿都不痛，他故意"哎哟哎哟"地叫。他喜欢看她笑，他想她一定很久没有笑了，她的脸已经瘦得凹下去了，哪里支撑得起笑容呢？

黄昏的时候，突然开始下雨，林琛拉着阮行，匆匆躲进最近的一个单元楼下。单元楼外伸的屋檐太窄，挡不住两人全部的身体，于是林琛举起一个EMS的大信封——从小区邮局取来的快件，挡在阮行的脑袋旁边，帮她尽量遮挡飘进来的雨雾。信封很快湿了，"EMS"的字体有些发泡，变得圆滚滚的，字母与背景的界限开始模糊不清。

他的时间已经很紧张，但还是不敢放手，生怕一旦放手，羊脂玉女孩就会在万有引力的作用下彻底坠落，碎成粉末。他白天拼命提高复习效率，晚自习一结束，一回到寝室，就抓紧时间给阮行打电话，关心她当天的状态。为了不吵到舍友休息，他打电话时，干脆躲进阳台上一人高的储物柜，和扫把拖把为伍。正值盛夏，蚊虫多，温度高，他每次从柜子里出来都仿佛被水洗了一遍，附带着一身疙瘩。到了后期，阮行逐渐流露出自暴自弃的倾向，他便打着手电，朗读从文科班借来的时政手册，就为了能让阮行多记一两个知识点。高考前最后一天，八中图书馆所有的座位都被占满了，高三教学楼的每一间教室都坐着埋头苦读的蓝白身影，蓝色校服是男生，白色校服是女生，只有林琛还藏在操场主席台后面的草丛里，偷偷给阮行打着电话。当他看到阮行对他的付出无动于衷时，依然径自沉浸在颓靡的情绪陷阱里时，他突然崩溃了，六年来第一次在她面前哽咽了。他说："你未免太自私了，你知道现在八中的所有人都在复习吗？只有我还在这里打电话，就是不想放弃你，不想你放弃你自己。成人礼已经过去很久了，我们都是成年人了，高考的重要性,你不是不明白。"阮行沉默了很久,闷闷地说:"对不起。"声音传递过来眼泪咸涩的味道。她总是这样,很爱对他说"对不起",当年是这样,后来也是这样。年轻的爱情往往因为太年轻而容易迷失自我,当情感的天平过多地向一侧倾斜,最终势必会流于倾覆。

高考结束后,他们曾坐在初中附近的广场台阶上聊天。那时还没出高考的录取结果,但是分数已经都知道了。林琛没有告诉阮行,他为了自己的分数哭了好几次。一场棒球比赛有九局,九局下半是整场比赛的最后一搏。他所在的文心八中虽然不如阮行的文心四中,但他毕竟一直就读于最好的班,成绩出来后,他才发现,本来最后两次全市模拟考都稳居全市前五十的他,竟然在这场十八岁的九局下半中输得一塌糊涂。

脑袋上是社区大楼,向外伸出一块平台。下午下过雨,平台的边缘偶尔还会向下滴水。林琛本来不想湿漉漉地坐下来,但阮行坚持要坐。他无奈地去附近便利店买了两个塑料袋,一人一个,铺在微潮的阶面上。在阮行那边那个袋子上,林琛又铺了两层纸巾,他担心阮行的身体会进湿气。他们坐着聊天,林琛说,感觉自己好像在一条漆黑的隧道里,前方正轰隆隆滚来一块巨石,他无处可逃,那块巨石的名字,叫"未来"。高考结束了,这场十二年的马拉松跑到了尽头,无论是阶段目标还是长期目标,意义都已经坍缩在记忆里。过去的都已过去,未来已来,自由的暗面是什么,还无从知晓。她在雨夜张开双臂,说不如试试拥抱吧,试试拥抱这块巨石。林琛说,不会血肉模糊吗?阮行笑了:"我们也没有其他选择了不是吗?已经狭路相逢了。"那是羊脂玉女孩在林琛的记忆里最后一次开怀大笑,当她离开"公鸡"的脚,落地"公鸡"的肺,被肺里的浓痰兜头淹没,她的月亮和六便士便也一并淹没了。

第八章 洛神

高考结束后的谢师宴上,林琛被同行的老师灌了不少酒,十八年来第一次喝这么多酒,他倒在自己房间的床上,口齿不清地给阮行打着电话。他说:"阮行,我好喜欢你啊,特别特别喜欢你,我喜欢了你好多好多年啊。你可能不知道吧,从咱俩见第一面开始,也就是初中开学那天,我就喜欢你了。这些年,因为高考压着,我不敢说,也觉得自己负不起这个责任,万一耽误了你考试咋办?这可是一辈子的事。我希望你好,我特希望你好。"

电话那头很安静,有节奏地传来"噗噗"的轻微声响,那是阮行在轻轻呼吸。酒精的作用上来了,他眼前的世界开始倒置、错乱、重叠、扭变,胃里也开始翻江倒海地折腾。林琛咽了口唾沫,脸烧起来,身体烧起来,周身有火焰在裹缠,他怕自己再不说,万一等会儿开始吐了,就更没精力和阮行说什么了,然后一觉睡到第二天,这个绝佳的开口机会也将转瞬即逝。不行!想到这里,他艰难地张开粘连的嘴唇和牙齿,大声喊了一句:"阮行,可不可以做我女朋友!"因为过于用力,句末的问号被他的晕眩吞噬了,小心翼翼的询问戛然而止,只留下一个感叹号。阮行并不知道电话那头的情况,看不见林琛已经冲到洗手间,抱着马桶一通释放,她以为他在等待她的回答,于是对着那边的寂静,微笑着说:"好,我愿意。"

保健兰和吴为带着学生走进学校的剧场,进行舞剧《洛神赋》的排演。她让学生在舞台上安静等待,自己先快步走向二楼的控制室,准备开灯。阮行看着保健兰轻捷的背影,看着她的醋酸长裤随着身体的动向折叠出姣好的曲线,看着她的粉色小羊皮高跟鞋一步一步走上二楼,发出"笃笃笃笃"的声响。阮行习惯敏感地捕捉细节,她发现那双小羊皮高跟上一点土都没有,它们没有挤过嘈杂的地铁和公交,一贯被放在副驾驶座下,作为一双柔软平底鞋的A角。舞台上的戏剧总是分AB角的,舞台下的戏剧也总是分AB角的。阮行想到那双此刻隐匿在驾驶座下的黑暗中的B角,肺管子里的空气仿佛被堵住了出口。

同学们或站或坐,留在舞台上,这是保健兰的交代。阮行看向自己的同学,像看向一群停泊的候鸟。他们被规训过度的脸孔背后,是选择的稀缺和不确定性的增加。恍惚间,她想起来了,就在并不遥远的几年前,似乎也是在剧场的舞台上,似乎也是一群同学三三两两或站或坐,似乎也是一男一女两个老师互相搭配,似乎也是舞剧排演。不同的是,那时,她是小洛神,那时,舞台上站着曹植,一半暴露在灯光之下,一半隐入阴影,那时,她还无法预见命运的道路已然在沉默中分出几个不同形状的岔路口。她的精神和灵魂游离在空气中,一抬头,却被吴为关切的目光拽回了现实。吴为用那双草食动物般的眼睛询问她,她回以肯定的微笑。

高三的时候,秦斯喆调走了,听说调到了隔壁区的教育局。阮行其实和秦斯喆的交集不算多,只记住了两件事。一是他和刘一朗在舞台上讨论《洛神赋》的时候,二是唯一一次受他邀请,去他办公室喝茶。秦斯喆的办公室布置得很有意思,四周摆了好几个收纳用的落地隔断架,架子的格子里放着很多绿植,还有一些开本极大的艺术类书籍。秦斯喆俯身在橱柜里挑茶叶,问阮行喜欢喝什么茶,阮行说,都可以。秦斯喆就拿了一些太平猴魁出来,一一摆好茶具,细细冲泡。秦斯喆拈起一根又直又长的茶叶,在手里把玩了一番,笑着说:"这茶叶有意思吧?有句老话说,'猴魁两头尖,不散不翘不卷边',在我眼里,这是一种有骨气的茶叶,它能做到不偏不倚。"阮行有些无语,内心暗道,不过是茶叶罢了,强行赋予意义,就有点儿没意思,可能这就是文化人的通病吧。当然面子上她没有流露出来,依然微微笑着,

第八章 洛神

一副认真倾听的模样。她其实不讨厌秦斯喆，觉得他是一个挺有个性的老师，肚子里也真有墨水，虽然他身上的酸腐气偶尔让她有些无语。阮行喜欢聪明人。

"阮行，我马上要调到教育局了，离开前，特意叫了几个学生过来喝茶，想和你们说说心里话。"

秦斯喆抿了一口茶汤，把茶杯握在手里。茶杯显然还很烫，他的手指肚很快被烫红了，冒出一圈红色的边缘，快要蔓延到指甲上，秦斯喆却浑然不觉，一边思索着，一边整理了语言，一句一句慢慢往外说着。

"你已经拿到了'李桃杯'冠军，等于已经拿到了一张高考的王牌，你要珍惜。这个奖不是谁都能拿到，我们这个舞剧，本质上有三个主演，曹植、曹丕、洛神，但最后，只有你这个洛神拿到了最佳女主角，曹植和曹丕却没有拿到最佳男主角，你知道是为什么吗？"

阮行摇摇头。

"因为你的心最纯粹。你是你们三个里唯一一个没有把'李桃杯'挂在心上的人。你是为舞蹈而生，为戏剧而生的，丫头。你极具天赋。"秦斯喆把视线放到了阮行身后的隔断架上，半天没有说话。久久，他才开了口，嘴唇因长时间没有开合，现出一丝粘连的痕迹，"但是，千万不要留在《洛神赋》里一直走不出来。《洛神赋》的表演已经结束了，戏是戏，人生是人生。洛神和曹植、曹丕，本来就不是一个世界的人，你可以这样理解。"

阮行似懂非懂地喝完了秦斯喆的茶，和他握手道别。如今若再反刍这件事，才发现草渣里的汁液异常苦涩。秦斯喆也许当初已经发现刘一朗和她的秘密，又不好戳破，于是试图暗示她。可惜她并没有秦斯喆想象的那么聪明。

她自此失去了和秦斯喆的联系。后来进入安义大学，一切似乎是冥冥中的巧合，她学习表演的第一出舞剧，还是《洛神赋》，只是心境已然大不同。此次上台，她已是专业的舞者，技艺越发精湛，身姿越发曼妙，胸怀朗月，足踏乾坤，从她漂亮的脚背弧度可窥见一斑，但她深刻地意识到，她再不是那个狂放的、烂漫的小鬼，她从此再不是少年。

出神之中，保健兰竟不知不觉走到了她面前，看看她，又看向同学们。保健兰看她的时候，明显意味深长。

阮行明白保健兰目光里的意味。阮行更没有想到自己会和裘小贝发生那样激烈的争吵。原因仅仅是裘小贝竟然是保健兰在做的一个国家社科基金项目的学术助理，而且已经在省刊上发了一篇论文。她被嫉妒缠裹得快要发疯，她清楚自己被情绪控制了，但还是无法接受。为什么是裘小贝？为什么不是她？她即将大四，想要考研，她非常需要这个项目！她非常需要发表论文！为什么保健兰要让裘小贝做学术助理？为什么是裘小贝？为什么不是自己？

她无法克制自己猛烈的愤怒和伤心，像蝗虫扑向庄稼，虫过之处，寸草不生。她跑去保健兰的办公室，忘记了敲门，保健兰平静地从书堆后面抬起眼。

"听好，阮行，我选谁做学术助理，是我的事，但无论如何，你没有资格质问我。你最好先冷静一下，到外面洗把脸，再回头看看你今天做的荒唐事。"

阮行没有接话，夺门而出，脑子里只有一个念头：必须找裘小贝说清楚！

"你明明知道我有多珍惜这个机会，我想了多久，努力了多久，为什么要和我抢?"

"你冷静一点,阮行,我们是公平竞争。我也想变得更好,我也想和保教授一起学习,我不认为我有什么错。"

"你错在明明知道这是我的东西,这是我的资源,你还要和我抢!你是舞剧系的学生吗?你为什么要横插一脚!"

"我不是舞剧系的学生,但我喜欢舞剧,我对于舞剧的专业知识也许懂的不如你多,但我看过的舞剧未必比你少。而且我文笔扎实,性子也比较平和,坐得住冷板凳,是做学术的料,保教授估计是看中了我这一点,才选了我做学术助理。我希望我已经解释得够明白了。还有,我一直想知道,你是否真的关心过我的想法?是否真的在意过我这个朋友?我对于你来说,是否只是一面镜子、一个影子?我对于你来说,究竟是'裘小贝',还是'裘雨霏'?"

裘小贝转身离开了,眼睛里难掩对阮行的失望。阮行的心一点点晦暗下去,知道自己在安义大学唯一的朋友就这样失去了。她的侧脸太像吴雨霏了,转身的时候,她轻轻叹息,就好像吴雨霏在天台上对着她轻轻叹息一般。她的眼泪一路流下来,流到了衣领口,又顺着身体的路灌进去,凉飕飕的。什么时候开始,她对于舞剧的心不再纯粹?高考之后吗?舞剧什么时候开始变成了她攀登的工具,而不再是她心底的热焰?

保健兰突然厉声大呼她的名字,打断了她的出神:"阮行!注意力集中!"

她恍恍惚惚地看向保健兰。

"我们都知道会场的灯相比舞台聚光灯要柔和得多。如果打开整个会场的灯,你们甚至可以看清最后一排观众,余光也可以看清整个舞台,对吗?"

"对的。"同学们稀稀拉拉地回答。

"但是如果强烈的聚光灯从舞台上从头打下来,你们将什么都看不到,甚至看不清第一排观众,对吗?"

"对的。"同学们再次稀稀拉拉地回答。

"你知道这是为什么吗?因为舞台的聚光灯要更聚焦一些。人生也是如此。当你把全部注意力都聚焦在当下,你就不会挣扎过去,或者焦虑未来,反之,当你发觉自己常常能想起过去和未来,说明你并未把全部注意力放在当下,你注意力的余光还在时不时游移到过去和未来。活在当下,舞在当下,你们还年轻。"保健兰说最后一句话的时候,侧转身,回看向阮行,用眼神示意她——洛神,可以开始了。她的眼神就像她们第一次在601教室相聚时那样。

舞剧排演开始,保健兰指点学生的动作,布置安排角色,吴为看向领头的"洛神"阮行,此刻与"曹植"隔纱相望,纱是思念和距离的表现。洛神抚琴,琴弦断裂,划破了紧绷的空气。蔡琰的骚体诗《悲愤诗》适时地插入:"……音相和兮悲且清,心吐思兮胸愤盈,欲舒气兮恐彼惊,含哀咽兮涕沾颈。……"手执莲花的舞女们蜂拥上台,如游龙,如雁群,一队队,一列列,在人群中穿梭。洛神,不,甄宓,不,阮行,身着红装,发髻高耸,就要做大哥的新嫁娘。曹植作痛苦的追索状,扫堂探海,平地惊云四起。正是:浮萍寄清水,随风东西流,结发辞严亲,来为君子仇。宴饮的宾客四散,红的像枫,绿的像叶,紫如葡,青如竹,蓝如幽幽暗火,一时间,枫、叶、葡、竹、火消失在舞台黑暗之中,日月不恒处,人生忽若寓,悲风来入怀,泪下如垂露。舞台中央只剩下曹植,双手抱肩,一脸痛楚,他在用肢体动作号哭,哭甄宓,哭洛神,哭兄长曹丕。

吴心离开后,吴为一直清晰地记得,高考结束后的那个暑假,父母每天回家都要哭一场。他们既喜也悲,喜的是吴为的人生从此注定是金砖大道了,几乎一眼能望到头,但长子吴心人生的后半截赛道却将扑朔迷离。他们舍不得放还不到二十岁的吴心去那么远的南方,太远了,远到他们清晰地认识到他们关系网的边缘即使再怎么努力延伸,也无法触及和覆盖那扇特区的窗。但不舍之余,父亲也清楚,小小的安义的一块土地留不住吴心,他注定就是要出去闯荡的,做父母的不该阻拦孩子的脚步。

吴心到文心的时候,正值盛夏,暑热难耐,他们一行安义的青年坐的是绿皮火车。因为没有座位,站了一路,到了站台,还需要帮女同志拿行李和重物,这一来一回,更是困得东倒西歪。好不容易到了文心大酒店的员工宿舍,安顿下来,吴心已经困得没办法集中注意力,干脆靠在同事的行李堆上呼呼大睡。醒来时才发现,身上全是蚊子咬的疙瘩,一大块一大块的。一旁的一位老同事看到了细皮嫩肉、一口北方口音的吴心一脸的不知所措,"嘿嘿"笑着,递给他一个绿色的玻璃瓶:"搽点儿花露水吧,小吴,南方的大花蚊可比你们北方的毒多啦!我们这里还有乒乓球一样大的蟑螂,会下蛋,下一堆小蟑螂!还会飞,逼急了往你脸上扑!你怕不怕?"

吴心摇摇头:"能挣钱就行,这有什么的。"

老同事盯着吴心看了一会儿,冲他努努嘴:"哎,我看你白白净净的,一副学生样子,真不像干这个活儿的。你是不是没考上大学才来的啊?我们好多初中都没毕业,你知道不?"

"我知道。我不是没考上大学,我是没考大学。"

"我看你就和我们不是一类人。你说说,因为什么没考上的?"老同事来了兴趣,蹲得离吴心更近了,身上的酸臭味一烘一烘的,吴心几乎要喘不过气了。

"病了。"吴心小心地拽了拽自己身上的白衬衫,以免碰到老同事身上黧黑的汗和臭,不愿意多搭理他,便不再搭腔。如果把吴心内心对文心的憧憬和喜悦比作一版漂亮完整的积木建筑,那么老同事的出现似乎是一块畸形的积木,突兀地从中旁逸斜出,破坏了积木建筑的漂亮完整。于是丰满的憧憬和喜悦里终于出现了一丝不和谐的杂音,但没有被吴心捕捉到。就像屋檐上的积水不动声色地砸到地面的青石砖上,发出一声"叮"的声响,很快被人声嘈杂所掩盖。

杂音很快扩大了。酒店安排专人培训这批服务员说粤语和英语,吴心脑子好,学得很快,笔记本上密密麻麻记了很多笔记。吴心的钢笔是"英雄"牌的,笔记本和钢笔都是从安义带过来的。杂音来自以老同事为首的一群老鬼。

"多可笑,穿得那么干净,一看就是公子哥,竟然来做服务员!"

"他是考不上大学来的,可怜哦!"

"罗哥,你上次不是说他是因为生病没考吗?"

"有咩(粤语:什么)差别?那不和我们一样吗,都没摸上大学的门,这辈子不就这样了吗?他家里人估计是盯上酒店给的钱了!真是掉钱眼子里了!"

吴心提着水壶,就站在门后面,浑身发抖。天热得可怕,紫外线尖利得像刀一样,割在他身上,但都不及这些寒人的话割在他身上痛。"大学"两个字,第一次像庙里的暮鼓一般,在他心头擂然作响。是啊,他这辈子再也没有机会上大学了,二弟吴为此刻恐怕已经在街坊邻居和父母的欢送下,风风光光地北上去读书了吧?他第一次悲哀地意识到,褪去文心的特区光环,生活留给他的将是生生不息的残酷和历劫,他的机会面和选择面被永远收窄了,这就是他的命!是他自己选择的命!

下部

第九章　金表
第十章　玫瑰
第十一章　蜂鸟
第十二章　枝叶
　　　　　尾声

第九章　金表

年关前,几个安义的青年又一同坐上了回乡的绿皮火车。阮白坐在了吴心旁边,问他:"你怎么搞的,精神头这么差?不是刚发了工资吗?"

吴心摇摇头,把脸埋进了胳膊肘里。

"哎!你有没有给父母和兄弟买礼物啊?"阮白岔开了话题,想要挽救一下和车厢里的欢快格格不入的颓靡气氛,它们现在正盘旋在这个十九岁的青年头顶,像一群等着吃食的鸽子。"你看,我给我爹妈和我妹妹买的金表、金戒指、金项链!都是好东西,他们肯定喜欢!"阮白兴奋地从包里拿出这些东西,展示给吴心看。

吴心还是埋着头,摆摆手,有气无力地说:"我想休息会儿,你先去和他们玩吧。"

阮白却没走,凑近了吴心的耳朵,声音低低的:"我知道你在难受什么,兄弟。你别理他们的话,记住了,他们和我,和你,主要是和你,不是一路人。他们是嫉妒你,嫉妒你的出身,嫉妒你的命比他们好。高考这事,过去就是过去了,我爸之前不是也找你爸说得很明白了吗?这是大好的机会，有国家撑腰，你的人生从此就要发生翻天覆地的逆转了，你可要看清楚眼前的形势啊！"

阮白的话像一根根小针，扎在吴心的耳朵眼里，生疼。吴心打心眼里瞧不起这个老乡，他是拖地的，自己好歹还是铺床单的，他没读过高中，自己可是高中毕了业，什么时候轮得到他来安慰自己？就凭他爹？风水轮流转，指不定以后谁混得比谁好！

吴心带着和阮白一模一样的金表、金戒指、金项链踏进了家门。父亲高兴地放了一大串鞭炮，鞭炮的红纸末炸了一地，有几片飘在了他的皮鞋上。吴心盯着自己的皮鞋看了半天。那是去文心前，父亲去安义的解放路上的百货大楼给他买的，精挑细选了很久，他虽然一直爱护，时不时还要擦一擦鞋油，但现在，这双鞋还是用不可逆的破旧和折痕吐露了自己长时间服役的疲惫和不堪。他突然想要发火，但是他忍住了。他之所以能忍住，是因为他及时地觉察了自己想要发火，他震惊极了。他理解不了自己这股没来由的愤怒。

母亲挑开了门帘，在围裙上擦着手，探出头来，一脸惊喜："哎哟我的儿！你回来了！快让妈看看你！"母亲走了过来，摸着吴心的脸，又捏了捏吴心的肩膀和胳膊："瘦了啊，瘦了啊！"她的手经过吴心时，他能闻到她手上的葱蒜味，还有湿淋淋的豆角味。母亲知道吴心最爱吃豆角，做了豆角土豆豆腐炖菜，还做了一盘香油淋淋的凉拌豆角丝。如果放在往常，吴心大概会很动容吧？可是今天他是怎么了呢？那股没来由的愤怒始终紧紧缠绕着他。他阴沉着脸，慢慢把东西放下，开始往外掏金表、金戒指、金项链。

母亲欢喜极了，又冲吴为的屋喊道："小为，快来！看看你哥给你带了什么好东西！你先来挑！"吴心听到"小为"两个字，心头一紧，一抬眼，只见吴为穿了一件白色的文化衫,上面印着"京平大学"四个字,站在了他面前。"京平大学"四个字本来是喜庆的中国红,不知道为什么,到了吴心眼里,变成了刺目的血红。吴为冲他笑,他的笑是大学生的笑,他喊道:"哥!你回来了!"他抱住了他,他的抱是大学生的抱,温暖,友好,有分寸,有礼貌,不像他,是刷马桶的服务员,即使洗干净澡,身上手上还是一身腥。

突然,学步车里的吴祎不小心把金表推到了地上,发出"当啷"一声脆响。他抬起头,看看大人们,挤出了一个抱歉的笑容。吴心却感到心底那股愤怒到了极限。这是他辛苦一年换来的金表,是他打拼了一整年,用血汗钱换来的金表,现在,被吴祎轻易就推到了地上,他无法接受。他朝吴祎大喝一声,理智的小船被暴怒的狂潮掀翻,只剩一个船底在风浪中瑟瑟发抖。吴祎吓得大哭,口水鼻涕糊了一脸,父亲弓身去捡手表,却在慌乱中闪了腰,母亲一面去安抚吴祎,一面又要照顾父亲,一面还要顾着灶上的火,百忙之中,疏忽了他。吴心却将这一场闹剧粗暴地归结为是他没有考上大学,所以家里人故意怠慢他。愤怒之下,他掉头就离开了。

吴为从此很少再见到大哥,他两三年都不回来一次,更别提写信和打电话。同乡只说,吴心迷上了打牌和麻将,没什么心思在工作上,周围的人慢慢都上去了,只有他一直在原地兜兜转。他还染上了抽烟和酗酒的恶习,没事就喜欢喝两瓶,翘着脚,靠在路边唱不成调的歌,不能说是唱歌,更像是吼歌,一句两句,三句四句,被路灯和摩托车声拉拽得老长老长,凄厉极了。

阮白脑子灵光,先是很快升为客房部主任,再后来离开了文心大酒店,出去单做了。做什么不知道,但阮白的父亲一直支持儿子的选择,对乡里只

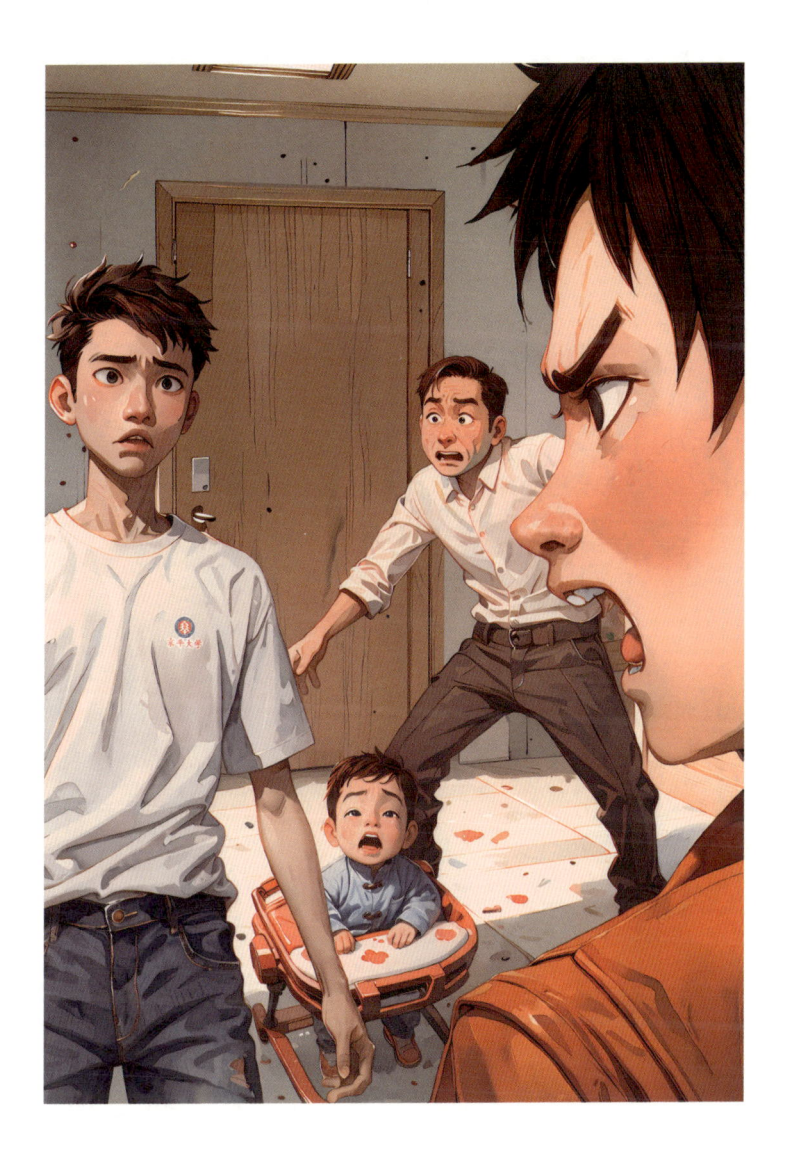

第九章　金表

说:"儿子大了,有自己的想法,他人在特区,自然能第一时间嗅到特区哪里能挣钱,我相信他。"阮白后来开了公司,不知道具体是做什么,但听说小赚得了一笔,即使是"小",也挣得比在文心大酒店拖地时多得多,又娶了一个漂亮老婆,听说是区里某局的千金,土生土长的本地人。阮白这就算是站稳了脚跟,彻底变成文心人了。消息传回安义,众人的下巴都要掉下来,但仔细想想阮白父亲的身份摆在那里,以及阮白锃亮的脑门,也就不再说什么了。

吴心家和阮白家从此不再走动了。阮白的父亲知道吴心过得不好,也知道吴心的父母怪自己,但仔细想想,自己当初的话说得也没错,文心确实遍地都是钱,只是吴心读书读成了死脑子,钻进了牛角尖出不来了。他自己越混越差,怪谁?他打心眼里也瞧不起吴心,和他爹一个德行,一辈子就这么巴掌点能耐,给他脖子上套个金大饼也不知道啃一口,注定是吃死工资的命。

没过几年,吴心也成了家,不过这个老婆是打赌赢来的。吴心一次和几个玩得好的伙计看到一个女服务员经过,腰细腿长,顶着一张鸡心小脸,顿时来了兴趣,他们打赌吴心能不能追到她,如果追到了,哥几个请他吃一周的夜宵,追不到,吴心要请他们吃两个月的夜宵。最后,吴心不仅美滋滋吃了一周的免费夜宵,还把她拐回了家。结婚五年后,生了一个女儿,也就是吴为的侄女。在吴为的记忆里,侄女乖巧懂事,早慧得令人心疼,小小年纪就很会照顾自己,学习成绩一直在年级前列,而这一切都是因为她有一个不着调的父亲。侄女还没有读完初中,大哥就和嫂子离婚了,嫂子也好强,自己出来做服装生意,没几年就买了车,先是一辆二手大众,后来换成了宝马。至少从车上面能看出,侄女的生活不会差。大哥却从此越发混了,游走在边缘的边缘，从前钢笔不离手，现在烟酒不离手，还玩得一手好麻将。大哥后来一直不怎么和他说话，但为了不拂爹妈的心，逢年过节，还是会打个哈哈。他心里清楚，大哥恨自己。他隐约清楚原因，又隐约不清楚原因。大哥早已不是大哥了。

四位白装官僚扶起地上疲软的白装曹植，像用手捧起了一摊白色的烂泥。黑暗之中现出一线橘光，曹丕的披风上绣着金色的龙，正张牙舞爪，作凌空之势，于是曹丕和龙拐到了曹植面前，用手操起长长的佩剑，剑指弟弟的喉。曹植一把抓过剑头，一脸平静地迎剑而去，却见斜刺里冲出了洛神，一把将剑夺下，曹丕的梦魇方才初醒，无颜面对弟弟和洛神，匆匆离场。大幕落下，吴为口中无声地念诵道："蒲生我池中，其叶何离离？众口铄黄金，使君生别离。"他在黑暗中落了泪，没有让任何人发现。其实就算被发现，也将因为观戏的由头而显得顺理成章。

二〇一六年冬，林琛从大学放假回来，奶奶做了一桌子菜，林琛多年后早已忘记都有些什么菜，唯一记住的只有那盘番茄龙利鱼，那是林琛最喜欢的菜，奶奶每次都做得很细。龙利鱼切薄片，加入料酒、胡椒粉、鸡精、蛋清，拌匀后，腌渍半小时左右。起锅烧油，葱姜蒜末爆香，放一整颗西红柿，背上开个十字，炒软，加小半碗水煮开，再放番茄酱、生抽、蚝油，将鱼片倒进锅中，煮两三分钟，便可以出锅。爷爷洗了澡，头发还湿着，耷拉在前额上，一些水珠有时会轻轻滚到衣领里。那天晚上，爷爷穿了一件咖啡色的方格衬衫，水珠滚过，拿铁变成了美式。爷爷夹起满满一筷子龙利鱼，亲亲热热放进林琛的碗里："琛仔，趁热吃，好好味。"

林琛盯着爷爷拿筷子的手，想起阮行拿筷子时，手喜欢放在离尾端很近的地方。记得有种说法，女孩子拿筷子，手越靠近尾巴，嫁得越远，是这样吗？他不清楚阮行的以后过得好不好，但他清楚阮行的现在过得并不好。她的四肢弄丢了，她的舞蹈出走了，她的梦想出走了，她的信念被那场"一考定终身"的考试摧枯拉朽地粉碎了。他们各自进入自己并不满意的大学，但表现出了截然相反的态度。林琛天性乐观洒脱，短暂难受了一段时间后，勉励自己接受现实，好好珍惜和享受大学生活；习惯了追求极致完美的阮行却开始出现心理危机，耽溺于颓丧的泥淖之中，难以自拔。林琛一开始极力想要将她拉拽出来，每天下课以后就给她拨视频，打电话，关心她的一天过得怎么样，分享自己在学校的趣事，绞尽脑汁地逗她开心，转移她的注意力，希望能帮助她尽快走出伤痛。但这些在阮行眼里，是小心翼翼的试探，是漫不经心的炫耀，在这些影影绰绰的试探和炫耀里，她越发看真切了自己失败的阿房宫。楚人一炬，毁于焦土，对于她来说，谁是楚人？谁是炬？谁是焦土？她此后花了很多年，每每以为自己已经无限接近真相了，但每每都还是隔着一道透明的墙。她的心态渐渐走向失衡的边缘，她在林琛似乎无止境的包容和爱里回到了母亲的羊水里，温暖而富有安全感的暗流之下，衍生出了肆无忌惮的毒刺。她想不明白，为什么林琛明明只去到了文心八中，却进了最好的理科拿云班？为什么自己明明保送到了文心一中，却硬是拒绝了那个名额，偏要自己考去文心四中？为什么明明进的是最好的火箭班，却不明所以地一路掉进普通班？为什么明明拿到了京平舞蹈学院和京平戏剧学院的双"绿卡"，却一张也没抓住？为什么刘一朗明明信誓旦旦地和自己约定"两情若是久长时，又岂在朝朝暮暮"，却转头在高考仅剩几十天时牵住了吴雨霏的手？为什么自己明明一次次看到了希望和光，上天却一次次将它们剥夺和收回？她分不清自己对林琛的情感。是为了他慷慨不计较的付出而感恩吗？不像。他的付出是自愿的，她的接纳也是自愿的，在这场关于"他者"的互缚中，他们棋逢对手。是潜意识里的情愫萌动发生了质的改变，变成了喜欢吗？不像。如果自己真的喜欢他，为什么不希望他过得好？为什么会在上高中后对刘一朗动心？为什么会在喜欢的网中渗漏出难以掩饰的妒忌和怨怼？

她是何时变形的？阮行在追问这个问题，林琛也在追问这个问题。羊脂玉女孩变成了格里高尔，但一粒谷子毕竟形不成谷堆，而形成谷堆的最初那粒谷子，他和她都找不到。

林琛意识的河流最终被爷爷打断了。他的笑容干涸在林琛意识之河的河床上，左手手指哆嗦着插进了桌上的龙利鱼里，插进龙利鱼底下的番茄汁里。他的脑袋垂下了，头发丝上的水滴在桌面上，呜呜咽咽，右手死死抓住胸口，将衬衫抓得皱巴巴的，美式和拿铁的交界边缘浑浊了，一时间不知道哪里是美式，哪里是拿铁。奶奶惊得站起，托起爷爷白花花的脑袋，拼命叫着爷爷的名字，但是声声呼喊就像光柱被宇宙吞并，回应她的只有沉默的黑暗。

爷爷被疾奔的医生护士推进抢救室，脸和头发苍白，像鱼肚皮，龙利鱼上的番茄汁不知道什么时候沾到了爷爷的腮帮子上，像被划开了的鱼肚皮，挂着斑斑血迹。再推出来的时候，鱼肚皮上的血迹消失了，取而代之的是几滴微小的棕色碘酒，不仔细看，甚至看不出来。林琛在病房里握住爷爷的手，发现龙利鱼底下的番茄汁已经干涸在了爷爷的指甲缝隙里，红得发黑，于是去洗手间打了热水，浸湿毛巾，给爷爷细细擦洗，又把毛巾重新放进水盆揉搓干净，水盆里的水变成了淡淡的橙黄色，在灯下闪着碧荧荧的光。等到把爷爷安顿下来，林琛便和爸妈一起下楼，去医院的食堂吃晚饭，阮行的电话打了过来。

阮行问林琛:"你为什么一整天没联系我?"语气很利,像刀片刮过林琛的耳朵。

林琛说:"因为我爷爷昨晚吃饭的时候,突然发病休克了,送进医院急救,刚刚才脱离了危险。"

他在期待,期待她下一句话是"你爷爷还好吗?",或者是"你还好吗?",但是她的下一句话却是:"我今天还是很痛苦,心里堵得慌,像被撕裂了一样。"她停了停,没有继续往下展开,留下了话轮的空白。她也在期待,期待他像往常一样,不厌其烦地开口安慰她,鼓励她,支撑她。

他疲惫地靠在医院食堂门口外侧的走廊拐角,厌烦地盯着远处的消火栓箱,没有说话。片刻后,在两人几乎都要失去耐心的临界点,他的质问及时地穿插进狭窄的缝隙:"阮行,你不觉得自己很自私吗?"他已经很久没有叫她"果果"了,这一点,他当时并没有意识到,但是阮行意识到了,于是愤怒一触即发。

"林琛,你什么意思?"她一语双关。

"我爷爷本来差点儿快不行了,你明白吗?你高考前分不清轻重,现在也分不清轻重吗?"

"林琛,你什么意思?"一语三关。

"我想说,我真的觉得你这个人很离谱。高中三年几乎都没搭理过我,最后高考前几十天给我打电话,哭诉你被背叛了。因为你是我喜欢的女孩,我好心好意地每天给你打电话安慰你,鼓励你,甚至还给你念题目,帮你复习,我当年甚至从来没细想过我做那些的时候是什么身份!你呢?只顾沉浸在自己的那些小情绪里,完全不管不顾高考临头的压力。你自暴自弃

第九章 金表

了,还要拖累我,害得我严重发挥失常,只能上文心大学,可是我最后几次模拟考,可都是全市前五十!你知不知道,就是因为怕影响你高考,高中三年加上初中三年,我都不敢吐露我对你的感情,硬是忍到了高考以后。而你呢,你有珍惜过我对你的喜欢和呵护哪怕一分一毫吗?你没有!和你谈恋爱以来,你就是把我当成个情绪垃圾桶,不开心了就往我这里倒一倒负面的垃圾,完全没有在意过我在文心大学过得怎么样,动辄说些莫名其妙的伤人话,发泄自己心里的不满!之前因为你那所谓的'朋友圈大事件',我是天天关心你,而你呢,一言不合就消失一整天,电话不接,微信不回!就你高考失败了吗?全国每年有多少学生高考失败,有多少像你这样对自己不负责任,也对别人不负责任的?我自己也高考失败了,我读的是我们学校最垃圾的专业,住的男生宿舍楼也是最靠里、最破旧、最见不到阳光的一栋,和我同寝室的几个学长,每天凌晨喝得醉醺醺的才回来,而我只能硬着头皮收拾他们一地的呕吐物和脏衣服,第二天还要赶早课!这些,你知道多少?你只想着你自己!"

林琛在人来人往中吼叫着,把这些年来压抑在心底的词语和句子,湿漉漉地连根拔出来,甩在阮行身上,砸得阮行遍体青肿。

此后很多年,她都睡在自我嫌恶的长筒烟囱里,没有力气向上攀爬。她第一次近距离窥看自己人性深处的扭曲和丑陋,且这种窥看不是发自本心,是林琛一把将她推到了它面前。她悲哀地意识到,她必须承认,他说的几乎都是对的。有什么东西顷刻间扼住了她的喉咙,她艰涩地发出沙哑的啼鸣。

林琛不耐烦地说:"什么?我听不清楚。"

阮行说:"我们分手吧。"声音终于传递到了话筒另一侧。

林琛一时间语塞。他以为阮行会哀求,会道歉,会抱愧,会脆弱,但是都没有,她只有坚硬,残忍,决绝,冰冷。认识她的时候,她就是这样,现在,还是这样。她永远不会弯腰。她只会用铁一样的态度无声地否定他,让他感觉自己愚蠢至极,是一个被开膛破肚的小丑,所有五颜六色的想法都被她看得清清楚楚。嘴唇是表达有节制的思想的工具,此刻也只是无助地嗫嚅了一会儿,像漏了气的足球,迅速干瘪下去。"我们分手吧"变成了眉间尺的剑,肩负着天赋的使命,不容置辩,不留余地,他的躯壳空了,内脏此刻被尽数挖去。他原本以为高考的结束便是青春的结束,现在才后知后觉,和阮行分手才是青春的结束。

把一个占据了自己八年时间的人连根拔除并非易事,阮行远没有林琛想象的那么坚强。若将人一生的寿命估算作八十年,八年,就是十分之一。八年里,六年是遥远的朋友,两年是亲密的爱人,是真挚的初恋。阮行清楚,自己在这段八年"抗战"里表现得并不得体,不管是以朋友的身份,还是以爱人的身份。她自私,偏狭,激烈,蒙着眼睛对抗林琛,对抗他的用心、他的爱护、他的笑、他的眼泪,浸淫在情感的潜流中央,难以自控脚下的方步。她像渴水的鱼,唇吻一张一合,吐着空泛的泡沫,焦躁地催促着大雨。林琛健康的爱反而触发了她的依恋焦虑,她潜意识里的冰山真正等待的是戏剧性的情感碰撞和撕裂,即使代价是头破血流,巨轮从此沉入海底,灯光熄灭。她就这样亲手扭曲和扼杀了这段爱情和友情。

没顶的悲伤几乎毁灭了她,她倒在床上恸哭,再一次陷入对自身境遇和发展路径的思忖。这种思忖毫无意义可言,不过是变相的情绪锁链,将她缠绕得更紧,阴郁、自卑和畏葸越发被勒入她的皮肉和灵魂。也许对于长她好几个年轮的人来说,这些问题都不算问题,因为对于那些人来说,人生长

第九章 金表

度已经足够长,人生困境已经足够多,这些问题在相形衬托之下便显得足够小,其所占据的时间跨度便也得以忽略不计。但眼下的阮行只有十九岁,脆嫩如水葱,生命的重量还不足以支撑她抵挡当下的风浪。解决不了上一个问题,下一个问题很快无声形成了,下一个问题往往是上一个问题的遗腹子。一个又一个问题接踵而来,构成闭环,她莫名其妙地被封锁其中,无从逃脱。重压之下,她终于病了。

偏头痛再次侵袭了她,半边脑袋里像有重锤在笃定地击打,也像有巨大的披着甲壳的虫在噬咬脑仁和脑浆,虫壳子的边缘时不时刮擦着颅骨内的皮肤。发作时,她恐惧声音和光亮,眼压升至峰顶,眼球鼓胀疼痛,眼皮沉重如顶了两柄镇纸,睁不开眼睛。恶心反胃是常客,将胃里的内容物一股脑地倾倒干净后,她的食道慷慨地持续着呕吐的动作,而她只能无奈地耸肩,隔着肚皮摸摸它,告诉它里面只剩胆汁了。她短暂进入了一个无声无光的潜水舱,拼命拍着舱门,但外面只有黑色的深海。

偏头痛是多年的毛病,几乎贯穿了她人生至今的大半部分。她印象最深的是小时候第一次发作的情形。那年她约摸只有八九岁,大年初五,去大伯家吃烧馅饼是全家人约定俗成的习惯。大伯和伯娘总是做一桌子的菜,中间摆一盘外酥里嫩,咬一口"吱吱"冒油的烧馅饼。但那天,剧烈的半边头痛阻拦了她,小小的她被放倒在床上,因为肚内空空,只能抱着痰盂干吐着苦涩的口水。她在眼泪和鼻涕里混乱地睡去,再醒来时,老墙上的钟已经指向十一点,头痛却已经神奇地消失,好像从来不曾来过。她未当回事,兴高采烈地爬起来,然后出门去街对面的大伯家,美美地吃上了热乎乎的烧馅饼。那时,家里人都以为她只是没睡好导致一次偶发性头痛,然而,从那一天开始,偏头痛便和她开始了数年的纠缠。一开始她每年发作五六次,每次持续一两个小时,剧烈头痛伴随着剧烈呕吐始终。高二的一个冬天凌晨,她曾经活生生痛醒,一晚上吐了三四次。她披着厚棉袄,敲开宿舍楼医务室的门,打着哈欠的校医只给她开了一粒止痛药。那是她第一次吃布洛芬,扁扁的一颗橙色胶囊,吃下去后疼痛即刻便得到了缓解。到了高考结束那一年,发病时间延长了,之前只要睡一觉就会好,那年夏天,酷暑之下,她捂着厚厚的羊绒被瑟瑟发抖,嘴唇发乌,整整发作了二十余天。父母这一回坐不住了,把她带到医院做了全套检查,皆显示没有器质性病变。她盯着医生台子上的金属名牌看了很久,上面都是细小的划痕,名牌中央用油漆镌刻着他的名字,三个红色的大字,后面跟着"主任"两个黑色的小字。但最后两个小字的分量比前面的三个大字重得多,医院里的患者几乎要将他的门槛踩破,大多为的不是前面三个大字,是后面两个小字。金属名牌后的两道眉毛竖起,对着几张无异样的黑色片子看了半天,在处方笺上龙飞凤舞地写了一串字,然后"啪"地盖了一个印章,颇有一种尘埃落定的意思。她稀里糊涂地吃了一段时间药,此后,她整整两年没有复发,时间漫长得令她几乎忘记了偏头痛的存在。直到和林琛分手,它再次用来势汹汹的疼痛告诉她,它始终是不容小觑的力量。

三四天后,她挨不住了,被父母带着去找市里一个小有名气的老中医。老中医的绝活儿就是手上的那几根针,当然,一针下去就是六百元,以此类推。老中医平时在市里一家三甲医院上班,其余的日子就去口岸边的一栋房子改造成的中医馆里坐诊。口岸连接着文心和一海之隔的港珠,咸腥的海风吹过来,在楼宇的墙壁与墙壁之间呜咽。她扎完针,和母亲沿着中医馆附近的格子铺找了好久,才找到一家粉面小吃店。已经是南方的二月,快要进入冬末春初,街上的人们大多换上了薄羊绒衫和卫衣,但她进入漫长的急性发

第九章 金表

作期后便开始严重畏寒,无奈只好裹着厚厚的羽绒服。她不用照镜子都知道自己现在一定很丑,因为连日发作的剧烈头痛,她不敢洗头,时间久了,头发便结成了一绺一绺的块儿,垂在额前,发出油腻的味道。绿色的瓷碗倒映出她的狼狈,幸运的是,瓷碗因反复使用,磕了一个豁口,破坏了狼狈的完整性。她松了口气,一只手捏住羽绒服的衣领,防止海风灌入,一只手握住筷子,开始低头吃碗中的牛肉粉。

六百元一根的针组成的围墙终究还是无法抵抗偏头痛的掩杀,阮行就近住进了小区隔壁的医院。吸氧和止痛针建立起暂时的乌托邦,她终于有了一夜好觉。父亲下班后来看她,她正闭着眼睡着,朦胧中感觉到有人轻轻摩挲着自己的额头,睁开眼,才发现是父亲。

"醒了吗?给你带了梨和软糖,今天是惊蛰呢。"父亲一边帮她把床摇起来,一边看着她,难得地露出了笑容。她很久没有近距离地看过父亲,才发现他眼角早就伸出了很多纹路,像青钩栲树的枝杈,弯弯折折。她坐起来,低下头看看糖,这包糖设计得很有创意,都做成了卡通虫子的形状,父亲童心大发,忍不住抽出来几根,摇晃着吓唬她,见她没有表情,顿觉尴尬,想起来她已不再是孩子,难掩脸上的失落。她扭转头去,逃避父亲的视线。母亲去走廊打开水了,翠绿色的隔帘形成了一个密闭空间,没有亲戚和朋友了,没有所谓的观众了,父亲终于褪去了演员的习性,变成了一个矮小的、羸弱的父亲。此前很长一段时间,她心中的天平左右摇晃,在"父亲爱我"和"父亲不爱我"之间游移,准星静静地偏向后者。这一刻,至少这一刻,她确定父亲真实地爱着她,而做出如此判断的前提,竟然是因为这面翠绿色的隔帘。儿时的回忆顷刻间席卷而来,飓风的风暴眼里站立着不及父亲髀高的她。父亲蹲在她身边,一只胳膊揽住她的大腿,一只手往她嘴里喂着饭，脚边放着一只熟悉的桃粉色保温桶，里面装满了白灼青菜和母亲剥好的水煮虾，身后是长长的绿皮火车，它即将从文心出发，长得看不到头，也看不到尾巴。那时，父亲的眼角还没有伸出青钩栲树的枝桠，头发乌黑浓密，像树叶重重叠叠。那时，她也不是房中天使，不是纯粹的财产，只是一个喜欢芭比娃娃和凯蒂猫的小女孩。火车站台也不足以构成舞台，人来人往，不是出发，就是归家，恐怕没有人津津乐道于一场陌生的表演。父亲是什么时候变的？难道父亲也和她一样，在一个普通的早晨，变成了一只巨大的甲虫吗？

心电监测仪的黑色屏幕上很快出现了几条直线。林琛知道，爷爷走了。爷爷躺在那里，眉眼温和，林琛口袋里的手机躺着爷爷给他发的最后一条短信：

琛仔，奶奶做了你爱吃的番茄龙利鱼，晚上来不来吃？还有新卤的豆干和藕，走的时候带一些走。

都是林琛最爱吃的，但以后再也没有机会吃爷爷卤的豆干和藕了。小时候，林琛喜欢站在锅台旁边，看着爷爷利索地做着卤菜，口水流到下巴上，爷爷总是第一时间察觉，爱怜地捏捏他鼓鼓的小脸，往他嘴里塞一筷子。他满足地咂嘴，爷爷眨眨眼，问他尝得出哪些味道。他掰着短短的手指，数着咸、甜、辣、酸，然后歪歪头说，没有啦。爷爷笑了，拍拍他的肩膀，说还有一种味道哦，有没有觉得有一丝丝的麻呀？爷爷放了一些花椒油呢。他就此记住了那层爽口的味道，源于玻璃瓶里浅黄绿色的花椒油。后来，他大学学了工商管理专业，阮行希望他将来能从事管理咨询方面的工作，或者怎么也得是酒店、企业里的管理层，他却着迷于做菜，喜欢厨房带给他的安心。习惯了未雨绸缪的阮行，走一步要看十步，他则不喜欢女友总是干涉自己的选择，想要做点自己喜欢的事，更何况，未来无定数，世事无绝对。次数多了，他有些不耐烦，又不愿意表现在面上，于是越来越频繁地以沉默应对。也许一段感情的结束，是滴水穿石的终局，远非朝夕之间的根由。

爷爷被盖上了白布，推走了。林琛的脑子乱哄哄的，在父亲和叔叔伯伯们的哭声中，想起还没来得及带阮行去见爷爷，这段感情就夭折了，他不明白爷爷为什么走得这么突然，更想不明白阮行为什么会在短短两年内发生如此剧变，他已经在自己能力范围内尽可能给予她支撑和帮助了，但还是无济于事。爷爷，他，阮行，他们三个似乎都无法与命运的迷踪相庭抗衡。他咧开嘴，也想大声哭，又恐惊扰到爷爷，拼命抑制之间，喉间已经鼓出了大包，悲号收敛为啜泣。

第九章　金表
第十章　玫瑰
第十一章　蜂鸟
第十二章　枝叶
　　　　　尾声

第十章 玫瑰

发泡实验是一种应用于心脏卵圆孔未闭诊断的检查，学名是"经胸超声心动图声学造影"。基本原理是，在患者静息和进行标准Valsalva动作（深呼吸后屏住呼吸，再用力将气呼出）时，使用注射手振生理盐水作为增强剂，检测双侧大脑动脉中微栓子（气栓）数量，可查出心脏右向左分流和肺动静脉分流，用于诊断患者是否存在卵圆孔未闭合。

阮行快速浏览完这段介绍性的文字，在知情书上签了自己的名字，然后躺在铺了蓝色无菌布的检查床上，像一条被刮去了鳞片的鱼。发泡实验没什么痛苦，其实还挺好玩的，时不时就能听到泡泡鼓出又破碎的声音，"咕噜咕噜"的，像小婴儿喝饱了奶，在大人的抚摸下轻轻打着奶嗝。

她两次被刮去了鳞，第二次是做经食道心脏彩超。

前一天晚上，她紧张得一宿没睡安稳，在床上翻来覆去地想象经食道心脏彩超的难受劲儿，意识一直游离在浅睡眠的边缘，时不时听到走廊的护士台响起的电子女声，而且一响准要连响三遍——"××床呼叫！××床呼

第十章 玫瑰

叫！××床呼叫！"

头发谢了一半的医生示意她脱掉拖鞋，在一张蓝色的床上侧卧下来。一开始喊了个实习生帮她做，实习生一直摆手，口罩上方的眼睛写着稚气和慌乱。医生摇摇脑袋，扯了一沓纸巾，垫在她腮帮子旁边，她能感受到纸巾的粗糙质感。她只来得及看到管子是黑色的，油光水滑，很粗，像某种硬质电缆，也像夏天的柏油马路。"柏油马路"通进了喉咙，很疼。喉间下起了大雨。小时候的雨天，父亲喜欢拿着一把黑色的大伞等在学校门口，伞柄也是黑色的。父亲把伞举在他们中间，她可以闻到雨水的气味和伞柄的气味，现在，她可以闻到黑色的硬管的气味。生理反应让她开始止不住地使劲干呕，但是已经一整个夜晚加一整个白天没有吃东西，她只能吐出一些透明的胃液。她在心底苦笑，觉得自己像某种被扒去了壳的软体动物，蜷缩着身体，口鼻间分泌着证明自己存在的透明黏液。

医生倒吸着凉气，一直抱怨："真倒霉，长了个口腔溃疡，痛死我了！"手上的活儿可没有停，柏油马路继续沉住气，向下，向下，穿过食道的皱褶，绕到心脏的背面。她痛苦不堪，眼泪和鼻涕也一齐淌了出来，喉咙深处不时发出野兽一般的嗥鸣和不受控制的呕吐声音。本能让她忍不住伸出汗黏黏的手，死死攥住医生的白大褂衣角。医生感受到了衣物传递过来的紧促，继续吸着凉气，含含糊糊地说："嘶……这小姑娘反应怎么这么大……就是太年轻了……嘶……小李，看一下她心率多少了？小姑娘，你放松一点，好吧？放松一点，咱们结束得就快一点，你受的罪也少一点……嘶……痛死我了……"叫"小李"的护士歪头看向屏幕："主任，120了。"

小李伸出手来，按住了她右手大拇指和食指之间的凹陷处，用了点力气，按得她有点疼，但没有喉咙和食道里的柏油马路疼。以前和林琛谈恋爱的时候,他陪偏头痛急性发作的自己去做针灸治疗。那是她第一次做针灸,害怕极了,林琛在蓝色的隔帘下拉住了她的手,轻轻捏了捏。现在,没有单车少年在雨中等候了,以后也不会有了。她费劲地睁开沉重的眼皮,小李也看着她,一脸诚恳:"我现在掐住你的合谷穴,可以缓解一点你的恶心感,你再坚持一下。心脏彩超就是得遭点罪,熬过这一关,后面都会顺利的。"

她在肚子里一股脑地发问,也包括我的偏头痛吗?也包括我的人生吗?不知道腹语能不能通过柏油马路传到小李的耳朵里。红灯停,绿灯行,车流断断续续,走走停停,穿过柏油马路。她想起小时候坐在小马扎上,从爷爷奶奶家的阳台上往下望,下面的大车小车像一个个婴儿手掌般大小的铁皮盒子,在柏油马路上缓慢蠕动,远方的高架桥又像盘根错节的大肠,吞吐着颗粒分明的食物残渣。她把手指圈成望远镜状,从中央的孔洞往外窥看,恍惚间觉得,自己正是这硕大的游乐世界的画外人,柏油马路上的铁皮盒子们一瞬间又变成了圆圆的球,从过山车的轨道上脱轨而下,一颗一颗地跳进了路边高高矮矮的建筑里。不知过了多久,柏油马路从食道缓缓退行,退至喉咙,退出口腔,机器的"嘀嘀"声戛然停止。这一次,主任没有再倒吸着冷气,而是口齿清晰地说:"你们看,这个地方,差不多三毫米大了。可以确定是卵圆孔没有闭合,可以安排手术了。"

医院是另一个狭小的人间,更真实,也更残忍。

阮行住在一个三人病房里,左边是一个八十四岁的爷爷,右边是一个五十二岁的女人。爷爷命硬,是条汉子,当过兵,做过老师,又转行做了律师,退休前,已经干到了一家知名律所的高级合伙人。十年浩劫期间,很多人遭不住,只有他梗着脖子,硬是从一九六几年挨到了一九七九年。最后,那段历史结束了,人家放他走,他不干,坚持要求纠正错判,给个说法。再后来,他考取了律师证,凭着一张利嘴,几乎没有他打不赢的官司。二十年前,他得了胃癌,胃切掉了四分之三,人却奇迹般地活了下来。不久前,他突发心肌梗死,却又幸运地被子女及时发现,送到医院,安装了心脏支架。阮行在爷爷身上第一次感受到,人真能活啊。

因为神经发炎而入院的女人是客家人,讲话温温柔柔的,很软糯,喜欢称呼阮行"妹妹"。病房里常常拉着窗帘,窗帘是米黄色的,于是女人常常在米黄色的阴影里,抹着米黄色的眼泪,诉说自己婚姻的不幸。她陪着丈夫白手起家,先是卖电脑零件,后来生意一点点做大,开公司,谈项目,搞合并,吃了不知道多少苦,还给他生了两个懂事的儿子,但到头来,丈夫帮"小三"垫了一套市中心的两居室首付,还送了一辆车,家里的积蓄被掏走了大半。两个儿子还蒙在鼓里,她进退两难,不知道该不该提出离婚,又希望至少在小儿子高考之前,给他们一个完整的家庭。阮行看向那个和自己同龄的男孩,那是女人的大儿子,为了让妈妈能好好休息,他心甘情愿地蜷缩在三把靠背椅拼成的"床"上,正睡得香甜。如果他知道了父母真实的情感状态,还能睡得如此恬静吗?她清楚家庭破碎对一个孩子的影响,即使这个孩子已经成年。林琛在和她提出分手前,也刚刚发现了父亲出轨的秘密。那时,林琛的爷爷身体已经不太好,察觉到父亲每天异常地早出晚归,就命林琛偷偷跟着父亲,几次以后,林琛就知道了真相。再后来,他的爷爷病重,家庭的双重变故瞬间压垮了那个一向乐观的男孩。但那个时候的阮行真的没有余力安慰男友,她满心困顿在自身的西西弗斯迷局里,日日推着巨石上山,日日被巨石压成碎片,周而复始。苦难无论如何深重,都无法消解自身存在的意义。苦难也不必用来互相衡量和比较,因为每个人的标尺都是不一样的。一个人如果平白无故失去了一条腿,一定痛苦不堪,绝望至极,但如果他是一场大地震中唯一的幸存者,心境自然不同。他们这代人,几乎没有见过什么时代的风浪,所以一旦出现了一粒尘,往往就是一座山。只是尘与尘不同,山与山也不同罢了。

两次检查的结果都出来后,阮行躺上了手术台。进手术室之前,女人和大儿子往她手心里塞了一个圆圆的苹果,保佑她平平安安。几年以后,她曾偶然与秦斯喆在某个会场重逢,结束后,对方捎了她一段路。坐在秦斯喆的车上,他问她,你相信人一生的苦难量是恒定的吗?我的意思是,有没有一种可能,苦难和幸福是守恒的?她看着前挡风玻璃,阳光投在仪表台上,经过圆形的车挂,在她膝盖上落了一个圆圆的影子,就像一个圆圆的苹果。卵圆孔未闭封堵术是微创手术的一种,在大腿根处划开一个黄豆大的小口,伸一根导管进去,把小伞状的金属封堵器塞在卵圆孔的洞里,撑开小伞,封堵器就不会脱落了,手术也便完成了。医生说,别怕,做完以后,你就不会再头痛了。

手术完成得很顺利,阮行当天晚上被推进了ICU,腹股沟处绑了纱布,只要观察一天一夜,就可以转到普通病房了。ICU原来不像小时候在影视剧里看到的那样,一个人一个病房,也没有太多类似哭天抢地、争分夺秒的戏剧性情节。一个大房间里摆着好几张病床,床与床之间用绿色的隔帘隔开,病人们都很安静,大多都在昏睡。阮行做的是小手术,进行了局麻,所以手术全程保持着清醒的意识,甚至可以感受到医生缝合时,线和针撕拽着皮肉的感觉。现在,整个加护病房里只有她瞪着眼睛,看向天花板,听着四周此起彼伏的呼噜声或者呼吸声,不禁有些尴尬。

第十章 玫瑰

再醒来的时候,已经是第二天一早了,隔帘被护士拉开了一半,阮行看清楚了身侧的两个病人,分别是一个大叔和一个大妈,胸口和小腿处都裹着大面积的厚纱布。这时,几个医生走了进来,先走到了阮行床前,开始了例行的检查和询问,大约因为她是这房病人里最轻症的。阮行认真地逐个回答着主任的问题,突然余光捕捉到了两道炽热的视线,它们的主人来自一个年轻的男医生,胸牌上写着"吴祎 住院医师"。见阮行察觉了,他赶忙把眼睛移向别处,但耳朵尖还是迅速红了。

等到医生们终于走了,阮行松了口气,拿出手机,开始看存在手机里的舞蹈教学视频。因为右边大腿裹着纱布,她只好脸朝左侧,举着手机,歪着头,看向屏幕。不知看了多久,身后有人冷不丁地开口了:"躺着看手机,容易把眼睛看坏哦。"阮行吓了一跳,微微偏头,才发现就是刚才的那个男医生吴祎。吴祎笑了笑,轻轻按住她的胳膊:"别紧张,别翻身,小心伤口。"

阮行点点头,礼貌地道谢,吴祎绕到她面前,问道:"你是学舞蹈的吗?"阮行终于开口了:"是的,您怎么看出来的?"吴祎说:"你很有气质,之前在住院区走廊,我就注意过你,走路时昂首挺胸,还带着微微外八字,今天又看到你在看舞蹈视频。"他腼腆地笑着,指了指阮行的手机。阮行认真看了看吴祎,他的白大褂领口处露出了婴儿蓝色的条纹衬衫,扣子扣得很严谨,戴着一副方框眼镜,镜框上半边是黑色的,下半边是金色的,脚上是一双深灰色的老爹鞋。头发比寸头略微长一点,眼睛大大的,双眼皮的褶子很宽,鼻梁高挺,薄薄的唇,笑起来牙齿雪白而整齐。

阮行和吴祎客气地聊了几个回合,见他还是没有走的意思,干脆问他:"吴医生,您要不要去看看旁边那两个病人?我感觉他们的情况比较严重。"吴祎探出头看看,一脸认真地说:"是比你严重一些,他们俩都做了心脏搭桥。"阮行抬起头,向吴祎抛过去一个不满的眼神,但却再次被吴祎误读为"费解",于是吴祎更加认真地解释道:"'冠状动脉旁路移植术',也就是咱们平时俗称的'心脏搭桥',原理是取胸廓内的一根动脉和小腿上的一根静脉,移植到心脏大血管上,让血液绕过堵塞的血管,从新的血管通过,满足心脏供血,从而减轻心绞痛的症状。"阮行彻底无语了,正色道:"吴医生,我的意思是,我想休息了。"阮行说话的声音很轻,给吴祎留足了面子,但这反而让吴祎更不好意思了,他的耳朵尖再次红了起来。阮行一时动了恻隐之心,想着耳朵尖都会红的人应该本分坏不到哪里去吧,微微张了张嘴,但吴祎已经快步走出了病房,带着红透了的耳朵尖。

此后数天,一直到阮行被推回了普通病房,吴祎都一直没有出现,连一早一晚医生们来查房的时候,阮行都没有看到他的身影。她不禁有些失落,也有些自责是不是说错了话。原来阮行睡的那个床位,听说已经有新的病人,是一个心脏装了起搏器的中年男人。阮行被推到了一间小一些的双人病房,旁边是一个患有急性胰腺炎的女人,没什么机会搭上话,她常常昏睡着,意识清醒的间隙,几乎都在床上呕吐,声音很大,像牛羊的反刍,阮行一开始听着崩溃,后面慢慢地也就习惯了,甚至可以在如雷贯耳的呕吐声中平静地翻看专业课课本。女人的丈夫是一个说话和气的光头男人,眉毛又浓又粗,向下耷拉着,有严重的酒瘾,早上空着肚子也要就着一把带皮儿的花生米,喝二两白的,一天三顿,脸烧得通红,笑起来露出半颗虎牙。女人的喉间一发出"呃"的声响,他就反应极快地拿出套好黑色塑料袋的小垃圾桶,接在女人嘴边,然后帮女人漱口、清理秽物。男人主动告诉阮行,自己和妻子从隔壁城市底下的一个小镇上过来,一开始找的镇卫生院看的病,开

第十章 玫瑰

了几服中药，没曾想越喝越严重，于是转了几次车，赶到了文心这家三甲大医院，这才控制住了病情。他很同情阮行年纪轻轻，就被持久而剧烈的偏头痛困扰，甚至给阮行手写了一串电话号码，说这是他们镇上一个专治疑难头痛脑热的赤脚郎中的联系方式，如果需要，可以直接过去。男人写号码的时候，手抖得很厉害，那是常年喝酒留下的毛病，但他说，不喝心里发慌，还笑着说，得躲着吴医生，不然被他看到，又要唠叨我了。阮行听到"吴医生"三个字，心里一动，转而一沉，最后化成了一声叹息。

星期天下午，因为手术创口小，恢复周期短，她终于被拔了尿管，护士让她去厕所尝试排尿。刚好男人又在病房厕所里清理女人的呕吐物，她获得了母亲的准许，可以去走廊上的厕所，一时雀跃，大步跑了出去，忘记了初春的寒冷，没有披上母亲反复叮咛的外套，只觉得分外轻松，像脱笼的小鸟一般。一条空旷窄小的走廊夹在病房区和洗手间之间，形成垂直的夹角，猛烈的穿堂风呼啸而过，阮行没有留意，踩着节拍，哼着歌，径直走了过去。术后初愈，风寒乘虚而入，回到病房后不过短短一两个小时，熟悉的剧烈头痛再次袭击了她，不过这次不是单边疼痛，而是两边一起，左右夹击。胃里一阵一阵的恶心感翻涌着，她克制着呕吐的冲动，忍不住开始掉泪，不敢置信手术竟然就这样失败了，偏头痛还是常胜将军。

值班的护士闻讯赶来，简单和阮行母亲了解了一下她的情况，往她的腋窝夹了一支体温计，又对阮行和母亲说："可能是上厕所的时候着凉了，不一定是手术的问题，吴医生刚吃完饭，马上过来。"阮行听到"吴医生"三个字，心跳顿时加快，暗想，他终于回来了，自己一定得想办法和他道个歉。她的意识开始有些模糊，索性侧卧在床上，克制着昏眩和颅脑的剧痛，口舌之间不时分泌出苦涩的唾液，她艰难地吞咽下去。

一片混沌之中,吴祎匆匆跑了进来。他轻轻唤醒了她,用手摸了摸她的前额,手心温热干燥。他让阮行母亲协助,取出了体温计,对着光看了看,说:"没有发烧,听她的描述也不像是偏头痛的症状,可能就是着凉导致的头痛,我已经和护士了解了情况,她身体还比较弱,确实需要多注意。"又对着阮行俯下身,问道:"好一些了吗?我刚听护士说,你想吐是吗?"阮行看向吴祎,他比之前瘦了,双眼皮的褶皱凹陷进了眼窝里,显出疲态,藏在镜片后的目光仍旧是柔和的。这一次,他的耳朵尖没有红,一副专业、认真的神情。阮行点点头。吴祎又说:"开一支曲马多并一支止吐针给你,好不好?见效很快,你会舒服一些。"吴祎说话的语调硬朗干脆,普通话很标准,却又带一些柔软的转折音。

曲马多和止吐针果然降住了脑袋里的魔鬼,阮行的情绪渐渐平稳下来。母亲放下心,正好男人也差不多安顿好了女人,两人便前后脚去打饭了。吴祎适时走了进来,两手揣在白大褂的口袋里,他关切地问:"还想吐吗?头还痛吗?"阮行摇摇头,轻声说:"吴医生,谢谢您。另外,也想跟您道个歉,我那天说话的态度可能不太好,希望您别放在心上。"吴祎愣了一下,疑惑地笑了起来:"没事呀,怎么突然道歉呢?我都记不得那天你说了什么了。"阮行声音更小了:"啊……可是你后来好几天没有过来查房,我还以为你生气了……"话一出口,她才发现自己竟然在不知不觉间把敬语"您"换成了距离更近的"你",又觉得自己的解释听着太亲密,还不如不解释,脸顿时烧得通红。吴祎也呆住了,耳朵尖跟着红了起来,结结巴巴地说:"啊……其实是因为我家里有事,回家处理了一趟,不必放在心上……"两个年轻人又一次陷入了尴尬的沉默,吴祎看看左右没人,阮行旁边的女病人正在熟睡,迟疑了一下,匆匆说:"我马上交接班了,你可以加一下我的微

第十章 玫瑰

信，如果后面不舒服，可以联系我。"

吴祎和阮行一开始还只是礼貌地聊着病情，后来有一天晚上，吴祎一反常态，岔开了话题，主动提到自己要送一个家人回老家。阮行关切地说："那你快去吧。"吴祎说："它是我养的一只狗，阿拉斯加，名字叫'可乐'。"说着，从微信上传过来一些"可乐"的视频和照片。阮行盯着那只皮毛光滑水亮的小家伙看了半天，明白吴祎在它身上一定花了不少心思。吴祎继续道："可能是因为白天我工作忙，没有时间陪伴'可乐'，它耐不住寂寞就一直'拆家'，到处搞破坏，无奈之下，我给它买了一张机票。"阮行敲打键盘的手在屏幕前停了一会儿，才问："你还好吗？"吴祎很快回复了："不太好，其实挺舍不得的。"阮行安慰道："你的家人时间比你宽裕，能更好地照顾好'可乐'，放宽心，你假期也可以回去看它。"

他们的关系从这个夜晚之后变得紧密了。阮行慢慢知道，吴祎硕士毕业后就来了文心这家医院工作，一直独居，陪伴他的只有"可乐"。最近，他忙着准备主治医师考试，希望能早点儿从住院总医师升为主治医师。他是家里最小的孩子，却早早离开家乡，来到这座一千七百四十三公里之外的一线城市只身闯荡。一般都是他说，她听。她总觉得还没有到一个合适的时机自我解剖。他们聪明地捕捉到了涌动的情愫，但至少在阮行出院之前，他们依然需要保持医患关系该有的距离。于是他们白天不会在众人面前流露分毫的端倪，至多他们从病房门口匆匆经过时，对着坐在床头阅读的阮行轻轻笑笑，到了夜晚，两个年轻人便在云端如释重负地相聚。她喜欢窥看他低头专注于手中病历和报告的模样，鼻梁高挺如刀削，修长的手指停留在蓝色的文件夹边缘，指甲却比常人短小得多，那是过度修剪导致的。她总是恍惚想起记忆里的曹植，将他的形象和眼前这个洁白的男人叠加。激烈的情绪已经在时间的流淌里得到平缓，但还有太多关于西西弗斯的存在迷局，她没有答案。

这种奇妙的平衡终于还是被打破了。她知道了他居然就是安义人。阮行想起那座城市里的那所大学，心脏骤然一缩。三年了，她还是常常梦回高中课堂，不是梦到自己写不完数学卷子，就是梦到自己倒数的成绩排名，哦，还有那两只紧紧相牵的手，和血红的倒计时遥相呼应。现在，她在这所师范院校汲汲营营，打着漩涡拼凑破碎的自我。如果他知道她对他的家乡——哦不，是共同的家乡心怀仇恨和嫌恶，他会作何感想？随着彼此了解的深入，她当然能够渐渐觉察吴祎对自己的好感，当然，也有自己对吴祎的。但是，她尚未来得及从林琛和她数年情谊的夭折中缓过神来，也还没有参悟自己的来路和去路。她分明踩在虚无之上，所以决不能轻易涉险。想到这里，她开始逃避每天早上从查房的医生们中间投掷出的那两道炙热眼神。但每到深夜，她又总是会矛盾地想起他双眼皮的褶皱和发红的耳尖。

进退维谷之间，春天快要过去了，阮行准备出院了，想起即将回到荒败的废墟之中，她流下了眼泪，真切地感到心如死灰。住院楼后面花园里的白玉兰已经开放，一大朵一大朵地挤在一起，香得很热闹。

阮行和父母离开的时候，吴祎因为在跟一台大手术，没有过来。护士把吴祎早就签好的处方笺递给阮行的父母，仔细交代了出院以后要吃哪些药，怎么吃。这正合阮行的心意。她不知道如何面对吴祎，更不知道如何面对古怪而伤感的告别。谢谢这台手术，帮她解决了这个难题。她到家后洗了个澡，然后匆匆倒在床上，脸埋进了枕头。一面又一面高耸的镜子组成了连绵的、林立的围墙，墙与墙时而拼接，时而剥离，黑衣的曹丕和白衣的曹植穿梭其间，形成了一黑一白两种互缚的色彩。曹丕面容狰狞，一脸痛楚，伸出变形的手指，似乎想要攀爬上弟弟的肩膀，曹植却轻巧地避开，双目空洞，口中喃喃作响,向前方走去。一种奇异的黄色灯光照亮了曹丕、曹植和镜子,那是龙的鳞片反射出的金黄,那是王的颜色。曹丕的瞳孔陡然放大了,视网膜里倒映着身着一袭龙袍的曹植,拦腰抱着洛神,像抱着一匹雨过天晴的软烟罗。他急了,伸手要去争抢,文武百官已经从暗处围裹上来,阻止了曹丕接近曹植。曹丕眼睁睁看着曹植谋权篡位,又抢走了他的女人,心痛如绞,匍匐在地,伸手欲拉住曹植的衣袍角,却见龙鳞一片片蜕下,在曹植的脚下渐渐堆叠出高高的金黄的瀑,向曹丕和官员们倾泻而去,顷刻间淹没了众人。

阮行在被子里挣扎着,猛地蹬了一下腿,醒了过来,才发现天已黑透了,自己不知不觉昏睡了一天,父母也没有来敲过门。手机屏幕在黑暗中发出刺眼的光,显示有数条微信未读消息,她晃晃脑袋,微眯着眼,点进去看,发现都是吴祎发的。

"抱歉,下午你出院的时候,我在跟一台大手术,就没能来送送你。"

"药要按时吃,尤其是阿司匹林,那是防血栓的,可以调个闹钟提醒自己。"

"'可乐'最近已经慢慢适应了老家的生活,我家其实还有一只布偶猫,说起来挺有意思,我爸每天带着一猫一狗出门遛弯儿,那场面,老壮观了!回家了我妈就给他们做饭吃,现在他们四个每天都有很多乐趣。看到爸妈和'可乐'都过得好,我就放心了。"

接着是两张"可乐"在院子里快乐撒腿疯跑的照片。

"你还好吗?到家了吗?在做什么呢?"

吴祎显然动情了。阮行的眼泪却无法克制地流了下来。她在黑暗中抱着膝盖呆坐了很久,才拿起手机,敲了一句:"还好,我回家以后洗了个澡就睡着了。"

吴祎很快回复："多睡一睡也好,你刚做完手术,虽然不是大手术,但也需要多调养调养。我刚下班,明天我休息,难得的假期哈。"

阮行却岔开了话题,直截了当地问吴祎:"吴医生,你对安义的感情如何?"

"哈哈,怎么突然这么问?那是我的家呀,当然时时刻刻都在想。"

"其实,我有一个秘密,一直没有告诉过你。"

"哦,什么秘密?"

"我也是安义人。"

"天啊,真的啊?你怎么不早说?没想到我们还是老乡!"

"我对安义没有感情,只有仇恨"的话就在嘴边,但阮行还是咽下去了。她思忖良久,决定换一种表述方式:"我在安义大学读书。"阮行避开了吴祎的欣喜,冷冰冰地从旁丢了一个炸弹。她想,这句话应该够明白了吧?

吴祎却没有留意到这是炸弹,继续欣喜地说:"哇哦,安义大学的舞剧系在省里也很出名呢!说起来真是巧啊,我二哥就是舞剧系的老师,目前还兼任辅导员,你可能知道他吧?"

"吴为?"

"对!你果然知道他!没想到六度分隔理论真的存在!是的,吴为就是我的二哥。"

阮行继续丢出骇人的炸弹,悲伤地试探着吴祎的反应。

"不过,从高考录取开始,在我心里,安义就是我的耻辱,因为安义大学,是永恒的耻辱柱。我这辈子都无法和它分割了。"

对面显然愣住了,"对方正在输入"显示了很久,没有任何消息发过来。阮行释怀地想,结束了,我的毒刺终于再一次成功地扎伤了新的小王子,他要离开了,回到他的星球上去了。但她没有想到的是,小王子轻轻拔去了她的利刺,蹲在了玫瑰的面前。

"阮行,你的心情我非常理解,高考确实是人生中的一件大事,但你今后的人生还会有很多和高考一样大的事,甚至比高考更大的事、更难的事出现。高考只是一段路程的终点,也是起点。你住院期间,我看到的你不是在看专业书,就是在看舞剧视频,我能感受到你很努力。这说明你从来没有放弃过自己,你一直在逆流前行,你是勇敢的女孩。命运总不可能一帆风顺,实习期间,我有一次和朋友打球不小心弄伤了手腕,当时真的是重伤,我那段时间心灰意冷,以为自己还没拿过几次手术刀,职业生涯就要这样夭折了,但幸运的是,我的手腕恢复得很好。我一直认为,命运的安排总有它的深意。事情本身大多是中性的,常常是我们对事情的解读赋予了它们积极或者消极的意义。"

第九章　金表
第十章　玫瑰
第十一章　蜂鸟
第十二章　枝叶
　　　　　尾声

第十一章　蜂鸟

阮行赶回学校上学的时候，得知保健兰已经有一段时间没有上课了。去年秋天开始，保健兰经常咳嗽，有时咳起来便眼前发黑，胸口一阵阵地绞着疼。恰好她赶上了体检，医生在她拍完了X光片后，对她说："女士，你现在先别走，在外面的椅子上等一下。"

她感到困惑，于是一脸迷茫地坐了下来，一边无法克制地发出剧咳。在断断续续的咳嗽里，她脑袋倚靠着冰冷的墙，渐渐睡了过去，做了一个梦。梦见小时候过年，全家人热热闹闹围坐在电视前，灯是黄色的，桌子上的饮料是桃汁和芒果汁，一个北方的小牌子，叫"茹梦"。场景一转，天上的乌云散了又聚，聚了又散。梦里的姐姐和自己却没有长大，还是孩童模样，围在桌子边跑，玩一种边角圆钝的彩色塑料积木，现在市面上已经买不到了。场景再一转，梦见雨声滂沱，她坐在副驾，保健青坐在她身后。她在梦里大声说："姐，对不起，这两年太忙，总也顾不上去看你。"保健青大声问她："你在说什么？雨下得太大了，我听不清。"她于是又重复了一遍，用更大的音量说道："姐，对不起！"姐姐终于听清了，笑着用口型说："没

第十一章 蜂鸟

事的。"雨水是什么时候进来的呢?打湿了姐姐的脸。保健兰于是不停地回转身给她擦,却总也擦不干净。

车到目的地了,姐姐却不见了。前方突然出现了一个钟形的广场。有人告诉她,两点钟方向有一个年轻女子出事了,保健兰飞身往那边跑,却发现自己跑到了七点钟方向。她绝望大哭,雨越下越大,仿佛这辈子再也不会停下,衣服全部湿了,脚步被雨和风浪裹挟,可是她知道,姐姐在等她。

她最后放弃了。她知道一切都结束了,干脆坐在地上,歇斯底里地大哭,大喊,用尽了所有力气,她知道那一刻的她一定很丑陋,可是雨幕隔开了健康的人群和病态的她,竟让她可以放心释放情绪。

姐姐的记忆,就这样在梦里完成了断层。

醒来的时候,保健兰的脸湿了,头发也湿了,喘不过气,手脚僵硬,被固定在蓝色的塑料靠背椅上,半天动弹不得。医生正站在她面前,一脸认真地看着她:"女士,你今天可以叫你的家人过来一趟吗?"

保健兰得的是肺腺癌,发现的时候已经太晚了,胸腔里开满了一朵一朵的梅花。医生强调说:"我们一般不叫'梅花',叫'粟粒'。"保健兰唱不了了,她的喉咙里曾经住了夜莺,如今,夜莺睡着了。那样优雅、知性、美丽的她,现在蜷缩成了一个小小的桃核,躺在病榻上,喘着气,伸出枯瘦的、戴着住院登记带的手腕,"阮行,我想我快要死了"。

大四毕业前夕,阮行意外得到了一个出席文心某个大型文娱活动的机会,身份是特邀嘉宾。而真正的"主邀嘉宾",其实是中央芭蕾舞团的前首席主演,也是一位在国内外享誉盛名的舞蹈家。活动筹办期间,一个工作人员申请添加她的微信,阮行发现,对方竟然是当年"李桃杯"大赛的主办方之一——文心市舞蹈家协会的名誉副主席徐敬祯，顿时浑身如蚂蚁在噬咬一般。一方面因即将与熟悉的前辈重逢而生出些许欢愉、期待和暗自庆幸，一方面也羞惭于自己如今的发展并不尽如人意，更糟的是，这些年的经历像一块磨刀石，在无声中磨去了曾经意气风发的性情，这样想想，越发蔓延出复杂的心绪，于是自织罗网，陷入层层思维的丛林中去。

当她通过好友申请以后，徐敬祯仿佛压根不记得她是谁了，只是公事公办地把文娱活动的流程和注意事项发给她，阮行一时间长舒了一口气，又不免有些失落。过了一会儿，徐敬祯客气地问她愿不愿意在活动开始前跳一曲舞蹈，她想了一会儿，说，可以。徐敬祯趁热打铁，问，可以跳《洛神赋》吗？又补充道，跳一个洛神的经典选段就好了，不需要很久。她愣住了。原来，对方不是不记得，只是需要用漫不经心的寒暄接续这断裂的几年，口气与其说是询问，不如说是一种志在必得的自信，自信她没有办法拒绝。这个机会对一个已经连续几年没有新作品问世的舞者来说，确实来之不易，向她发出邀请，几乎不需要成本，更何况，文心市舞蹈家协会也可以算是她的三分之一个老东家了——另外三分之二是文心市文化局和文心市教育局，她就更没有拒绝的理由。

她能感到自己迅速从脸红到了脚，像一只熟透了的红虾，看来，她真的要感谢屏幕的阻隔。无论她多么努力摆脱"小洛神"的帽子，她都永远无法摆脱！她越是挣扎，反而被这个奇异的悖论绑缚得越紧。而一切的根由，是高中毕业之后，她再也没有机会在自己深爱的领域深耕了。她只能日日周旋在绩点、课题项目、学术会议、师范生技能大赛之间，她的归宿似乎只剩下舞蹈老师这一条路，她和舞蹈家的梦想，已经殊途了。

阮行站在文心边缘的海前，对着远处的吴袆，无力地笑笑，说，这不是机会,这是笑话。吴祎穿着蓝白条纹的长袖衬衫,下着一条卡其色长裤,裤脚挽在小腿处,站在阳光底下,用脚趾轻轻勾了勾细沙,示意阮行,说:"你知道吗?洛克菲勒曾经对自己的儿子说过,人的事业如同浪潮,如果你踩到浪头,功名随之而来,而一旦错失,则终其一生都将受困于浅滩与悲哀。但我的观点是,踩到了浪头,或者错失了浪头,都是正常的,没有必要因为一次失误就一辈子苛责自己。更重要的是,你跳舞是因为喜欢,不是为了功名。现在的你籍籍无名,反而是一个蛰伏和积累的机会,这是好事。"

阮行最终同意了徐敬祯提出的要求,在活动开始前,又一次站在了舞台中央。巨大的白色绸布向下垂落成一个弯弧,在金黄灯光的映射下,形成了半轮巨大的圆月。月亮之下,洛神身着一袭青色和朱粉色渐变的长裙,出现在一群白色的舞女之间。她的腰肢和胳膊柔软如柳条,又像流动的水,蜿蜒成不同的形状。一袭白衣的曹植出现了,银色的眼影向后飞扬,从眼角经过太阳穴,最后伸进了发丛中。不知道是不是眼影粉掉进了眼球,他,不,她的瞳孔通红,满布血丝。这个"曹植"其实是今天的另一位特邀嘉宾,于迪,一位小有名气的女青年舞蹈家,毕业于世界顶尖音乐学院——美国茱莉亚音乐学院舞系,据说曾经在纽约、维也纳和巴黎的剧场先后办过演出,反响热烈。可以看出,主办方也是别出心裁了,特意让于迪反串曹植,一时之间,舞台下掌声雷动,将活动气氛推向了高潮。曹植用手轻拥洛神,时不时和她相聚,时不时又和她分离,胸口与胸口擦触。洛神能感到,她的手很冷,隔着衣服的薄纱,将手心里那份冷传递进她的身体。"罗衣何飘飘,轻裾随风还。顾盼遗光彩,长啸气若兰。行徒用息驾,休者以忘餐。"她们在舞台上同步腾跃、翻转、伸手寻找,又惺惺相惜。最后,洛神腾空而去,只遗留下源源不绝的朱粉色的缎,像水一样从舞台上空流泻下来,堆叠在曹植脚下。

曹植抱着绶,痛苦不堪,久久沉陷在对洛神的思念之中,难以自拔。突然,一身华服的曹丕出现了,疾步向前,和曹植在舞台上交缠,对话,争夺权力,起舞,兄弟二人一明一暗,暗处是曹丕,明处是曹植。提膝,旋踵,举手,顾盼,巨大的光影打在二人身上,身后是朝臣和万马,旗帜猎猎如火焰,鼓声滔滔如鬼王潮。出征在即,是对命运的声讨?还是对命运的降服?阮行在幕后看着,竟不知不觉流下眼泪。她想起保健兰对自己说,胡适有句话,你记住了:人生是什么?人生就是人在戏台子上演戏,唱戏。观众在台下看戏,自然会产生各种看法,对人生的看法,就是人生观。人生的意义是什么?怎样算好戏?怎样算坏戏?老师意味深长地笑了笑,人生的意义,就在于我们怎样看人生。

表演结束,她和于迪在掌声中落座。于迪身形高挑,巴掌小脸隐匿在头发下面,此刻已经卸了妆,素面朝天,嘴唇发白,眉毛寡淡,但依旧能够清晰看出她的美人底子。于迪大方地伸出右手,紧紧地握了握阮行的手,挑眉笑了笑。阮行能感到,她的手心温暖干燥,很有力。对比起阮行的细弱,她的力量具有压倒性和不可颠覆性。这时,一个熟悉的身影走了过来,阮行定睛一看,原来是当年在"李桃杯"赛事结束后采访过她的记者郑亚彬。她露出些孩童的欣喜,笑着向郑亚彬挥挥手,郑亚彬却一改当初的热络,只是淡淡地上下打量了一下阮行,点点头。

"阮行,好久不见,你应该上大学了吧?现在在哪里读书?"

郑亚彬第一个寒暄的问题就梗住了阮行。她张了张嘴,半天才蹦出来四个字:"安义大学。"

"哪里?哪个'安',哪个'义'?"郑亚彬皱了皱眉,奇怪地看着

第十一章 蜂鸟

阮行,像审视一尊缺了鼻子或者多了一只手的雕像。阮行继续张着嘴,像干涸的河道里的鱼,还未来得及开口补充一些什么,郑亚彬已经转向了旁边光彩照人的于迪。于迪声音朗朗,介绍自己海外深造的名校背景,还有她在国外不同剧场巡演的有趣经历。她特别提到那些大鼻子蓝眼睛的外国人如何因中国舞蹈而着迷,那些在海外业界名声赫赫的媒体如何针对她的表演给出高度评价。二人不时爆发出一阵阵欢笑,阮行通过舞台侧面的玻璃里看见了自己的影子,佝偻着背,像住在钟楼里的卡西莫多,默默敲钟。她曾经也意气风发,头颅高高昂起,像舒展的铃兰花。获大奖回学校后,文心四中为她召开了获奖感言会,希望她分享成功平衡学业和爱好的经验。台下有其他学校慕名而来的学妹,怯生生地举手,怯生生地请教了她一个专业方面的问题。她用手点着学妹,像指挥兵马的将军,像疆场上的曹丕。她如今早已忘记那个问题是什么,只记得自己如何耸肩,紧了紧鼻子,做出不屑的怪表情,不置可否地挤出嘲讽的笑容。她从没想过得到第一名,没想过自己会成为小洛神,她只是一心一意地热爱跳舞,热爱舞动肢体的感觉。这种心无旁骛成就了她,却也摧毁了她。

茶歇结束,活动正式开始了。徐敬祯作为主持人,站在舞台中央,深深鞠躬。人群爆发出热烈的掌声,四分之三送给他的地位和身份,四分之一送给对活动的礼节性期待。阮行、于迪和那位主邀嘉宾——中芭前首席一起起身,向观众挥手致意。徐敬祯先介绍了中芭前首席和于迪,观众席再次爆发出热烈的掌声,接着介绍到了阮行,掌声的音量瞬间降低,显著而迟疑地画了一个巨大的问号:她是谁?徐敬祯有些尴尬地再次补充,她是当年文心舞协主办的"李桃杯"的总冠军,是上过《文心日报》头版头条的"小洛神"。但掌声却固执不增,礼数不加,坚持着自己微弱的音量。

几个人坐定，发言顺序依次为中芭前首席、于迪、阮行。活动主办方要求中芭前首席发完言后，于迪和阮行需要分别提问一个关于舞蹈的问题，中芭前首席会进行回答，之后，主持人徐敬祯作结，四个人一起合影留念，颁发活动证书，这个夜晚也就结束了。

中芭前首席首先就于迪和阮行的开场表演做了评价，接着，发表了自己对于文心舞蹈行业的看法。待她发言完毕，于迪拿起话筒，提问了第一个问题。不幸的是，阮行因为走神，错过了这个问题。她不禁想起保健兰站在安义大学的剧场舞台之上，目光锐利地看着她，让她聚焦当下的模样，再想想她的生命像飞快流泻的沙漏一样，进入了不可挽回的倒计时，顿时鼻子一酸，眼前朦胧。

中芭前首席显然很满意于迪的提问，滔滔不绝地讲了起来，并主动分享自己的大儿子本科时学的专业和于迪一样。于迪迅速接上了话茬，嘴里熟稔地蹦出了几个英文名词，中芭前首席满意地点头，严肃的脸上突然露出了笑容，表示等会儿要和于迪加个微信，好好聊一聊。接着轮到阮行提问。阮行一直觉得，舞蹈不应该有隐形的门槛，无需划分阳春白雪和下里巴人，任何肢体的语汇都是平等的，即使是上班族，只要心中怀揣一份热爱，也可以尝试用舞蹈表达自己。于是阮行问道："在文心这样一座年轻却又节奏较快、生活压力较大的城市，对于一部分没有受过系统舞蹈基本功训练而且热爱舞蹈的市民来说，他们可能认为自己无法平衡好谋生和爱好，于是转而寻求学习能够速成节目的成舞，对此您有什么建议吗？"

这显然不是一个好问题。至少在这样阳春白雪的场合，这个问题因为过于下里巴人而显得古怪极了。中芭前首席用一种难以捉摸的古怪表情看了一会儿阮行的脑袋，她可能在想，这是一颗怎样古怪的脑袋，能够想出

第十一章 蜂鸟

这样古怪的一个问题？过了许久，她才举起话筒，尴尬地笑了一声："这个问题……很有意思。小阮显然把舞蹈的门槛看得太低了。人人都可以热爱舞蹈，但跳出来的东西，未必就是舞蹈。套用一个不恰切的比喻，人人都可以作诗，但作出来的东西，未必就是诗歌。《毛诗序》中说：'诗者，志之所之也，在心为志，发言为诗。情动于中而形于言，言之不足故嗟叹之，嗟叹之不足故咏歌之，咏歌之不足，不知手之舞之足之蹈之也。'可见，舞蹈是人的情感意志的终极表达，是非常神圣的一种艺术。还有一种说法是，舞蹈是与神对话的语言。所以，我们年轻人面对舞蹈，也应该有一颗虔诚之心，万不可轻易亵渎。"中芭前首席把"虔诚"二字咬得很重，这是故意说给阮行听的。她的发言，避重就轻，既绕开了阮行尴尬的提问，又成功地将现场氛围重新拉回到阳春白雪式的高雅和得体。台下掌声雷动，台上掌声也雷动。台上的掌声来自徐敬祯，他在掌声的空隙里适时插入，笑声如滚滚惊雷，洪亮异常。

"谢谢三位美女的精彩发言！于迪是我们海外归来的新秀，当然，不少在国外就看过她演出的观众，相信已经很熟悉她了。阮行是我们市舞协一手捧出来的小家伙，可以说是看着她长大的，这些年她在内地读书，消失了几年，有些观众可能对她比较陌生，没关系，相信她很快就会有新的作品让我们记住她！下面，我们进入到下一个环节！"

阮行第一次见到徐敬祯，是在"李桃杯"赛后，徐敬祯安排她去做青少年舞蹈大赛的评委，又亲自牵线安排她和罗宇认识。这等于一步把她送上了青云，当然，事实是她从青云上摔落，摔得粉身碎骨。阮行第二次见到徐敬祯，是在高考录取之后。徐敬祯邀她去他办公室，在一栋大厦的顶层。人人见了他，都要毕恭毕敬地喊他"徐主席"，只有阮行乖巧地一口一个"徐老师",声音很脆。阳光洒满了桌面,徐敬祯的身体被百叶窗隔成了一条一条的,脸上的神情也一条一条的,一条是喜悦,一条是凝重,一条是欣赏,一条是轻蔑。喜悦和欣赏的是阮行年轻的、勃发的美,像葫芦藤上新结出来的小葫芦,还长着绿茸茸的绒毛,用指甲掐一下,汁水能溅到脸上;凝重和轻蔑的是阮行竟然去了安义大学,她当初在他们这些老家伙的饭局上,可是掷地有声地说,自己一定能上京平大学啊,这未免也差得太远了,好歹留在文心,也好过去那么一个鸟不拉屎的地方。

但面儿上,徐敬祯什么也没有表现出来,只是对阮行哈哈笑着说:"小阮,去了那边好好念书,文心和京平到时如果有什么新的比赛,我会通知你的!"阮行低沉着嗓音,匆匆道谢。临了,徐敬祯把阮行送到门口,还补充了一句:"小美女长成大美女了,时间真快啊!"那时,他好像会一直是她的贵人。然而多年以后,更美的大美女于迪出现了,海外名校毕业,在世界各地的剧场巡回表演,舞蹈基本功和她一样扎实,甚至比她台风更稳——这是她不愿意承认,却又不得不承认的。

徐敬祯径直经过她,走到于迪面前,握住了于迪的手:"好一位美女舞蹈家!能跳,能评,能讲,能美!封你个十项全能选手,不过分吧?"

于迪也笑,笑得热情大方,回握住徐敬祯的手:"谢谢主席夸奖,见笑了。安义的煎饼很好吃,小时候父母亲带着我去那儿游玩时吃过,印象深刻。"于迪的功课显然做得很足,连徐敬祯是安义人都摸清楚了,可是这一点,阮行从来不知道。

徐敬祯的笑不知为何却有些生硬,他转头看向阮行,像是刚刚才发现她一般:"噢哟,小家伙,你在这里呢!最近怎么样?有什么新动态吗?说来听听!"

第十一章 蜂鸟

话音刚落，远处有一位省级电视媒体的记者向他们招手，喊着"徐主席，于老师，这边请！"，偏偏没有阮行，又一次没有阮行。她看到自己活得像一个小小的符号，一条不起眼的边缀，跟在大幅的文字后面，有时甚至可以被轻而易举地删去，或者被轻描淡写地跳过。徐敬祯再次径直穿过她，像穿过一绺轻薄的空气，和于迪一路说着笑着，向那记者走去。

阮行一时沉沦了，沉沦进往事和现实中间巨大的鸿沟。有些告别，一生一次就好，时隔多年后再来一次，往往就很难体面收场了。对人是如此，对饱含记忆和感情的场所也是如此。人与人、人与场所还是应该保持一些距离，在时间里相互怀念和铭记比较合适。打破距离，美就消失了，最后只剩下一地鸡毛。

高考之后，徐敬祯给她打过几次电话，向她透露文心和京平舞坛的一些风向，也曾热络地关心她的学习，再后来，电话、短信和微信都随着时间流逝渐渐淡了，少了，直到逐渐没有了。她被公鸡肺里的浓痰兜头淹没了，溺水了，真恶心，于是也顾不上再去续接这段一直在少年的她心中占据了极大分量的前辈情谊，等到她回过神来，她和徐老师竟然已形同陌路。记忆果然是有滤镜功能的，不过，此项功能有限。就像假如一个人天生长了一个蒜头鼻或者一对绿豆眼，无论如何也不能通过滤镜改善，至多通过修改和扭曲画面实现美的欺骗。

阮行蹲在浴室里，埋着头，以一种奇异的姿势蜷缩。右手抓着花洒，莲蓬头顺势扣在后颈上，水流被后颈分成左右两股，顺着脸颊和下巴涌向口鼻。她没有躲闪，一些水雾溅进了鼻腔，很快微微酸涩起来。眼泪蒙混在满世界的水中，看不真切了。她想，她也许来不及让保健兰看到自己对舞蹈和人生的参悟了。

等到她出来的时候,才发现好几通未接来电静静躺在手机里,它们的主人都是"吴祎"。

她穿着睡裤和拖鞋下楼,头发还在往下滴水,鼻头和眼睛都红通通的,有哭过的痕迹。吴祎心软得成了一团羊羔绒,想要把她包进自己的怀里,但他忍住了。他故作轻松地叉着腰说:"嘿,我刚下手术台,你刚下舞台,我们俩真不容易啊!不如去吃顿烧烤,庆祝一下?"他没有直接问她刚才的"机会"把握得如何,或许是从她的脸上已觉察一二,或许是觉得这个问题无聊非常,但这再一次让阮行想起了数年前的那个少年爱用的龇牙的笑脸表情。

她感到很不舒服,于是闷声闷气地回他:"你在说什么傻话?我要保持身材,平时饮食尚且都要很节制,何况这么晚了,哪里能随便吃烧烤呢?"因为没精打采,阮行竟然没有注意到自己语气里的亲昵意味。吴祎却捕捉到了,一瞬间从脸红到了脚,像一颗熟透了的柿子,万幸有夜色掩护。

"那就带你兜风吧,怎么样,信得过我吗?放心,我不会拐卖你的!"吴祎拉开了车门,嘻嘻笑着,做了一个"请"的动作,戴着腕表的手自然地搭在车顶。他的手真好看。阮行的记忆碎片再次浮现出来,想起了舞台上那个半黑半白的少年,和眼前这个洁白的男人重叠了。吴祎很喜欢穿白色,也很适合穿白色。今晚他穿了一件白色的连帽风衣,下面是石磨蓝色的牛仔裤,脚上踩着一双黑色马丁靴。他站在那里的时候,身形修长,像一棵笔挺的树,路人经过他时,总忍不住回头看他几眼。

车里有木质香薰的味道,声音低低地放着节奏舒缓的轻音乐。吴祎的手搭在方向盘上,主动开启了话题,还是只字不提阮行今晚的舞蹈活动,只是

第十一章 蜂鸟

轻松地笑着说:"我一直觉得,这是一个'泛焦虑'时代,也是一个'贩焦虑'时代——工作焦虑、身材焦虑、外貌焦虑、家庭焦虑、教育焦虑、婚姻焦虑、生育焦虑、恋爱焦虑、房车焦虑、瘟疫焦虑、孩子焦虑……一言以蔽之,都是'生存焦虑'。"

阮行反问他:"那你会不会焦虑?"

正好是一个绿灯,吴祎一脚油门,踩了过去,慢慢说:"当然会,焦虑是一种正常的情绪,从心理学层面来看,它的出现,其实是为了保护你,帮助你规避风险。"

吴心的女儿出生时,吴祎才九岁,算是个小叔叔。当然,按规矩,吴祎还是给侄女包了红包——钱和红包纸都是父母替他准备的,吴祎一脸严肃地看向襁褓里的那个女婴,双手捧着红包,向大哥和大嫂走去。

吴心依旧是那副邋里邋遢的样子,衣领油腻腻的,歪七扭八瘫在脖子上,袖口起了球,眉眼里早已失去了当年的光,只有对生活和命运的怨怼。吴心冲吴祎摆摆手,意思是心领了,不要吴祎的钱,吴祎却鼓起勇气说:"大哥,这钱算我和爸妈借的,等我长大了,我会还给他们。今天,我想恭喜小宝的出生。"

吴祎转头看向阮行,对方也正一脸惊讶地看着自己。吴祎笑了:"是不是很意外?我如今回想起来也很意外,没想到我那时才九岁,就已经会说这种场面话了。但我大哥挺感动的,我知道。"

吴祎长叹了一口气,和阮行讲起了自己大哥和二哥的故事。他说,大哥和二哥,就是容易焦虑的人。焦虑在有的人那里是礼物,在大哥和二哥那里,就变成了心病的开关。在他眼里,大哥是成年版方仲永,心气高,聪明,却忽略了过刚易折的道理。二哥也聪明,踏实,本来一手好牌,却打成了臭牌，因为他太重感情了。吴祎说，他理解二哥对二嫂的感情，但理解不了他的选择。这是一种不可两全的矛盾。大哥和二哥从此都有了各自的心病，心病难医啊！"讽刺的是，我就是看'心病'的大夫，却独独看不了两个哥哥的心病。"吴祎又说，"之前你住院的时候，我不是有段时间请假回家了吗？就是因为我爸操心我大哥的事，又病了，我回去看他。我父母因为我大哥，抱愧了一辈子。其实在我看来，大哥自有自己的命数，父母何苦去负责本来不属于自己的部分呢？"

阮行想起了月光下一脸温柔而哀伤的吴为，遥遥地看着自己舞蹈。那是安义大学里两个孤傲的灵魂的惺惺相惜，他们彼此相通对方的苦痛，却又只能共同无力地寄望于伟大的时间。月光下一脸温柔而哀伤的，还有那个川渝姑娘。但阮行的手已经饱蘸鲜血，毁灭了这段伯牙子期的友情。她被嫉妒缠住了手脚，缠住了头脑，她不再是自己了。其实，她早就不是自己了，从她的行李箱被安义大学校门口的塑料袋缠住轮子的那一刻开始，过去的阮行就已经死了。现在的阮行根本不知道什么是舞蹈，不过是一具行尸走肉罢了。

车里的气氛一下子沉了下去，这被吴祎敏感地捕捉到了。他腾出右手，把音乐换成了轻快的流行音乐："看看，我说今晚的话题怎么这么忧伤呢？原来是背景音乐弄错了！"阮行跟着泪眼朦胧地笑了起来。吴祎总是有着这样一种神奇的能力，能够进退得宜地让她迅速转换情绪。她第一次生出对他的心疼，高度共情往往意味着巨大的消耗，他累不累呢？

她目不转睛地盯着他的侧脸，他察觉到了，也转头看向她。他克制不了自己对她的怜爱，终于忍不住把车停在了路边，探身去亲吻她。黑暗中，他的呼吸热热的，有薄荷的味道，轻轻扑在她的脸上，睫毛紧张地抖动着，像振翅疾飞的蜂鸟。他不是第一次谈恋爱了,但为什么面对阮行,总是流露出少年的慌乱?吴祎用唇和舌头写字,对阮行说:"和我在一起吧,好不好?"

王安石有一首诗,题目是《梦》:"知世如梦无所求,无所求心普空寂。还似梦中随梦境,成就河沙梦功德。"阮行想起了这首诗,闭着眼睛,点了点头,在巨大的梦境的光晕里陷落进去,鼻子前面是木头的香薰和薄荷的味道。

保健兰戴着口罩,挎了一个帆布袋,站在医院大门口,神色平静地拦了一辆的士。直到上了车,她才放心地松弛下来,庆幸自己没有被医生护士发现。这一松弛,她猛地感受到一阵阵的剧痛从胸口传上来,向四肢蔓延,顷刻间,她的脸色煞白如纸,帽子下的头发濡湿成一绺一绺的,发出汗湿的味道。她把衣袖往下拉了拉,努力盖住了手上的留置针。这是她逃出医院时唯一的马脚。她在病房的厕所里偷偷换了衣服,戴上口罩和帽子,神不知鬼不觉地从医院里溜了出来,唯独手背上的留置针无从遮掩。的士的车轮向前滚动,每向前滚动一米,她就接近她心里猜测的那个真相一米。二十年前的那个冬夜,提着果篮,推开病房的门的人,究竟是不是他?至此,多米诺骨牌的倾倒呈现不可逆转之势,直到箭头指向姐姐的死,指向"梅江汉剧院门前的三百七十一棵栀子",指向终章的终章。

第九章 金表
第十章 玫瑰
第十一章 蜂鸟
第十二章 枝叶
尾声

第十二章　枝叶

保健兰敲了敲走廊尽头办公室的门,里面传来一个镇定的男中音:"请进。"没有任何安义口音,普通话字正腔圆,甚至闭着眼侧耳倾听,也根本听不出他是哪里人。

没有出现电视剧里那种靠背椅转过来,二人四目相对的戏剧性画面,她一推开门,就和他目光相撞了。他的办公桌正对着办公室的门,他正抬眼看着电脑,顺理成章,就在第一时间看到了她。她分明看到,他的眼睛里有一晃而过的惊慌,但是没有失措。他顺手拿起了桌上的茶杯,呷了一口茶,似乎是为了给自己壮胆,也可能只是口渴,不过不管是因为什么,他把茶杯放回去的时候,一两滴茶水洒了出来。

"好久不见,徐老师。"保健兰的口罩戴得很高,只隐隐约约能看见她秀丽的山根和眼睛,辨不出神情。

"好久不见,小兰。"徐敬祯很快恢复了镇定,他镇定地告诉自己,眼前的人,是保健兰,不是保健青。

二十世纪九十年代初,安义南下的人流里,其实还有徐敬祯。那场中秋

第十二章 枝叶

的汇演给保健兰带来了机会,也给徐敬祯带来了机会。从那以后,徐敬祯就从安义的土地上消失了。人们不知道他何故去了文心,更不知道他在文心后来的际遇,只知道数年后再见他,腰板子挺起来了,人也从戏塘子里钻出来了,胖了一些,脸圆了,声音洪亮了。两只布着萌翳的昏黄色眼球变白了,甚至像婴儿一般,泛出健康的蓝色,衣服上起的毛球和跳脱的线头不见了,换成了真丝T恤和绵羊皮夹克。文心果然是一座神奇的熔炉,不同的人伸脚迈进去,走出来的是不一样的形状。吴心和徐敬祯一前一后接受了熔炉的锻造,命运的流向却发生了完全相悖的变化。

保健兰从随身背着的帆布袋里掏出了三样东西,放在徐敬祯的桌子上:"徐老师,我们有二十年没有见了吧?"

一样是一盘磁带,一样是一台老式录音机,最后一样,是姐姐的日记本。

徐敬祯静静看着面前的三样东西,也看到了保健兰伸手往外拿东西时手背露出的留置针,不发一言,等待保健兰的下一步行动。

"徐老师,关于你和我姐姐的事,你看是我来说,东西来说,还是你来说?"

保健兰看似平静,但每说一个字,咽喉和肺就像在刀尖上舞蹈。支撑她站在他面前的,是雨夜里的姐姐,一身凉气抱住生病的她的姐姐,对镜贴片子的姐姐,小时候抱着她打酸枣的姐姐。怎样的决绝,能够让姐姐在无人的夜晚,把丝袜挂在天花板的横梁上,以一种奇异、惨烈的方式,了结自己的生命?

保健青和徐敬祯在文心的街头相遇时,保健青格外惊喜,二人就近去了

第十二章 枝叶

一家餐厅叙旧。吃罢饭，徐敬祯掏出了钱包，打算结账，保健青一眼细心地瞥见师父的钱包里薄薄的几张票子，连忙按住他的手："师父，这顿饭我来请，您刚来文心不久吧？这顿饭就当我给您接风洗尘了。"

徐敬祯一愣，继而自然地把钱包放回口袋，脸上堆起了笑容："好！好！不愧是我的好徒儿！那师父也就不跟你客气了！"

徐敬祯确实没有和保健青客气，他主动和保健青透露，自己过得窘迫，问她丈夫是否可以帮他谋一份差事？保健青一时为难了，因为人情就是银行，不到万不得已，一般尽量不进行存取交易，但眼前的毕竟是儿时的师父，说起来，如果不是他带着自己把童子功练扎实，自己如何能成为当家花旦，又如何能和丈夫走在一起？于是她答应了。后来，她生了一场肠胃的大病，入院治疗，医生却说，她是精神压力过大导致的病症，还说，这是精神科和消化内科会诊的结果。她当即勃然大怒，感到自己受到了冒犯，和医生发生了激烈的争执。其实，她自己是心虚的，也隐隐明白医生的判断是准确的。离开安义后，她得知新人顶上了她原本的位置，并得到国家大剧院的表演邀请，听说还受到了一些领导人的接见，就此有了心结。身为文心市文化局局长的夫人，确实风光，但风光背后，是无尽的寂寞。多少个夜晚，她梦回舞台，但醒来时，身边只有呼噜打得山响的丈夫，口水湿了小半个枕头，脸上的口水干涸后，留下了白色的痂。她带着那双放在檀香盒里的金莲鞋，离开了舞台，确实嫁了个好人家，但金莲鞋再也没有机会穿上了。

那天下午，好容易送走了一小批来看她的人——当然，里面有不少是带着看她的名义来看她丈夫的，困意袭来，她微闭上眼睛，准备睡一会儿，门又一次被推开了。进来的竟然是师父徐敬祯，提着果篮，抱着一束鲜花，轻手轻脚在她身边坐下。

他们畅聊了很久，聊戏剧，聊舞台，聊机缘，聊艺术。她倦怠的精神得到了复苏，眼睛重新熠熠生辉，不困了，也不累了，心境澄亮。他说，她的痛是病理性的，不是生理性的。他说，她是未经打磨的璞玉，一定会发光。他说，她是小星星，不需要像太阳一样刺眼，太阳有时还会引发雪盲，小星星却能永远温柔地明亮。他还是那么懂她，毕竟，他是她的师父，一日为师，终身为父。

再后来，丈夫倒台，过往辉煌尽如烟云，徐敬祯在苦难中及时伸出了援手，名曰回报当年帮他谋生存差事的美意，开始手把手指点保健青把工作室做大做强。保健青脑子灵活，市场嗅觉敏锐，把好几个时代的风口抓得很准，于是竟也力挽狂澜，绝地逢生。徐敬祯确实是"手把手"，他的手把着保健青的手，和她一起翻阅资料，用胳膊环住她敲击键盘，距离渐渐地缩短，直到逾越了师徒之间本该有的距离。

不论徐敬祯如何帮她，生活的风雨终究还是得自己承担。对于丈夫来说，从俭入奢易，从奢入俭难，他的前半生太顺遂，一时根本无法适应勒紧裤腰带的生活，有时免不了要给她脸色看。她能懂他心里苦，也知道这是他必须跨过去的坎，别人帮不了他，于是一直默默忍受着，让着。徐敬祯多年来一直对自己的身材有严苛的要求，虽然他已经很久不上舞台，但该有的男性魅力不减。尤其是眼中的昏翳散去，腰板重新支起来后，他又活成了当年的小生，人不在戏中，却好似一直在戏中。其实不止男人可以把"我喝多了"作为借口，女人也可以。她那天喝了不少红酒，因为压力太大。他恰好来她家里看她，丈夫出差了，孩子在爷爷奶奶家度周末，偌大的客厅只有两个人。接着，两人莫名其妙就抱在了一起，又莫名其妙就把衣服和裤子都脱光了。他们战栗着，颤抖着，恐惧大门会随时被推开，又兴奋于这种别样的

第十二章 枝叶

刺激。

事后,她醒了,掩面痛哭,后悔不已。他扶住了她的肩膀,低声说,会一直对她好。旁逸斜出的枝叶就这样越长越多,越长越茂盛,遮天蔽日,直到再也看不清楚头顶的天空和太阳。因为枝叶没有按照规则开放,于是花朵的颜色也是错误的。一切都在朝着一发不可收拾的方向发展,她感到遗憾和愧疚,却似乎只能选择逃避。

她的肠胃又开始时常绞痛了,她知道,是自己新的心病又开始了。她开始焦虑丈夫知道真相,知道她的身体已经被别的男人染指过,但徐敬祯却从未戳破,甚至很久没有和她联系。久到她几乎都要觉得,那天的一切只是酒后的一场蕉鹿之梦。

二〇〇二年四月十五日,从京平飞往韩国釜山的国航129号班机发生特大空难事故。幸运的是,丈夫没有坐上那架飞机。而让她意外的是,徐敬祯也买了那架飞机的票。她无法自我欺瞒,她的心情像雨中池塘里的浮萍,一会儿高兴,一会儿难过。她希望飞机能抹除一切罪与恶,却又怀着一线残念,希望飞机能把那个人顺利带回。她原来已经如此丑陋,面目全非了吗?

他还是回来了,在她的工作室,他们发生了第二次关系。因为空难事故,丈夫从新闻里得知消息后,惊魂未定,匆匆回家休息了,她也给员工们安排了休假一天,自己却和徐敬祯在工作室的二楼缠绵,啃咬,久旱逢甘霖,尽情释放劫后余生的喜悦。她默认了自己是他的地下情人,她那时不知道,自己已经在错误的道路上越走越远,直到再也无法回头。

最后一次见面,徐敬祯说要带她去个地方。他带她去了自己的家,这也是她第一次去他的家。

他做菜给她吃,做了好多菜,一半是可口的安义菜,家乡的味道,一半是一些日本菜,看着有些眼熟。她浑然未觉即将要发生的,淘气地把手指插进汤汁里,吮吸手指,眨着眼睛,看着心上的情郎。他忍不住亲亲她的额头,然后转身,开了瓶红酒。

他问她:"你还记得吗?我们第一次正式约会的时候吃的那家日料,花了足足四位数,我把它们复制过来了,厉害吧?"他得意地翘起下巴,像个邀功的小孩。她也笑,笑出了眼泪。他盛了一碗鲫鱼豆腐汤给她,咸咸的,她尝出了眼泪的味道。其实之后她回想起这碗鲫鱼豆腐汤,觉得那可能并不是什么眼泪的味道,就是纯粹盐放多了,失去了鲜味。

他十指交叉,认真地看着她。"囡囡,"他唤她乳名,"你想过的人生是潜在性的人生,总是在追逐,在奔跑,而我想过的人生是现实性的人生,只想活在当下,喝下这一碗清清爽爽的鲫鱼豆腐汤。"

她开始发抖。她明白他在告别,虽然这场告别在情理之中,毕竟他们的关系不可能长存,早点画上句点也是她一直想要的结果,但一切还是来得太突然,突然到她来不及做出一个合适的表情去回应。他脱下外套包住她,外套上有烟草和汽车空调的味道。他以前从不吸烟,因为烟对于京剧演员的嗓子来说是致命的伤害,但是最近,他似乎开始吸烟了。

他走之前说:"之前,一直是我目送你离开。这次,我先离开,你等会儿把汤喝完,就可以走了。"他把门轻轻扣上了。

直觉告诉保健青,事情没有这么简单。当她尾随着他进了那家富丽堂皇的酒店,看到一道曼妙的倩影扑进了他怀里,她便什么都明白了。

保健兰隔着死亡的危崖,翻完了姐姐的日记,在最后一页,看到了姐姐在上面贴的一张黑白花边小照。那张照片,她再熟悉不过了。她曾陪伴自己的心上人四处打听和寻找照片上的女主人公,一直无果。

那是罗宇的母亲。

数十年前,她留下了一张没有鹿眼的鹿之像,消失在人海之中。没有人想到的是,她向"公鸡"的脚走去。珠江三角洲的腹地,是改革开放的起步之地,也是欲望和野心的繁衍之地。莞东市的玩具、成衣、电子、通信科技等行业基地在世界范围内都够得上位次,其中,最著名的产业当属它的服装制造业,吸引了大批女工。谁能想到,这位自幼习画,后留洋日本,回国后投身文教的北方女油画家,最后选择南下莞东。她先是唱戏,继而设计戏装,也设计日常的服装,最后戏不唱了,服装不设计了,做了徐敬祯的大情人。哦,原来姐姐至多算"小情人"。她竟然连潘金莲都算不上,不过是为了和大情人争宠,不惜把安胎药换成断根汤的李瓶儿罢了。可怜姐姐的金莲鞋,是她的全部身家,她那时多么天真地认为自己就像那架飞机一般,从安义上空腾飞,能够在艺术层面实现更卓荦的个人超越,事实是她的金莲鞋被弃置在垃圾桶里,甚至不如一碗盐放多了的鲫鱼豆腐汤。

借夜色的掩护,保健青轻轻从床上爬起,再看了一眼枕边的大郎,拉开抽屉,取出装满了金珠碎玉的檀香盒。她的头发被高高束起,于是眼角也被扯得吊起。然后开始一笔笔往脸上涂抹油彩。汉剧脸谱中,常用的就多达一百余个,分为整脸、破脸、歪脸、碎脸、二片脸、三块脸等几类。整脸就是全脸一色,只勾画眉眼和一些肌肉纹理;破脸就是脸上有明显的伤痕特征;歪脸就是五官不正;碎脸就是图案花纹集中在眉眼和口鼻之处;二片脸就是把脸分成左右两片,勾画不同的花纹和颜色;三块脸就是把脸部分成两腮和三庭等三块面。[1]按理,旦一般是整脸,但今晚,她决定给自己勾画一张

---

1. 李苟华. 广东汉剧发展史[M]. 北京: 中国戏剧出版社, 2005: 100.

破脸。因为她已经是一杯残酒了,残破不堪,肮脏,丑陋,腐臭难闻。

她涂得很仔细,眼眶,鼻洼,后耳窝,下巴颏,所有边边角角的位置,都要照顾到。打好底,她又用小号刷子蘸取红色油彩,勾画出鼻影、眼影和腮红的轮廓,再用食指和中指轻轻揉开,过渡均匀。腮红颜色厚重如桃花,开在两颊,衬托得保健青越发明艳,眼睛却在黑色眼线的包围中大得诡异,现出几分凄惨和惊惶。最后,她把左脸上的油彩擦去了一部分,勾画上黑的和白的油彩,以作破碎之状。这是她自己的发明。她对镜欣赏许久,挤出了一个满意的笑容。

旁边的小水盆里装了一小盆"刨花水",其实就是用开水冲泡榆木刨花,产生黏稠的液体,当发胶用。贴片子用的假发也散在水里,乌泱泱似一盆黑色的火焰。假发泡好后,保健青用手将它们捞出,梳通打结和纠缠的地方,折出七个小弯和两个大柳,放在一边,依次摆好。勒好了头,开始贴片子。先贴七个小弯。在眉心正上方平贴好小弯中最大的那片,然后按照一左一右的顺序,先后对称着贴好剩下六个小弯。保健青贴得很仔细,她谨记了徐敬祯的话,不可一口气贴左边,或者一口气贴右边,会歪斜,难掌握平衡。贴好了六个小弯,用吊眉带在头上绕一圈勒紧,固定住七个片子。接着再依数贴好两个大柳,左边一个,右边一个。

保健青的大柳已经贴好了,再次缠上一圈吊眉带,又戴上线帘子,扣上假发壳子,将水纱缠在头上,压住上耳廓,压平,抚展,戴好发网,将假发壳子系在簪上。头面也不能忘记,添装饰品,戴压鬓花,大顶花,耳挖子,什么热闹添什么。最后,换上彩裤,系上裳,套上鞋袜,梳妆就完成了。

黑暗中,邱向东熟睡的鼾声似乎听不清楚了,她的金莲鞋悬在空中,徒劳地挣扎着,狠命地摇晃着,像是踩踏在云端,最后一切归于平静。

第十二章 枝叶

金莲将衣裙掀起,露出裙摆下金光闪闪的那双金莲鞋。

叔叔!金莲与金莲,可憎更可怜!
人剌你人绣你死过无数,
人穿你人用你生来无福,
人欺你人侮你欺侮无度,
人践你人踏你践踏无辜!
人抛你人弃你走投无路!
人毁你人灭你步步走入不归途!
叔叔请了!

唱罢,她快步上前,扑到武松的刀前,饮刀自刎而亡,如飘零的树叶。

录音带转到尽头,露出了白色的带端,发出"沙沙"的轻微声响。保健兰按下了开关,开关键弹了起来,徐敬祯的办公室恢复了平静。保健兰捏紧了口袋里的针管,里面装着人体致死量的氰化钾。她在等待,等待徐敬祯开口,等待徐敬祯的答案。

儿时的某个农历十五的黄昏,阮行记得很清楚,安义的大街上挂起了一串串彩灯,彩灯下垂着灯谜纸条,小小的她和爷爷、堂妹穿梭其中猜着灯谜。阮行小时候内向腼腆,不爱说话,小她两岁的妹妹则活泼爱笑,朗朗笑声流进沸腾的车声、人声,流进灯影幢幢。那时总觉得时间很慢,连影子都能被太阳拉得老长老长。

后来妹妹上了大学,一开始不适应,又不好意思老是缠着叔叔婶婶,于是每天晚上打电话给她哭诉撒娇。她常常提着水壶、端着水盆在走廊上哭笑不得地安慰,因为妹妹的大学离自己家只有半小时车程,而她的大学离她家隔着整整一道秦岭淮河。

去年元夜时,月与灯依旧,人和城市却经年不同。陪伴在她身边的人变成了裘小贝。她抹去阮行的眼泪,对她说:"阮行,我相信你,你会重新站上舞台的。你就把这里的一切都当作是一场梦吧。中文系有一门课程,叫'古代文学',其中《列子》的'周穆王篇',记载过'蕉鹿之梦'的故事。"

"蕉鹿之梦?"

裘小贝和阮行讲了"蕉鹿"的故事,然后说:"你现在经历的,可能就是一场蕉鹿之梦,也未可知。这样看看,是不是很有意思?有没有觉得好一些呢?"

阮行不忍拂了她的好意,点了点头。她没有说出口的是,那场漫长的青春期风暴刮得太长久,而她甚至不敢去细想,一切究竟是她主观臆造出来的玻璃世界,还是真的血淋淋的客观现实。

毕业前夕,阮行进入文心市歌剧舞剧院实习。裘小贝准备回川渝,听说考上了当地一所中学的语文教师编制。大四女生的寝室楼前面,几个女生三三两两簇拥在一起,争相合照,有的买了花和零食,有的在和快递小哥讨价还价,看看寄回家的行李运费能否更便宜一些。

前一夜,阮行给裘小贝发了一条长长的微信——这是她们这个年龄的人最喜欢的交流媒介,也许比起面对面,文字能承载更多信息的重量。

小贝：

　　时间过得太快了，似乎昨天才刚刚迈进安义大学的校门，没有想到，明天就要毕业了。谢谢这四年和你相遇，尤其谢谢和你在我人生最艰难的阶段相遇。

　　因为对舞蹈纯粹的热爱，我曾意外地站在群山之巅。对于我晦暗的高中三年来说，那是一种做梦都想不到，也不敢想的奢望，但最后，奢望竟然变成了现实。只是我没有想到，狂喜之后，等待我的会是怎样残忍的代价，或者说，是怎样一种丰富而深刻的生命体验。是的，比之"残忍的代价""命运的玩笑"之类的词汇，如今的我更愿意用"丰富而深刻的生命体验"去概括我的来时路。

　　我很抱歉我暴露了人性中的狭隘部分，并为此伤害了你，小贝。舞蹈本来是一件快乐的事，是内敛的、不够自信的我对外表达和沟通的渠道，意外地让它变得沉重，不是我的初衷。也许是资源和平台的匮乏，也许是朋辈压力带来的焦虑，我一度迷失了。但无论如何，我都没有寻找借口的意思，我只是想表达，我真的非常珍视和你的友谊，你不是"镜子"，不是"影子"，不是"裘雨霏"，你只是你。原谅过去的我为了逃避现实，在记忆中一层层地筑造了一个所谓的乌托邦，蹲守其中，不愿离开。直到后来，我终于明白，敢于面对人性的局限是第一步，放下不必要的执念是第二步。

　　你还记得吗？你曾经告诉我，佛说，不攀缘。你还告诉我，完全不必管别人或者说同龄人成就有多大，我们唯一应该关注的是自己的成长。是的，我想，只有往前走，才会发现同路人越来越少，当然也越来越珍贵。每个人都有自己的赛道，我们最应该做的是关注自己的赛道。赞赏别人，成就自己，在丰富而深刻的生命体验中，找寻圆融的平衡。

PS：如果你还愿意原谅我，明天下午，还穿那条鹅黄色裙子好吗？我们一起在校园里走走。

阮行

裘小贝的消息回复得很快，很短，只有几句话。

有的清脆脆地叮当作响，有的激起惊涛骇浪，有的被带着汗渍的衣物搅扰，有的被细软的舌饮去，有的在漫长旅途中干涸，有的并入他流，不着痕迹。

每支河流自有流向，从它该来的地方来，去它该去的地方去。

阮行，很高兴四年同窗，相识一场，毕业快乐，祝你好。

小贝

在安义大学的最后一天，阮行匆匆跑下楼，看见裘小贝穿着一身鹅黄色的连衣裙，背着手，站在寝室楼门口的树下。因为逆着光，脸上的表情看不真切。那条鹅黄色裙子，是阮行和裘小贝一起去市区逛街时买下的。那款连衣裙有两个颜色，黑色和鹅黄色，裘小贝问阮行："哪个颜色适合我？"阮行说："鹅黄色吧，你皮肤白，鹅黄色衬得你很柔软。"

飞机又一次腾空而起，目的地是文心。三十余年来，乘坐从安义前往文心的航班的人万万千千，每个人的人生轨迹也像空中的航线一般，有着各自的节奏，各自的速度，各自的衡量。阮行无数次梦到过这个场景，她以为自己会欢愉，会雀跃，会欣喜若狂，然而事实是，当她真的身处这架航班之上,她却在帽檐下面流下了眼泪。这毕竟是她的家乡,是用血和乳生养过她的父辈的原乡。这一次离开,并不意味着她以后不会再回来,但却在真正意义上象征着一场正式的道别,对高考的道别,对大学的道别,对安义大学的道别,对四年来人事倥偬的道别。脚底下,越缩越小的是她的记忆,她的时代,她的世纪和她的爱。

落地文心的一刹那,飞机上的人纷纷打开手机,铃声此起彼伏,像热闹非凡的交响乐。一条短信率先弹了进来,挤在了吴祎发的微信未读信息前面,号码归属地显示港珠。阮行知道,高考结束后,自己认识的被录取到港珠读书的同学只有刘一朗。短信里的人问候她大学四年过得如何,并解释,血红的倒计时下的牵手,仅仅是因为高考前夕,他的父母突然离婚了,吴雨霏和他初中时是校友,她知道以后,一直发短信安慰他,于是越走越近,有了最后的那个中午。防空洞见证的不是猜测的应验,而是一个迷途的孩童没有选择的选择。

果然是刘一朗。他短信里的每个字眼,都有趣极了。

阮行回复道:

愿诚素之先达兮,解玉佩以要之。嗟佳人之信修兮,羌习礼而明诗。抗琼珶以和予兮,指潜渊而为期。执眷眷之款实兮,惧斯灵之我欺。感交甫之弃言兮,怅犹豫而狐疑。收和颜而静志兮,申礼防以自持。

但是那是高考。

阮行后来才知道,吴雨霏竟然就是吴心的女儿,世界竟然这样小。她犹豫很久,选择了告诉吴祎过去的种种。吴祎只是平静地握住了她的手,问她:"你害怕面对她吗?"

阮行沉吟许久,抬起头平静地看回吴祎:"以前可能会害怕,会惶恐,会不解,会愤怒,会恨,会压根不想见,但是现在不会了。"

"为什么不会了?"少年的笑容很明亮,牙齿白而整齐,没有嘲讽的意思,仅仅是认真的追问的意味。

"因为蕉叶下盖着的是不是鹿,已经不重要了。因为洛神是否还在舞台上旋转,也已经不重要了。"

保健兰走得很快,没什么痛苦,白发苍苍的老母亲说,她是去找姐姐了。没有人知道她最后一天逃离医院,去文心市舞协所在的文化大厦做什么,她从大厦出来的时候,身体在门口摇晃了几下,像秋风扫落叶,很轻盈地飘落在地面上。口鼻间涌出大口大口的鲜血,梅花在灰色的大理石砖地上大肆开放,太美了,太野了,太自由了。

汉剧里,身段和特技被视为"戏眼",是顶梁柱一般的存在。其中一项特技,就有吐血。据说是把银朱混着白糖含在口中,在情节需要时喷出即可。巧妙一点的办法是把这两样东西用棉球包裹,然后把棉球含在腮帮子里,这样可以照样唱词念白,毫无痕迹地嚼咬下棉球,使液体飞溅出来。她曾和罗宇聊过这一特技,觉得实在高妙。然而今天,她完美至极地完成了最后的演出和谢幕。这一回,不涉及到任何汉剧演出的技法。

罗宇知道保健兰去世后,大醉,举着沉重的酒瓶,在客厅中央跳起了舞。他再也没有来得及告诉保健兰,他独居很多年,独身也很多年,他从不认为自己是田氏。不知不觉,天旋地转,他脚下的舞步大乱,只有眼泪像河水一样流个不停,嘴里唱道:"云烟影里见真身,始悟形骸为桎梏;禽鸟声中闻自性,方知情识是戈矛!"他心里清楚,他永远都没有机会去救自己生病的爱人了。就像击败高卢蛮族、战胜对手庞培,为创立罗马帝国打下坚实基础的恺撒大帝,面对奄奄一息的心爱的女人,也不得不舍弃高贵的膝盖,跪下来祈求神,神啊,恺撒祈求你,把她还给恺撒吧!他也好想跪下来祈求神,神啊,祈求你,把她还给我吧!再看一眼安义的黄栀子,再唱一出汉剧《蝴蝶梦》,再听她羞怯地叫一声"师兄"。

灵堂里垂下了孝幔,白蜡烛和灵位互相映照。田氏双膝酸软,跪在黑色的巨大的"奠"字底下,哭唱:"田氏并非歹毒妇,数载夫妻君了然。皆因公子命危险,咬牙狠心来劈棺。只要救得公子转,千秋骂名我承担。世人骂我风吹过,愧对我的夫君在黄泉。"

唱归唱,断肠归断肠,她含悲泣血,却还是举起了斧子,向那棺中还未冷透的枕边人劈去。忽然,如梦如幻之间,好似看到了无数扇坟少妇,立在墓边,挥扇而舞。

"忽见那扇坟少妇在眼前。手执纨扇冷冷笑,笑得我毛骨皆悚然。定神驱去心中影,攥紧斧柄再上前。我这一斧劈下去,可怜先生尸不全。莫道先生与我是结发,就是那仇人也不能如出来相残。"

唱罢,手起斧落,天边红光一闪,却见庄周翻身坐起,喝问道:"是谁?是谁劈我的棺,扰我清梦?"

田氏大惊,一时语塞:"是……是我……"

庄周不动声色:"为什么劈棺?"

田氏支支吾吾半天,竟想出了一个蹩脚的借口:"……有一相士说你今日还阳,为妻等之不及,故而劈棺!"

庄周依然不动声色:"真的吗?那你看看,他是谁?"

楚王孙和二百五现了真身,田氏大骇,跌坐在地。

庄周笑了,笑出了眼泪:"他身即是我变幻,我身本是他身源。情迷心窍难勘破,可笑可悲亦可怜。"

田氏又羞又愤又悲,意绪交缠之下,哭着撕去了自己身上灿烂生辉的华服,举起斧子就要自刎。

庄周淡淡地制止了:"没有用的,你且再看看你手中的斧子,可还是斧子吗?"

田氏低下脑袋,定睛一看,呀,斧子不知道什么时候竟又变回了纨扇。

庄周在慌乱无措的田氏背后低低地念,就像保健兰在即将启程前往京平的罗宇背后低低地念:"纨扇乎?利斧乎?全在一己心念间。你本是春情如炽青春女,何苦迫慕虚名,遏制本性习庄禅?你一斧劈下点化了我,始知情缘胜姻缘。数载夫妻委屈了你,我心思不在男女间,抬走棺椁请花轿,我亲送娘子另择夫婿配俊贤。"

田氏婉拒了:"谢谢夫君的好意,我自己先行一步,到那茫茫人海芸芸众生间去了。"

庄周鼓盆而歌,笑尽,哭尽,泪尽,最后瓦盆被他生生敲破,徒留一地碎片。罗宇的奏唱结束了,他弯下腰,拾起满地的瓦盆碎片,又把剧场里的灯一盏盏关上。很多年前,他也这样守候在女孩的床头,看着她静静睡去,才把灯缓缓关上。但这一回他清晰地明白,女孩不会再睁开眼睛,温柔地看着他笑了。

保健兰去世第二年的忌日,阮行和罗宇在保健兰的墓前相遇,吴祎和邱向东就站在他们身后不远的地方。阮行走到前面,发现是罗宇,先是惊讶,继而很快恢复了平静。她轻轻唤了他一声:"罗老师。"罗宇转头,看上去老了很多。他点点头,也打了一声招呼:"小阮。"一切好像特别稀松平常,就发生在昨天,高考似乎在昨天,《蝴蝶梦》的上演似乎在昨天,601教室的舞蹈似乎在昨天,雪夜里苦练跷功的女孩似乎也在昨天。保健兰站在阶梯教室的最下面,看着上面的学生,一字一顿地问他们:"你们如何看待舞剧的精神价值?"

都是昨天了,确实永远都是昨天了。

也是昨天,还在读初中的阮行和父亲趴在阳台上,看对面楼下的几棵棕榈树。那时,阮行还没有进入叛逆期,没有出现学业适应不良,没有罹患青春期情绪障碍,她还只是一个天真烂漫的小姑娘。阮行说,我观察过,小时候它们的顶儿在大概三楼的高度,十几年时间,竟然不知不觉从三楼爬到了六楼。父亲说,而且它们扛过了文心的无数个台风。阮行说,它们的根一定已经扎得很深了吧,说不定在地下铺了个网。父亲说,时间真是很神奇的东西。

很久以前以为宽恕很难,后来发现先宽恕了自己,一切的难就变得不难了。

很久以前抱着期待,恨不得把每一棵树都从土里连根拔出,拿起放大镜放大根系的每一个细节,捉虫、修剪。后来慢慢意识到,原来在时间的漫长流动里,树深植于地下的根系早已虬结盘绕,错综复杂,扑朔迷离,与其把时间都花在痛苦的努力上,不如看看地面之上,它已经在不动声色地拔节了。

第九章　金表
第十章　玫瑰
第十一章　蜂鸟
第十二章　枝叶
　　　　　尾声

尾 声

摘自裘小贝的诗歌:

寄生

在你的脏器和组织
我
旅行

四肢嘶喊"局部有雪!"
破音——

大肠小肠　穿梭三点的地下铁
编号000
濡湿的水汽　食物糜烂的气味
困兽疲倦

与自由

肝肺肾脾　入侵一千零一幅图像
血管湿漉漉　筛选信仰

在心脏中心
一个伟大的意志　昏眩

最后　我登陆你的大脑
插满小小的三角旗
占领
灰色　柔软　滚烫　黏稠

你痛入膏肓
哀求我　放过你

腥臭的钢齿　插进我的头顶
镊子　和绿色的圆形宝塔
审问我　暴露我
我用线条　自我放逐
腾挪　扭结　抻长
尾端带刀
我　明明不嗜血

为什么　你叫我

吸血鬼？

阮行没有想到的是，保健兰在病中为她亲笔写了推荐信，投到了罗宇的邮箱里。她从未告诉阮行自己和罗宇的关系，她只是一遍遍打着严格的节拍，告诉阮行，身体是舞蹈的形式质料，是最恰切的容器，而舞蹈，是神的语言。她的胳膊和肩膀很有力，从后面轻揽住阮行的时候，阮行能感受到她的身体传来韵律的波动。她总在提醒她，集中注意力，让身体和心灵融汇在一起，身心合一，方能达到舞蹈的"和合之美"。

当然，她也从未想过，罗宇和阮行早就相识，只是命运的咏叹割裂了年轻的舞者和她敬仰的前辈。当罗宇从密集如林的邮件堆里翻找出那封邮件，伊人已变成短松冈上的明月，照着三万株手植的松树，光辉清冷。她的头像还是数年前的那个卡通唱戏凯蒂猫，圆圆脸，豆豆眼，还有黄黄的鼻子。他们曾争论过数次，那块黄色的到底是嘴巴还是鼻子，却始终没有答案。保健兰坚称，凯蒂猫没有嘴巴，那就是鼻子；可他却认为，凯蒂猫是卡通形象，没有鼻子无可厚非，但怎么能没有嘴巴？没有了嘴巴，如何吃喝，如何说话，如何唱戏？两个人毫无营养地争论，互相驳得面红耳赤，谁也不让谁。他突然笑出了声，笑着笑着，就开始流眼泪。

一年后，阮行凭借着自己的努力，考上了罗宇的研究生。三年后，阮行从京平大学舞剧系毕业，重新站上了舞台。

音乐声起，不同职业装束的年轻人迅速跑上台，或蓝或绿，或红或粉，汇聚成一片彩色的海洋，又分支成纤细的河流。他们展臂跳跃，踢腿下腰，时而交错，时而并行，时而远离，舞蹈轨迹就是人生轨迹。女孩们裙摆飞扬，象征着烂漫而恣肆的青春，男孩们抬头作寻觅和迷茫状，低头作落寞和思考状，裙摆的色块拼凑其间，变成了无声的背景。当肢体交叠成山峰，又缓缓绽开成艳丽的花朵，一袭黄裙的阮行从中站立，变成了黄色的花蕊，鲜嫩，果敢，清晰。灯光炫目，她竟分不清脸上的液体是汗还是泪，眼前光怪陆离，这些年的种种涌上了心头。她还这样年轻，却被命运选中，经历了各种变数的质询。

"第四堵墙"是戏剧术语，镜框式舞台一般由三面真实存在的墙构成，唯有面向观众的那一面是虚设的，是相对的。对于观众来说，这面墙是透明的，是被打破的，观众的赏鉴变成了艺术再创造的一环。一台好的戏剧有理由也有义务让观众产生舞台幻觉，使观众忘记自己是在欣赏演出，而是观看一桩正在发生的事件；但对于演员来说，是不透明的，也必须不透明，这样才能保证演员能全程专注地沉浸在自己的表演之中。她一度痛苦万分，透明化了第四堵墙，真切地看到了台下观众们非议的五官，扭曲蹙缩如干硬的坚果，于是她无法集中注意力去塑造角色。那是她的幻想，她大脑里自导自演的海马体游戏，但她在过去数年间却全无知觉。

此刻，第四堵墙竟在炫目的舞台灯光中缓缓黑了下去，越发厚重，向她逼近。记忆变成了砌墙的材料，一块块，一条条，一面面，她的意识流向和意识流速被拉长了，被放大了。身边舞伴们的动作变慢了，变迟疑了，音乐也被撕拉变形。她在吴祎的陪伴下走进心理咨询室，她觉得脸在发烧，好像自己患了什么治不了的病症，脚步沉重，怎么也迈不进去。吴祎笑笑，打趣："是不是又走进了自己创造的第四堵墙？"她不好意思地低下头，过了好久，才回答道："是的。"

咨询师的剪影投在光里，就像高中的抽屉里斯芬克斯的谜语，就像小亭子里强行闯入和实施拯救的单车少年,就像倒计时牌底下相携的手,就像台阶上的小羊皮高跟鞋,就像三楼的满树槐花,就像温驯的具有寓言色彩的鹿。精神和气质的符号扑面而来,她原地摇晃了几下,似乎要眩晕了。

"你心里还是在恨的,你还没有恨够。当你恨够了,你就会放下。"

"那怎么样才能恨够?"

"在我们的对话中,在咨询中,就是一个疗愈的过程。你需要时间。"

"有时我不敢接近,因为我怕我会支离破碎。可以这样表达吗?会不会很矫情?"

"不会。在咨询室里,你不需要面对任何道德的审判。你的表达是自由的。你不会支离破碎,放心。人的内在有自我保护机制,会保护你免受伤害。你会在做好准备后,才开始你的叙述。也就是说,当你能够回望某事时,说明你已经准备好了。当你接近某段不好的记忆时,你可能会伤心,但你的潜意识往往有个预估,会保证一切都能处于你的承受范围之内。它已经提前做好了判断,它会保护你。"

"我感觉记忆就像一个伤口,本来已经结痂了,但现在医生跟我说,它可能只是表面好了,底下实际已经腐烂了,现在我们需要把这个痂壳撬开,把下面的腐肉彻底挖干净,它才会好。"

"是的,但我不会主动去碰这个痂壳,我一定会经过你的允许,等到你准备好的时候,才会动手。因为如果我贸然去挖,我不确定你能不能承受,也不确定我有没有合理的方式解决。我们选择自然的方式就最好了,而不是强行去挖它。有的人在咨询中可能会突然想起一件陈年往事,开始叙述,这是正常的。因为有时候我们没有准备好,就会把它暂时打包,放进记忆角落。等到未来,在一个你感觉安全的环境,它便可能重新浮现。"

"如果我从未来过咨询室,一个记忆不断浮现,是不是不好的现象?"

"记忆的浮现分很多种,比如创伤的闪回。但如果这个记忆是你之前没有的,而你现在想起来了,那可能就代表你已经到了一个足以面对和处理这个创伤的黄金时机。"

她的毕业作品叫作《城》。这是一个关于文心的故事,一个关于国家级非物质文化遗产广东汉剧的故事,一个关于舞蹈和戏剧的故事,一个关于高考的故事,一个关于三座城两代人的故事。

这是一场蕉鹿之梦。

文心市舞协所在的文化大厦顶层,徐敬祯的办公室门被敲响了。

一个灰色的身影闪了进来,戴着口罩和帽子,将三样东西放在了他的桌面上。录音机、磁带和那本泛黄的保健青的日记本。这是二〇二一年夏天的文心,新冠疫情在全球暴发,口罩已经成了城市里司空见惯的标志,所以即使这个人戴着口罩和帽子,捂得严严实实,保安也觉得没有任何不妥,反而认为这是一个自我防疫意识极强的人。没有人注意到这个灰色的身影是怎么轻捷地迈过灰色的大理石砖地,迈进徐敬祯的办公室的。

徐敬祯低头看着桌上的三样东西,震悚地站起来:"你是谁?"

附 录

参考戏剧作品及书目

1. [现场演出]昆曲《青春版牡丹亭》（创排：苏州昆剧院，导演：汪世瑜，编剧：汤显祖、白先勇）
2. [现场演出]昆曲《牡丹亭》（全本）（创排：上海昆剧团，导演：郭小男，编剧：汤显祖、王仁杰、郭小男）
3. [影像资料]京剧《牡丹亭》（又名：《游园惊梦》，创排：北京京剧院、北方昆曲剧院，导演：温如华，编剧：汤显祖）
4. [影像资料]京剧《梁祝》（主演：张火丁、宋小川）
5. [影像资料]电影《梁祝》（1994）（导演：徐克，编剧：许莎朗、徐克）
6. [影像资料]广东汉剧《蝴蝶梦》（编剧：盛和煜）
7. [影像资料]广东汉剧《蝴蝶梦》（"京汉两下锅"演出本）（编剧：盛和煜）
8. [影像资料]广东汉剧《金莲》（改编自《金瓶梅》，导演：王向

明,编剧:隆学义)

9. [影像资料]舞剧《水月洛神》(创排:郑州歌舞剧院,导演:佟睿睿,编剧:冯双白)

10. [影像资料]电影《洛神》(1955)(导演:吴祖光,主演:梅兰芳/姜妙香)

11. 建安风骨:《洛神赋》,云南人民出版社,2015年版

12. 戴燕:《〈洛神赋〉九章》,商务印书馆,2021年版

13. 兰陵笑笑生:《金瓶梅》,南洋出版社,2016年版

14. 兰陵笑笑生:《金瓶梅》,齐鲁书社,1987年版

15. 陈志勇:《广东汉剧研究》,中山大学出版社,2009年版

16. 李荀华:《广东汉剧发展史》,中国戏剧出版社,2005年版

17. 丘煌:《广东汉剧音乐研究》,中山大学出版社,2011年版

总策划/出版人：
郭洪义
策划编辑：
刘万专
责任编辑：
林洁楠
校对：
杨杰 何杏蔚 廖安妮
装帧设计：
周舒婷
插画：
深圳和动力数码科技

图书在版编目（CIP）数据

蕉鹿 / 武捷宇著. -- 深圳：深圳报业集团出版社，2024.1

（深圳文典）

ISBN 978-7-80774-079-7

Ⅰ.①蕉… Ⅱ.①武… Ⅲ.①长篇小说-中国-当代 Ⅳ.①I247.5

中国国家版本馆CIP数据核字（2023）第227672号

蕉鹿
JIAOLU

武捷宇 / 著

深圳报业集团出版社出版发行
（深圳市福田区商报路2号 518034）
中华商务联合印刷（广东）有限公司印制
新华书店经销

开本：889mm×1230mm 1/32
字数：200千字
版次：2024年1月第1版　2024年1月第1次印刷
印张：8.25
ISBN 978-7-80774-079-7
定价：68.00元

深报版图书版权所有，侵权必究。
深报版图书凡是有印装质量问题，请随时向承印厂调换。